KB046307

이야기의 명제

MONOGATARI NO MEIDAI
— MUTTSU NO THEMA DE TSUKURU STORY KOUZA
Copyright © 2010 Eiji Otsuka
All rights reserved.
Korean translation rights arranged with Eiji Otsuka
through COMICPOP Entertainment.

이 책의 한국어판 저작권은 COMICPOP Entertainment를 통해
원저자와 독점 계약한 북바이북에 있습니다.
저작권법에 의해 한국 내에서 보호를 받는 저작물이므로
무단 전재와 복제를 금합니다.

THE THEME OF STORY

이야기의 *명제 命題

6가지 테마로 이야기 만들기

오쓰카 에이지 지음
선정우 옮김

북바이북

일러두기

1. 독자의 이해를 돕기 위해 책의 끝에 옮긴이의 주를 달았다.
2. 일본어 인명 및 지명 표기는 「외래어표기법」(1986년 문교부 교시)에 따랐다.
   단, 우리에게 익숙한 한자어의 경우 가독성을 고려하여 한국어 독음으로 표기했다.
3. 본문에 사용한 부호와 기호의 뜻은 다음과 같다.
— 단행본 : 「 」
— 단편소설, 논문, 기사 : 「 」
— 잡지, 프로그램, 영화, 애니메이션, 게임 : 〈 〉

테마를 가지고 이야기를 만든다

테마는 작가의 내면에 있는 걸까?

『스토리 메이커』(북바이북, 2013)가 소설이나 시나리오, 만화의 이야기 창작법을, 『캐릭터 메이커』(북바이북, 2014)가 캐릭터 만드는 방법을 다뤘다면, 이 책은 이야기의 '테마'를 다루고 있다. 테마에 치중하면 이야기가 경직되어 재미있는 방향으로 풀어갈 수 없다고 생각하는 사람이 많을 것이다. 테마라는 단어를 들으면 '평화의 귀중함', '우정의 소중함'처럼 우화에서나 찾아볼 수 있는 교훈이 떠오르고, 그런 설교나 계몽의 느낌이 생리적으로 싫은 사람도 있을 것이다. 사실 테마를 앞세운 이야기는 매우 수상쩍을뿐더러 성가시기도 하다.

역사를 돌아봐도 '이야기'를 테마에 억지로 연결하려고 했던 시대는 올바른 시기가 아니었다. 학창 시절, 민속학을 공부하면서 이런 논문을 읽은 기억이 난다. 중국에서 사회주의 혁명이 일어난 직후 마오쩌둥과 동료들이 사상을 주입하려고 자신들의 출생 및 활약상을 중국 민담이나 고사와 연결하는 공작부대를 두었다는 것이다. 당시 나는 민담을 사상 통제에도 쓸 수 있구나 싶어 놀랐는데, 일본에서도 정치적 주장을 테마로 삼아 대중적 이야기를 만든 사례가 있다. 민담이나 어린이책의 역사를 조금만 들여다보아도 「모모타로」처럼 현대인에게 익숙한 민담이 2차대전 전에 '국민 동화'로 선정되어 테마에 맞춰 재창작되었다는 사실을 알 수 있다. 그렇게 재창작된 민담은 원래의 민담에 비해 훨씬 설교 느낌이 강하다.

현대 일본 만화나 애니메이션 등의 방법론의 근본을 이루는, 러시아 아방가르드[2] 및 나치즘 시절의 표현 역시 정치적 주장을 테마에 녹여 넣는 과정을 통해 정밀한 기술 발전을 이루었다고 볼 수 있다.

약간 극단적인 사례만 든 것 같다. 아무튼 '이야기'라는 형식 자체는 단지 구조에 불과하지만, 계속해서 어떤 '의미'를 담고자 하는 '그릇'과도 같다. 따라서 아무리 뻔하고 쓸데없는 테마일지라도 금세 받아들이는 '무방비 상태'에 있다고 할 수 있다.

오늘날 '이야기'의 테마를 짧은 문장으로 정리해 음미하는 행위는 국어 시간이나 현대문학 시험을 치르거나, 독서 감상문 쓸 때 말고는 거의 하지 않는다. 많은 사람들이 작품의 주제를 요약하는 것은 전체 이야기를 재미없고 진부하게 만드는 일이라고 생각한다. 사실 한마디면 끝날 것을 굳이 한 편의 이야기로 만드는 행위는 쓸데없는 짓이다. 따라서 독자는 테마가 너무 노골적으로 드러나 있는 이야기를 싫어하게 마련이다. 주장이나 교훈 등을 직접 테마로 삼을 경우 특정한 의도를 담은 이야기로 여겨진다. 그래서 사람들은 그런 이야기를 '우화'라는 특수한 장르로 굳이 구분해놓은 게 아닌가 싶다.

한편, 이야기 창작론에서는 여전히 우선 테마를 설정하고, 이후 몇 단계에 걸쳐 플롯을 짜고 시나리오, 소설, 만화 콘티 등을 만들도록 한다. 하지만 이상하게도 테마를 어떤 형식으로 써야 하는지, 테마를 어떻게 만들어야 하는지에 대해서는 거의 논의된 바가 없다. 그냥 '있다'는 전제하에 마치 처음부터 블랙박스 안에 테마가 들어 있었다는 식으로만 논의될 뿐이다.

물론 여기엔 몇 가지 이유가 있다. 사람들은 대체로 의미가 없는 것을 견디지 못하기 때문에, 독자로서는 테마를 귀찮게 여기면서도 일종의 약속처럼 '이야기에는 테마가 있는 법'이라고 받아들이게 마련이다.

또 한 가지, 어떤 정치체제가 의도적으로 테마를 이용하는 예외적인 경우를 제외하면, 사람들은 근대적인 이야기에서 테마가 작가의 내면에 있다고, 즉 테마란 작가의, 고유성을 증명하는 거라고 생각하는 경향이 있다. 말하자면 테마란 작가의 고유성이나 오리지널리티를 보증하는 담보와도 같다.

미리 준비된 테마를 가지고 이야기를 만든다

나는 여러 창작서를 통해 많은 이들이 선입견을 가지고 있는 '작가의 고유성'을 강조하는 대신, 누구나 사용할 수 있는 매뉴얼로 창작 방법을 제시해왔다. 그 책들을 읽어본 독자라면 이미 알고 있을 것이다. 이는 내 창작론이 (업계 내에서) 기피되고 있는 이유이기도 하다. 나는 창작에서 '형태'나 '형식'이 상당히 본질적인 부분이라고 생각한다. 그러나 진지하게 '문학 연구'를 하고 있다고 자부하는 분으로부터 "당신은 '작가에겐 고유성이 있게 마련이라는 선입관을 벗지 못한 근대문학'을 비판하는 포스트모더니스트가 아니냐"는 지적을 받은 적도 있다. 당시 나는 그렇지 않다고 답했다. 또 몇몇 문예 비평가들은 내가 하는 일에 관해 '문학의 민주화'라고 살짝 야유하는 듯한 비판을 한 적도 있다. 그 말에는 어느 정도 동의한다.

나는 이야기를 쓰는 작가가 다른 사람보다 더 특별한 존재임을 증명하려는 듯한 '문단문학'이 싫었을 뿐이다. 나는 오히려 누구나 자신의 증명 수단으로서 이야기를 만들 수 있는 것이 바로 '근대'의 전제라고 생각하는 인간, 즉 평범한 근대주의자이다. 따라서 캐릭터의 속성 등을 주사위를 던져서 정할 수도 있고, 이야기의 구조론이나 형태론을 통해 추출된 구조에 살만 붙여가는 방법으로 이야기를 만들 수도 있다고 주저 없이 말한다. 이는 비단 이야기 창작에만 국한된 방법도 아닐 뿐더러 주사위 던지기까진 아니더라도 신화의 구조를 이용하는 것은 조지 루카스[3]나 무라카미 하루키, 나카가미 겐지[4] 등도 해온 일이다. 사실에 근거하여 그렇게 설명해왔을 뿐이지 나만의 독자적인 의견은 아니다.

그런 나의 창작론에서조차 손대지 못했던 부분이 바로 테마에 관한 문제이다. 나 스스로도 왠지 모르게 테마를 신성불가침한 무엇으로, 즉 작가의 고유성을 입증하는 근거로 생각하고 있지 않았나 싶다. 나는 『이야기 체조』(북바이북, 2014)라는 책에서 소설 쓰는 행위 가운데 도저히 매뉴얼화할 수 없는 '무언가'가 있는지 궁금하다고 도발적인 발언을 했다. 따라서 테마란 문제를 블랙박스처럼 건드리지 않고 남겨두는 것은 맞지 않다고 생각하게 되었다.

그동안 창작 강의를 하면서 『캐릭터 메이커』를 통해 우발성에 의존하면서도 재미있는 캐릭터를 만들고, 『스토리 메이커』를 통해 이야기의 형식성을 그럭저럭 정리할 수 있었다. 그런데 막상 실제로 자기 작품을 써보는 단계에 들어가자 '재미있는 이야기'와 '재미없는 이야기'를 쓰는 이로 확연하게 나뉘었다. 재능의 차이라고 쉽게 결론을 낼 수도 있다. 하지만 '문학의 민주화'(무슨 먼 옛날 공산당이 하던 말 같지만)를 추구하는 입장에서, 그렇게 물러선다는 것은 우스운 일이다. 나는 그동안 학생들에게 '어떻게 쓸 것인가'는 가르쳐주겠지만 '무엇을 쓸 것인가'는 가르치지 않겠다고, 뭔가 대단한 양 말해왔다. 하지만 동시에 '무엇'에 대해 가르치지 않으면 사실 재미있는 이야기가 나오지 않는다는 사실을 어렴풋이 느끼고 있었다. 그러면서도 무심코 그쪽은 개인의 신성한 영역일지 모른다고 생각해버렸던 것이다.

이 책은 그런 입장을 버리고 진행한 워크숍을 정리·기록한 것이다. 즉 미리 준비된 테마를 가지고 이야기를 쓰도록 한 것이다. 예상했던 대로 이런 방식으로 쓴 이야기가 분명히 더 재미있었다.

프레미스와 로그라인

이 워크숍이 "우정을 테마로 삼아 스토리를 만들어봐라"는 식의 단순한 과정은 아니다. 과거에 만화 잡지 〈주간소년점프〉[5]에서는 독자 설문을 통해 선정된 '우정', '노력', '승리'라는 세 가지 키워드를 테마로 삼아 창작한다고들 했다. 하지만 이것은 "주인공이 목적을 달성하기 위해 '노력'하고, '우정'의 도움을 얻어 '승리'한다"는 스토리를 지탱

하는 원리일 뿐이다. 블라디미르 프로프식으로 말하자면 '캐릭터의 행위 3단계'인 것이다. 이는 이야기를 지극히 단순화한 구조이자 구체적인 캐릭터·스토리라인 만들기의 지침이기도 하다.

〈주간소년점프〉의 이 세 가지 키워드를 통해 도출되는 문장은 영화 업계에서 말하는 프레미스premis와 비슷할지도 모르겠다. 유의어로 로그라인logline, 콘셉트, 그리고 테마가 있는데, 시나리오 입문서나 실제 현장에서 혼동되어 사용되곤 한다. 이런 식으로 정의되긴 한다.

> 프레미스, 테마, 콘셉트, 로그라인 같은 용어는 대개 동일한 의미로 사용된다. 보통은 중심이 되는 아이디어(착상)나 토픽(사건), 두세 줄로 표현할 수 있는 스토리라인의 뼈대를 가리킨다.
>
> 그러나 혼동하기 쉽지만 '프레미스'와 테마는 스토리 깊은 곳에 있는, 작가가 전하려는 메시지란 의미도 있다. 따라서 혼란을 피하려면 어떤 식으로든 정의할 필요가 있다.
>
> 여기에서 '콘셉트'는 스토리의 중심이 되는 아이디어나 토픽을 의미하고, '로그라인'은 하나 혹은 두 문장으로 '콘셉트'의 요점을 표현한 것이라고 정의하겠다. '프레미스'와 테마는 스토리의 깊숙한 내부에 담긴 메시지를 의미한다.
>
> (『스토리 애널리스트』, 테리 카탄Terri Katahn 지음)

이 정의에 따르면 콘셉트 → 로그라인 → 테마, 프레미스 순으로 추상도가 높아진다. 예를 들어 만화 『다중인격 탐정 사이코』[6](오쓰카 에이지 원작, 다지마 쇼우 그림)의 아이디어(콘셉트)를 로그라인으로 기술해보면, 이렇게 말할 수 있을 것이다.

'다중인격자인 탐정이 자신의 왼쪽 눈에 있는 바코드의 비밀을 뒤쫓다가 일련의 사건을 겪고, 이를 해결하는 과정에서 자신의 출생에 감춰진 음모를 파헤친다.'

그리고 '프레미스'는 아마 이렇게 될 것이다.

'다중인격자가 마치 양파 껍질을 까듯이 자신 안에 있는 개개인을 만나다가, 마지막으로 남겨진 중심에 있는 진정한 자신, 즉 아이덴티티를 만난다.'

이는 『다중인격 탐정 사이코』를 할리우드에서 영화로 만들려고 논의할 때 프로듀서가 제시했던 프레미스다. 이것을 읽고 나는 "아니야. 일본에 원숭이가 락교 껍질을 까는 이야기가 있는데, 다 까보니 아무것도 안 남아서 원숭이가 화를 낸다고"라며 훼방을 놓았다.[7]

그런데 그 말을 하고 나서, 내 작품엔 "인간의 정체성 따윈 사실 없는 것 아닐까"라는, 나 스스로도 깊이 의식하지 않았던 테마를 깨닫고, 깜짝 놀랐다. 그후 내가 '피플 어니언people onion 논쟁'이라고 명명한, 양파나 락교의 껍질을 까고 나면 중심에 남는 건 무엇인가라는 문제를 중심으로 9·11 테러부터 고베 시의 14세 소년 사카키바라 세이토 살인 사건[8]까지 서로 예를 들면서 장시간 위성 전화 회의를 했다.

나는 '주인공의 정체성은 이것이다'라고 제시하는 할리우드 영화의 방식, 나아가 미국인의 가치관을 회의한다는 속내를 드러냈다. 그러자 그들은 '없다'라는 결론만 던져놓으면 니힐리즘에 불과할 뿐 아니냐고 했다. 하지만 그런 토론 끝에 '자신의 진짜 인격, 아이덴티티가 없을지도 모른다는 불안감과 싸우며, 주인공이 아이덴티티를 추구해가는 이야기'라는 합의점을 찾을 수 있었다.

그러던 중 시나리오 단계에서 중단되어 다른 프로듀서와 원점에서 다시 시작해야 하는 상황이 발생했다. 그에 따라 시나리오 팀도 해산되었지만, 나로서는 작품 내부에 있는 것을 언어화하여, 시나리오를 조율해나가는 방법을 알 수 있었기에 유익한 경험이었다. 미국인이나 할리우드 영화는 짜증났지만, 이런 식의 '이야기' 창작 방식은 매우 부럽기도 했다.

테마 역시 '형틀'이다

프레미스를 더욱더 추상화하면 소위 테마가 된다. 하지만 작품의 뼈대를 로그라인 단계에까지 추상화, 개념화해보면, '왼쪽 눈에 바코드가 있는 탐정이 자기 자신을 찾아 헤매는 사이코 서스펜스'가 아니라 '다중인격인 소녀가 차례차례 애인을 바꾸면서 진정한 사랑을 찾는다'는 스토리가 나와도 상관은 없다. 어쨌든 나나 그들이 말하고 싶었던 내용을 담은 스토리가 되는 것이다.

몇몇 시나리오 입문서에는 콘셉트와 로그라인을 반대 의미로 사용한다. 프레미스나 로그라인 같은 단어의 정의에 대해서는 일단 제쳐두자.

이 책에서 내가 테마라고 부르고자 하는 것은, 방금 전 예시에서 들었듯이 프레미스 단계를 뜻한다. '주인공이 진정한 자신을 찾는 이야기'라는 정도까지 추상적이지는 않게, '다중인격'이라는 테마와 직결되는 속성을 정의해두고, 주인공이 직면하는 문제를 '양파 혹은 락교 껍질을 까듯이' 해결해간다는 구체적인 과정이 설정된 단계이다. 거기에 '진정한 자신을 발견하게 된다' 혹은 '진정한 자신이 없다는 사실과 맞닥뜨린다'라는 식으로 '결론'까지 포함된다.

　어떤 작품이든 이런 식으로 안에 담긴 테마를 추출할 수 있다. 하지만 나는 '테마란 치환할 수 있는 것'이라고 생각한다. 나만의 생각은 아니다. 지금까지 존재해온 수많은 이야기 속에는 동일하거나 유사한 테마가 있다. 예를 들어 주인공이 많은 인격, 즉 심리학에서 말하는 페르소나persona를 뒤집어씀으로써 '나'의 없음을 견딘다는 프레미스는 미시마 유키오[9]의 『가면의 고백』[10]에서도 추출할 수 있다. 우리가 일상적으로 접하는 이야기의 테마나 프레미스는 창작자가 의식을 하든 못 하든 이미 존재했던 무언가를 변주한 것일 뿐이고, 몇 가지 유형으로 정리할 수도 있다. 즉 테마 역시 어떤 모양을 갖춘 형틀이다.

　이는 과격한 주장이 아니라 오히려 낡은 사고방식이다. 민담 연구에는 모티프 분류라는 개념이 있다. 모티프는 다음과 같이 정의된다.

　　모티프란 전승되는 가운데 살아남는 힘을 지닌 설화 속의 최소 요소를 말한다. 살아남기 위해서 특수할 뿐 아니라 사람의 시선을 끄는 무언가를 가져야만 한다. 대부분의 모티프는 세 가지로 구분할 수 있다. 우선 이야기 속의 행위자. 즉 신, 불가사의한 동물, 혹은 마녀, 식인

귀, 요정 같은 이상한 존재, 심지어는 인기 있는 막내라든가 못된 계모 등 정형화된 인물들이다. 두 번째로는 행위의 배경에 있는 것이다. 즉 저주, 특이한 관습, 기묘한 신앙 등이다. 세 번째로는 단일한 사건이다. 대부분 이것을 모티프라고 한다. 독립적으로 존재할 수 있고, 따라서 '현실 속에 존재하는 설화'라는 형태가 될 수도 있는 것이 이 세 번째 모티프이다.

(『민간 설화―이론과 전개(하)』, 스티스 톰슨 지음)

민담을 공부한 이에게는 그리울 정도로 고전적인 학자, 스티스 톰슨Stith Thompson이 집필한 민담론의 한 구절이다. 이야기의 구조 란 캐릭터의 행위를 아예 의미가 성립하지 않는 지점까지 추상화한 것인데, 모티프는 조금 더 구체적이다. 톰슨은 실제로 '모티프 색인 index'을 만들었는데, A부터 Z까지 큰 항목을 정리한 다음 하위 항목 을 적어넣었다. 〈표 1〉은 'L 역전된 운명'으로 분류된 모티프 일람 이다.

모티프 색인의 큰 카테고리는 '출생시 우열이란 형태로 정해진 신 분이나 운명이, 어떤 계기로 인해 역전된다'라는 식으로 요약할 수 있는, 즉 테마에 해당하는 구체적인 모티프들이다. 톰슨은 이러한 모 티프가 단독으로 쓰이거나 조합되어 민담이 만들어진다고 생각했다. 이야기 구조론이 등장하기 이전의 아이디어이므로, 프로프나 조지프 캠벨[11]이 제시한 구조 및 구성단위보다는 구체적이다. 다시 말하면 톰슨의 시대에 민담은 단순히 모티프를 더한 합이라는 이미지가 지

L	역전된 운명
L 10	막내아들의 성공
L 50	막내딸의 성공
L 100	장래성이 없는 것처럼 보이는 주인공
L 111.2.1	배(바구니, 덤불) 속에서 발견된 미래의 영웅
L 112.4	지저분한 주인공 소년
L 411	천사가 대체하게 된 오만한 왕
L 414	왕이 건방지게도 바다에 파도 치는 것을 금지한다
L 435.2.1	365명의 아이를 가진 여자

표 1 『민간 설화』에 실린 모티프 색인 중 일부

배적이었던 것이다.

이야기 구조론은 함수 y=f(χ)에서 χ 안에 구체적인 캐릭터의 속성이나 세계관을 대입함으로써 y라는 이야기가 성립된다고 본다. 그에 반해 톰슨은 y=a+b+c, 즉 y란 민담은 모티프 a, b, c를 모두 더한 거라고 생각했다. 톰슨 등 고전파 민담학자들에게 모티프란 어디까지나 정리, 분류의 기준이었다.

2차대전 이후의 이야기는 동일한 '명제'를 변주하고 있다

일본의 민속학자 오리구치 시노부[12]는 이야기에는 몇 가지 형틀이 존재하며, 이는 여러 이야기에 반복해서 나타나는 주제 같은 것이라고 생각했다. 유명한 귀종유리담貴種流離譚[13]은 그 형틀 중 하나였다. 오리구치는 이렇게 말했다.

『고사기』[14], 『일본기』[15], 『만엽집』[16] 등에서도 찾을 수 있는 문학의 한 모티프 같은 것이죠. 소설이라면 소설의 모티프가 그대로 계속 사용됩니다. 저는 예전부터 귀종유리란 단어를 써왔는데, 귀한 인물이 흘러내려와 바닷가 사람들과 함께 고생하면서 산다는 내용입니다. 그런 내용은 『만엽집』에도, 『고사기』에도, 『일본기』에도 있어요. 풍토기에도 있지요. 또 『겐지 이야기』[17]에 유력하게 등장합니다. 그 '재료'가 없어지지 않고 계속 사용되었죠.

(「일본의 고전」, 『오리구치 시노부 대화 1: 고전과 현대』,
이케다 야사부로[18] 외 편집, 가도카와쇼텐, 1975)

모티프는 이야기 구조처럼 문법적인 규칙이라기보다는 융이 말한 원형Archetype[19]과 비슷한 이미지로써 이야기를 특정 방향으로 수렴하는 일종의 주제라고 할 수 있다. 융 학파는 민담에서 '그림자', '현자' 등 캐릭터의 속성이라고 할 수 있는 원형을 추출해냈다. 원형에 해당하는 캐릭터가 서로 간섭해가면서 결말을 향해 간다는 민담의 스토리는, '나'를 구성하는 다양한 요소(원형)가 하나의 '나'로 수렴되는 과정으로도 볼 수 있다. 오리구치는 원형('재료'라고 표현한)을 스토리 라인에 가까운 모티프라고 파악했는데, 이는 톰슨이 말한 모티프와는 조금 차이가 있다. 오리구치는 주로 이야기의 발생을 연구한 학자이기 때문이다.

내가 여기서 오리구치가 언급한 모티프를 '주제'란 단어에 연관짓는 이유는 주제라는 단어에는 도덕이나 가치 판단의 측면이 포함되어 있기 때문이다. 말하자면 오리구치에게 있어 귀종유리담은, 일종의 가치관이나 미학이다.

오리구치는 귀종유리담을 '이야기 요소'라고 불렀고, 그런 '이야기 요소'를 몇 가지 더 추출하려 했던 것 같다. 아버지와 사이가 좋지 않던 자식이 죽은 다음, 신앙을 통해 사자死者의 모습으로부터 재생된다는 「아귀아미 소생담餓鬼阿弥蘇生譚」[20] 등을 그런 이야기 요소로 보지 않았나 하는 설이 있다.

나는 오리구치를 따라 주제를 '이야기 요소'라고 부를까 생각하기도 했다. 하지만 '이야기 요소'를 톰슨의 모티프 분류처럼 보다 구체적인 이야기의 구성 요소로 보는 시각도 있기 때문에, 여러 가지로 고민한 끝에 '명제'라는 약간 낡은 단어를 선택했다. 이 용어는 내가 2003년 쓴 데즈카 오사무[21]론인 『아톰의 명제』에서 유래한다. 이 책에서는 데즈카의 작품 근저에 공통적으로 깔려 있으며, 도키와장 그룹[22]이나 24년조[23], 그리고 가지와라 잇키[24]에서 공히 발견되는 주제를 '명제'라고 칭했다. 명제란 '특정 조건에서 하나의 결론으로 맺음되는 문장'이라는 식으로 정의할 수 있다. 신화나 고전이 귀종유리담을 계속 되풀이해온 것처럼 전후戰後 만화사만 보아도 계속 변주되는 명제가 있다.

우선 이 책에서는 오리구치가 신화나 고전 예술에서 반복되는 명제 귀종유리담을 추출했듯, 전후 일본 만화·애니메이션에서 명제를 추출하고자 한다. 다루는 작품은 미야자키 하야오[25]의 지브리 애니메이션, 데즈카 오사무와 도키와장 그룹, 그리고 하기오 모토[26] 및 24년

조의 만화 작품들이다. 왜 이런 작품들을 다루었는가 하면, 오늘날의 서브컬처 스토리는 이들 작품의 명제를 반복하고 있는 것으로 보이기 때문이다. 게다가 명제를 의식하지 못하고 반복만 한 탓에, 작품들이 발전을 못 하고 정체된 듯한 인상마저 받는다.

물론 이제까지 존재하지 않았던 명제(=테마)를 가지고 창작한다거나, 테마 따윈 내 작품에 필요 없다는 식으로 호언하는 기개를 부정할 생각은 없다. 하지만 가장 한심한 것은 자신의 작품이 옛날 '명제'의 열등한 버전이라는 사실을 깨닫지 못한 채 저런 주장을 펼치는 것이다. '이야기 구조'와 마찬가지로 매뉴얼처럼 이용을 하든 거기에 도전을 하든 구체적으로 명제를 이야기로 만드는 과정을 통해 확인되지 않은 것을 떠들어봤자 문예 비평에 불과할 것이다. 이야기에 있어서 가장 불행한 행위가 '만화 비평'이나 '문예비평'이라는 것은 두말할 필요도 없다.

아무튼 나는 이 책에서 전후 서브컬처의 '이야기 요소'를 정리·분류하려고 하진 않았다. 일단 내가 찾아보기 쉽고 개인적인 취향에 맞는 몇 작품만 제시하는 형식이다. 작품에서 추출한 명제는 두세 문장 정도로 짧지만, 해석하는 과정에서 몇 작품의 경우는 국어 수업처럼 진행하기도 한다. 스토리나 인상이 비슷해 보이는 줄거리를 겹쳐서 두세 문장을 추출하는 연습을 한다는 말이다. 그것을 바탕으로 실제로 시나리오를 만들어보는 워크숍을 거칠 것이다.

마지막으로, 항상 하는 말이지만 이 책은 실용서이므로 제시된 워크숍을 실제 해보지 않으면 아무런 의미가 없다. 그리고 이번에는 특히 더 부탁드리고 싶은데, '명제'에 도달하기까지 언급되는 만화, 소설, 영화는 반드시 하나하나 직접 접해보기 바란다. 이 책에서 내가 '명제'를 끌어내는 과정 자체는 비평일 뿐이다. 비평만 읽고 작품을 다 이해했다고 생각하는 것만큼 어리석은 일은 없다. 실제 워크숍에서도 일련의 작품들을 직접 접하도록 한 뒤에 명제를 제시하여 이야기를 만들어보도록 했다. 여러분도 아무쪼록 이 과정을 건너뛰지 않기를 바란다.

차례

1강
인조인간으로 태어나
아톰의 명제

왜 아톰은 대사가 되었는가?

이야기의 명제를 추출하기 위해 데즈카 오사무의 만화『철완 아톰』[1], 그중에서도 제1화 「아톰 대사大使」(1951년)부터 시작해보겠다. 「아톰 대사」는 아마도 시리즈화하려는 의도 없이 한 편의 장편 스토리로 그렸던 것 같다. 이 「아톰 대사」에서 추출되는 것이 바로 '아톰의 명제'이다. 내가 쓴 일련의 데즈카론이나 만화 비평을 읽어온 분이라면, 또 그 소린가 할 수도 있다. 하지만 내겐 이것이, 오리구치 시노부에게 있어서 귀종유리담만큼이나 중요한 '명제'라고 생각해주시면 감사하겠다.

서문에서 밝혔듯 이 책은 과거의 위대한 작품에서 보편적이고 새로운 스토리를 끌어낼 수 있는 '명제'를 찾아내 이 명제의 성립 과정 및 다른 작품에서 생각지도 못한 방식으로 변주된 내용 등을 확인하고, 마지막으로 '명제'를 응용하여 새로운 작품의 플롯이나 시나리오를 만들어보도록 구성되어 있다.

나는 저서『아톰의 명제』에서 「아톰 대사」에서 결실을 맺은 명제가 데즈카 오사무의 작품만이 아니라 일본의 전후 만화 전체에 내재되어 있다고 주장했다. 이번 강의에서 다시 한 번 '아톰의 명제'를 검증해보고 응용 가능성을 탐구해보고자 한다.

「아톰 대사」가 잡지 〈소년〉[2]에 연재된 것은 1951년부터 1952년까지의 일이다. 샌프란시스코조약[3] 체결을 통해 일본이 점령 통치로부터 벗어나기 위한 외교 교섭이 한창 진행 중이던 때로, 실제로 대사들이 각국을 오고가는 모습이 신문 등에 빈번하게 보도되던 시절이다. 소년 만화 주인공에게 걸맞지 않을 것처럼 여겨지는 대사란 속성을 아톰에게 부여한 데는 그런 시대 배경이 있었던 것이다.

「아톰 대사」에서 아톰은 실제로 평화 대사를 맡고 있다. 그는 '철완 아톰'이라고 제목을 바꾼 이후의 아톰과는 달리 하늘을 날지도 않고 엉덩이에 머신건 장치도 없는, 완전한 비무장 로봇이다. 그 비무장 아톰이 '마치 일본국 헌법에 규정되어 있는 일본과도 같다'[4]는 비유가 결코 억지가 아니다.

아무튼 데즈카의 메모를 통해 확인한 바로는, 당초 미국 대통령의 '정의'를 대행하는 로봇이었던 아톰이, 막상 연재가 시작되자 이민 오려고 지구에 찾아온 우주인과의 분쟁을 막는 대사 역을 맡는다. 그러므로 아톰의 속성은 악과 싸우는 것도 아니고 전투 능력을 뽐내는 것도 아닌, 교섭이다.(《그림 1》) 약간 벗어나는 이야기이지만, 이러한 설정에서 '무장하지 않은 주인공은 교섭에 성공한다'는 명제를 뽑아내면, 요즘 서스펜스 드라마에서 자주 볼 수 있는 소위 '교섭인물'(네고시에이터물)[5]이 만들어지는 셈이다.

그림 1 『철완 아톰』의 한 장면

처음부터 아톰에겐 없는 것

문제는 아톰이 대사 역을 맡음으로써 무엇을 손에 넣느냐 하는 점이다. 대부분의 이야기론에서는 주인공이 무언가를 결여하거나 상실한 상태에서 모험을 시작하며, 이를 되찾는 과정으로 스토리가 진행된다고 말한다. 주인공이 '아직 손에 넣지 못한 것' 혹은 '잃은 것'을 찾으려 하기만 하면 쉽사리 스토리가 만들어진다.

결여 혹은 상실된 것이 보물이든 범인이든, 무라카미 하루키가 자주 쓰는 '실종된 부인이나 애인'이든, 아무튼 상관없다. 그리고 대부분의 이야기에서는 주인공이 잃어버린 것을 찾아가는 과정에서 '어른'이 된다. 다만 무라카미의 경우에는, 보물찾기가 끝난 후에도 억지로 상실감에 젖거나 어른이 되기를 기피하는 경향이 있는데, 일본의 근대소설 전통과도 같다는 생각도 든다. 어쨌든 아톰의 경우에는 당시의 정치 상황과 결부되어 어른이 되는 문제를 둘러싸고 약간 복잡하게 진행된다.

그건 그렇고, 대체 아톰이 결여하고 있었던 것은 무엇일까. 그것을 설명한 장면을 작중에서 뽑아보았다.(《그림 2》) 이는 '아톰의 명제'를 추출하기 위한 중요한 대목이다. 덴마 박사가 사랑하는 아들 도비오를 교통사고로 잃고, 도비오와 꼭 닮은 로봇을 만들었다는 것은 다들 알고 있을 것이다. 하지만 그다음이 기묘하다.

> 이리하여 도비오는 과학적 예술품으로서
>
> 진짜와 거의 차이 없이
>
> 다시 태어난 것입니다.
>
> 박사의 마음은 위로받았습니다.
>
> 하지만 얼마 지나지 않아 무시무시한 결점을 깨닫게 됩니다.
>
> 그것은 도비오가 성장하지 않는다는 것입니다.
>
> 박사는 그 점을 증오했습니다.
>
> (『데즈카 오사무 만화 전집 221─철완 아톰 ①』, 데즈카 오사무 지음, 고단샤, 1979)

로봇이 성장하지 않는다는 사실을 과학자가 몰랐다는 게 말이 되냐고 지적해봤자 별 의미 없는 일이다. 데즈카는 당시의 정치 상황 속에서 아톰을 '성장을 금지당한 아이'로 설계할 필요가 있었던 것이다.

그림 2 「철완 아톰」의 한 장면

성장하지 않는 아톰과 '일본인 12세 발언'

「아톰 대사」가 연재된 것은, 일본이 점령 상태에서 독립하여 국제사회로 다시금 복귀하고자 하던 시기였다. 1951년 4월호에 처음 연재되었고, 아톰이 등장한 그다음 시퀀스는 7월호에 실렸으므로, 데즈카가 아톰 등장 신을 집필했을 것으로 보이는 그해 5월 5일, GHQ[6] 최고사령관이었던 더글러스 맥아더[7]는 그 유명한 '12세 발언'을 했다.

다음 인용문은 맥아더가 미 상원 군사외교위원회에서 독일과 일본의 점령 정책 차이에 대해 발언한 내용이다.

같은 청문회에서 맥아더는 의원의 질문에 이렇게 답변했다. "과학, 미술, 종교, 문화 등의 발전을 볼 때, 앵글로색슨이 45세의 장년기에 도달했다면 독일인도 거의 비슷한 동년배이다. 하지만 일본인은 아직 학생으로, 12세의 소년과 다름없다."

(『도설圖說 맥아더』, 소데이 린지로·후쿠시마 주로 지음,

태평양전쟁연구회 편집, 가와데쇼보신샤, 2003)

독일인은 성숙한 어른인데도 나치즘이라는 돌이킬 수 없는 잘못을 저질렀다. 하지만 일본인은 아직 12세의 소년으로 미성숙한 상태일 뿐 민주주의를 충분히 교육할 수 있는 가능성이 있다는, 칭찬인지 비판인지 알 수 없는 발언이었다. 이 발언이 보도되자 '맥아더 기념관'까지 건설하려고 하던 당시 일본의 맥아더 열풍은 돌변하여, 몇몇 기업이 자사 제품을 내걸고 '12세가 아닙니다'라고 신문광고를 내는 소동이 벌어졌다고 한다.

서양인이 일본인 국민 전체의 미성숙을 지적한 것은, 메이지 시대[8] 천문학자이기도 한 일본 연구가 퍼시벌 로웰Percival Lowell[9]이 일본인의 정신이 진화론적으로 열등하다고 논한 『극동의 정신Soul of the Far East』(1888)으로까지 거슬러 올라갈 수 있다. 로웰은 화성에 운하가 있다고 말했던 사람이기도 하다. 그런 사람이 하는 말에 애시당초 근거랄 게 있을 리 없음에도 불구하고 일본인이 쓴 일본인론 대부분이 은연중에 로웰의 주장을 바탕에 깔고 있다는 점은(즉 일본인론의 '명제'가 되어버렸다는 것) 무척 이상하다. 요즘도 일본 정치가들이 말하는 '제

구실을 하는 국가'론[10] 등을 들을 때면 맥아더의 12세 발언에서 마음에 심한 상처를 입었다는 느낌을 받는다.

　성장하지 않는 아톰이 버려진다는 모티프도 이런 맥락에서 파악할 필요가 있다. 진의는 모르겠으나, 그토록 칭송하던 맥아더에게 "일본인은 12살 먹은 꼬마"라는 말을 들은 충격과, '어른이 되지 못하는 아톰'이 아버지로부터 미움을 받아 버려진다는 이야기 전개는 뭔가 통하는 부분이 있는 듯하다. 집필 시기를 계산해보면, 당초에는 미국을 좋게 그렸지만, 맥아더의 발언 이후 아톰이 12세 소년으로 바뀐 게 아닌가 싶다. 그에 따라 아톰은 '어른이 되지 못하는 아이'이면서도, 비무장 대사로 평화 교섭을 하고, '어른'으로서 성공을 거두는 것이다.

　아톰이 무사히 대사 역할을 마치는 「아톰 대사」의 마지막에 약간 묘한 장면이 있는데, 아톰이 교섭 과정에서 우주인에게 성의를 표하기 위해 자신의 목을 내밀고(〈그림 3〉), 우주인이 아톰에게 어른 얼굴을 선물해준다.(〈그림 4〉)

　이 대목을 보면 「아톰 대사」는 마치 자력으로 분쟁을 해결하고 국제사회에서 '제 구실을 하는 국가'로 인정받았다고 주장하는 기묘한 우화로도 읽힌다. 참고로 덴마 박사는 작중에서 행방불명이 되었다. 즉 덴마 박사＝맥아더＝미국이 없어도 일본인은 어른이 될 수 있다는, 일종의 반미反美적 주제를 내포한 것이다. 이처럼 아톰에게는 덴마 박사한테 인정받기 위해 어른이 된다는 동기가 없다.

그림 3 『철완 아톰』의 한 장면

데즈카 오사무는 왜 로봇에게 성장을 강요했는가?

성장하지 않는 아이를 버린다는 모티프 자체는 흔하다. 예를 들면 『오토기조시』[11]의 일촌법사[12] 이야기가 있다. 아이가 없는 노부부가 신에게 소원을 빌어 얻은 아이가 일촌법사다. 다음 단락을 주의해서 보자.

> 세월이 흘러 12, 13세가 되어서도, 키가 남들만 못했다. 아무리 생각해봐도 평범한 사람은 아니었다. 그저 괴물처럼 보였다. 노부부는 자기들에게 무슨 죄가 있어서 이런 아이를 스미요시 대명신이 주셨는지 한탄할 뿐이었다. 저 일촌법사를 어딘가에 보내버리고 싶다고 이야기할 정도였다. 결국 그 이야기를 듣게 된 일촌법사는 부모가 그렇게 생각하다니 안타깝기 짝이 없다, 어딘가로 가버려야겠다고 생각하고, 칼이 없으면 안 되겠다 싶어 대신 바늘을 하나 빌렸다.
>
> (『오토기조시』, 시마즈 히사모토 편집, 이와나미쇼텐, 1936)

그림 4 『철완 아톰』의 한 장면

　마치 덴마 박사가 도비오를 미워하게 된 것처럼, 노부부는 성장하지 않는 일촌법사를 '괴물' 같다고까지 말하면서 미워한다. 이 유사점은 쉽게 설명할 수 있다. 신화나 민담과 유사한 이야기 구조 및 모티프는 훈련을 통해 습득할 수 있다. 융 식으로 말하자면, 훌륭한 창작자들은 그것을 집단무의식에서 자연스럽게 추출해낸다. 데즈카가 어떻게 이런 이야기를 만들었는지는 알 수 없지만,「아톰 대사」와「일촌법사」는 만들어진 시대와 표현 양식이 전혀 다름에도 불구하고 '성장하지 못하는 아이가 부모의 미움을 사 버려지지만 결국 어른이 되는데에 성공한다'는 공통 명제가 내포되어 있다는 사실은 흥미롭다.

　「일촌법사」와「아톰 대사」의 가장 큰 차이는 아톰의 속성이 로봇이라는 점이다. 아마도 여기까지 읽은 독자 여러분은, 이야기 구조에 유사성이 있고 데즈카가「아톰 대사」에서 그 명제를 일종의 정치적 배경 때문에 작품화했다는 설명을 들었어도 왠지 석연치 않다는 느낌이 들 것이다. 이유는 로봇이란 캐릭터와 성장이란 속성 사이에 발생하는 위화감, 혹은 모순 때문일 것이다. 로봇은 기계니까 성장한다면 그게 더 이상하다는 상식을 염두에 두면 왜 데즈카가 로봇을 성장시키려 했는지 이해가 가지 않을 수도 있다. 하지만 로봇이란 표상이 데즈카에게 있어, 그리고 근대의 환경에서 어떤 식으로 성립되었는지를 알고 나면 로봇과 성장이라는 모순을 통해 아톰의 운명을 그릴 수밖에 없었던 이유가 납득될 것이다.

다가와 스이호와 '로봇 아방가르드' 현상

일본 만화사에서 본격적으로 로봇이 주인공으로 등장한 책은 다가와 스이호의 「인조인간」이다. 이 만화는 〈후지〉[13]라는 잡지에 1929년 4월부터 연재되었다.(〈그림 5〉) 다가와는 말이 필요 없는 유명작 『노라쿠로』[14] 시리즈의 작가인데, 이 작품은 그의 초기작이다.

다가와는 다이쇼 시대[15] 후기에 다카미자와 미치나오라는 이름으로 다이쇼 아방가르드 문화 운동에 참가했던, 요즘 식으로 말하자면 '현대미술가'의 시초였다. 다가와는 반라半裸의 모습으로 물구나무를 서는 현대무용이나, 미술관에 돌을 던지고 도망치는 등의 퍼포먼스를 한 원조 행위예술가였다. 「인조인간」에도 미술가가 로봇을 미술전에 출품해서 미술관이 파괴됐다는 에피소드(〈그림 6〉)가 있는데 이것은 다카미자와 미치나오란 이름으로 활동하던 시절의 잔재라고도 할 수 있을 듯하다. 하지만 그보다도 그가 만화가로서 거의 처녀작에 해당하는 연재 작품에서 인조인간, 즉 '로봇'을 주제로 삼은 이유는, 다이쇼 아방가르드와 일본 만화의 역사가 서로 이어져 있다는 증거이기도 하다. 여기에선 다가와의 「인조인간」을 매개로 다이쇼 아방가르

그림 5 「인조인간」, 다가와 스이호 지음, 〈후지富士〉,
1931년 12월호

드적인 로봇이 어떻게 데즈카로까지 계승되었는지를 확인해보자.

야마구치 가쓰히로[16]는 미래파[17]를 필두로 1910~20년대에 전 세계에서 동시다발적으로 발생한 전위미술 운동 가운데 '로봇 아방가르드'라고 부를 만한 현상이 있었다는 사실을 지적한 바 있다. 예를 들어 포르투나토 데페로Fortunato Depero[18]의 「기계적 무용을 위한 코스튬」(〈그림 7〉), 자코모 발라Giacomo Balla[19]의 「마키나 티포그라피카」(〈그림 8〉) 등의 신체 퍼포먼스에서 볼 수 있는 디자인은 오늘날 기준으로는 로봇과 유사하다. 이 작품들은 기계를 새로운 미학적 상징이나

그림 6 「인조인간」의 한 장면

틀로 보는 시각에 바탕을 두고 있고, 그 바탕 위에서 인간 신체의 기계화를 모티프로 삼는 경우가 많다.

　이런 사고방식이 일본에서 어떻게 수용되었는지 좀 더 확인해보자. 무라야마 도모요시[20]는 『구성파 연구』(1926)에서 미래파부터 다다이즘[21], 네오플라스티시즘neoplasticism[22]에 이르는 과정을 '부르주아 예술'이라고 부정하며, 러시아 아방가르드 중에서 구성주의에 대해서는 '조형예술에 있어서 코페르니쿠스적 전환'이라고까지 찬미했다. 그는 구성파의 특징으로 '기계'라는 키워드를 들면서 이렇게 설명했다.

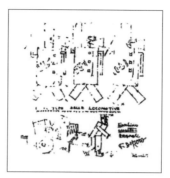

그림 7 「기계적 무용을 위한 코스튬」, 포르투나토 데
페로, 1924[『로봇 아방가르드 ― 20세기 예술과 기계』
(야마구치 가쓰히로, Parco출판, 1985)에서 재인용]

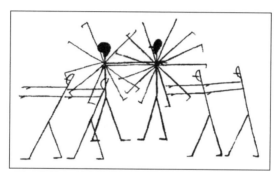

그림 8 「마키나 티포그라피카Macchina Tipografica」, 자코모 발
라, 1914(『로봇 아방가르드』에서 재인용)

구성파의 큰 특징 중 하나는, 기계에 대한 열정이다. 멀게는 미래파
부터 시작하여 네오다다이즘으로 이어진 부르주아 예술에서 이상할
정도로 기계에 대한 센세이션이 일어났고 이를 필두로 점차 구성파로
계승되었다.

(『구성파 연구』, 무라야마 도모요시 지음, 추오비주쓰샤, 1926)

무라야마는 기계에 대한 열정이 미래파 등 부르주아 예술을 계승한 측면이라고 인정하며, 그 열정이야말로 구성파 미학의 본질이라고 파악했다. 무라야마가 같은 시기에 발표한 소설 『인간 기계』에는 이런 구절이 나온다.

그러자 놀랄 만한 메타모르포시스가 일어났다.

그의 전신이 발톱 끝부터 머리까지, 점점 인간 기계로 변한 것이다.

그 순간

그리고 그의 철가면 머리는

하늘로

(『인간 기계』, 무라야마 도모요시 지음, 슌요도, 1926)

여기에서 흥미로운 부분은, 인간 신체가 기계로 변환된다는 이미지이다. 조금 후대에 등장한 일본 최초의 애니메이션 비평가 이마무라 다이헤이[23]는 기계와 신체의 변환이란 미학을 플라이셔 형제[24]의 〈뽀빠이〉[25]나 디즈니 애니메이션에서 발견하기도 했다.

이마무라는 "올림포스의 신들이 인격화된 자연의 힘이라면, 만화 영화의 등장인물은 인격화된 기계이다"라고 전제한 다음 〈뽀빠이〉에 관해 이렇게 논했다.

뽀빠이의 괴력은, 말하자면 종합적인 '기계력機械力'이라고 할 수 있다. 거기에 인격을 부여한 것이다. 그 때문에 작가가 뽀빠이를 기계학적 구조물로 제시한 것도 이상한 일이 아니다. 예를 들어 뽀빠이의 괴력이 발휘되기 직전, 그의 알통 속에서 모터가 회전하는 모습이 묘사된다. 또 뽀빠이가 입원해서 엑스레이를 찍었더니, 뼈마디가 철근이고 심장은 하트 모양 쇳덩어리로 되어 있더라는 내용도 있었는데 이도 마찬가지이다. 이처럼 작가 스스로도 뽀빠이를 기계 메커니즘으로 묘사하고 있다. 뽀빠이의 애인인 키가 큰 올리브 역시 기계적이다. 그녀는 몸 전체를 비비 꼬는 특기가 있는데, 간혹 몸으로 매듭을 묶기도 한다. 그 엄청난 뒤틀림을 보면 탄성체 금속인 스프링이나 용수철이 떠오를 수밖에 없다. 그것들은 기계 뽀빠이의 주요 금속 부품이기도 하다.

(『만화영화론』, 이마무라 다이헤이 지음, 오토와쇼보, 1965)

무라야마나 이마무라가 갖고 있는 인조인간 이미지가 조립된 로봇이 아니라 인간 신체가 기계화된 거라는 사실이 놀라울 것이다. 아톰처럼 완전히 기계로만 만들어진 로봇에 익숙하기 때문에 낯설게 느껴질 것이다. 그처럼 사람이 기계로 변신하는 이미지는 모로호시 다이지로[26]의 『생물도시』(1974)나 쓰카모토 신야[27] 감독의 영화 〈데쓰오〉(1989, 국내 개봉 제목 〈철남〉)에서 찾아볼 수 있다.

무라야마가 생각한 로봇 이미지는, 예를 들어 일본에서 1929년에 개봉된 프리츠 랑Fritz Lang[28]의 〈메트로폴리스〉[29](1927)에서 '매드 사이언티스트'[30] 로토방이 만든 인조인간에게 사람인 마리아의 모습이 옮겨지는 부분에서 찾아볼 수 있다. 〈메트로폴리스〉에 나온 '인조인간'(〈그림 9〉)은 영화 〈스타 워즈〉의 C-3PO[31] 디자인의 모티프라고 한다. 하지만 지금 와서 다시 보면 〈신세기 에반게리온〉[32]의 아야나미 레이[33]가 입은 플러그수트[34](〈그림 10〉)와 닮았다.

실제로 아야나미 역시 다이쇼 아방가르드로부터 다가와, 데즈카의 계보를 잇는 '로봇'에 해당하는 존재이다. 그 이야기는 잠깐 유보해 두겠다. 아무튼 흥미로운 것은 〈메트로폴리스〉에서 마리아란 여성의 모습이 인조인간으로 옮겨지는 장면이다(〈그림 11〉). 작중에서 원리는 밝혀지지 않았고, 그냥 모습이 '인간'에서 '기계'로 변환된다.

이처럼 다이쇼 아방가르드로 인해 생겨난 '로봇'의 이미지는, '기계'와 '인간의 신체' 사이의 치환이라는 문제와 연관돼 있다. 이런 사상은 다이쇼 아방가르드가 종결되고 쇼와 시대[35]에 접어들자 '기계 예술', '메커니즘'이라고 불리게 되었다. 소년 시절에 이러한 사상의 세례를 받았던 미시마 유키오의 미학이나 그가 신체 감각을 규정했던 부분에서도 이로부터 받은 영향을 느낄 수 있다.

아야나미 레이의 기원

아무튼 그 시기에 '인조인간' 이미지의 형성에 영향을 미친 또 하나의 작품은, 말할 나위도 없이 유명한 카렐 차페크Karel Čapek[36]의 희곡 『로봇R·U·R(Rossum's Universal Robots)』(1920)이다. 이 희곡에서 '로봇'이라는 용어가 처음 사용되었다는 사실은 잘 알려져 있다. 하지만 이 작품 속에 등장하는 로봇이 기계로 된 인간이 아니라는 사실은 그다지 알려져 있지 않다. 『로봇』 스토리 도입부를 보면 철학자 로숨이 로봇을 만드는 방법을 고안했다는 대목이 나온다. R·U·R社의 사장인

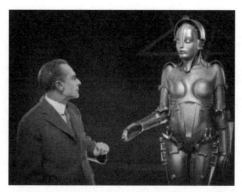

그림 9 「기계적 무용을 위한 코스튬」, 포르투나토 데페로, 1924(『로봇 아방가르드』에서 재인용)

그림 10 〈에반게리온 신극장판: 파〉, 스튜디오카라, 2009

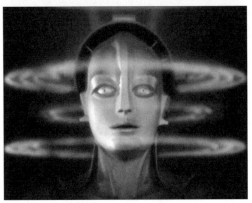

그림 11 〈메트로폴리스〉, 프리츠 랑, 1927

도민이 회장의 딸인 헬레나에게 그 경위를 밝히는 장면을 보자.

위대한 철학자인 나이 든 로숨이, 물론 당시엔 아직 젊은 연구자였 습니다만, 바다 동물을 연구하려고 머나먼 섬으로 출발한 거죠. 피리 오드. 그때 원형질(프로토플라즈마)이라 불리는 살아 있는 물질을 화학적으로 합성하여 비슷하게 만들려고 시도했습니다. 그런데 어느 순간, 화학적으로는 전혀 다른 구조이지만 마치 살아 있는 생물과도 같은 물질을 발견한 겁니다.

(『로봇』, 카렐 차페크 지음)

여기에서 말하는 원형질이란 '콜로이드 상태의 젤리 모양 가래'처럼 생긴 물질이라고 한다. 이미 생명을 가진 이 젤리를 "시험관에서 꺼내, 급속 발달시켜 여러 가지 기관이나 뼈, 신경 등을 만들고, 갖가지 물질, 촉매나 효소 및 호르몬 등을 추출"함으로써 로봇이 탄생했다는 것이다. 따라서 이 작품 속의 로봇은 기계가 아니라, 살아 있는 육체가 있는 인간에 가깝다.

희곡의 결말 부분에서 세상에 유일하게 남은 인류인 알퀴스트는 유실된 로봇 제조 기술을 알아내기 위해 로숨이 남긴 연구를 재현하고자 한다. 제일 먼저 회장 딸의 복제품인 로봇 헬레나의 해부를 시도한다. 하지만 헬레나의 애인인 로봇 프리머스가 필사적으로 저항하면서 대신 자신을 해부하라고 나선다.

프리머스: (무릎을 꿇으며) 선생님, 제발 저를 써주십시오! 저는 그 아이와 똑같이 만들어졌습니다. 같은 소재로 같은 날에요! 제 생명을 써주십시오. 선생님! (재킷을 풀어헤치며) 여기를 자르십시오! 여기를!

알퀴스트: 그만 둬. 난 헬레나를 해부하고 싶네. 자, 비키게.

프리머스: 그녀 대신 저를 써주십시오. 이 가슴을 자르세요. 비명도

지르지 않을 것이고, 한숨도 쉬지 않겠습니다! 100번이라도 내 생명을
써주세요!

(『로봇』)

로봇 헬레나는 인간 헬레나가 죽은 뒤 복제품으로 만들어졌지만,
그 신체는 완전한 기계가 아니다. 이 설정은 〈신세기 에반게리온〉의
아야나미의 기원으로 볼 수 있다. 레이는 플러그수트 디자인 측면에
선 〈메트로폴리스〉를, 신체 설정 측면에서는 『R·U·R』를 계승했다
고 할 수 있기에 『R·U·R』의 라스트신은 이렇게 묘사된다.

> 프리머스: 우리들…… 우리들은…… 일체이니까.
> 알퀴스트: 그 말이 맞다. (한가운데 있는 문을 연다.) 조용히. 가도록 하
> 거라.
> 프리머스: 어디로.
> 알퀴스트: (속삭이며) 어디로든. 헬레나, 그를 데리고 가거라. (둘을
> 밖으로 밀어낸다.) 가거라, 아담. 가거라, 에바. 그의 아내가 되거라. 프리
> 머스, 그녀의 남편이 되거라.

(『로봇』)

인조인간 둘이 인류가 사라진 세계로 나아가 새로운 아담과 이브
가 된다는 결말이다.[37]

인간과 기계의 변환 미학

한편 다가와의 「인조인간」은 목과 몸이 용수철로 연결되어 있는데, 마지막엔 장난을 너무 많이 친다며 박사가 분해해버리겠다고 야단치는 장면으로 연재가 끝났다. 인간과 기계의 변환이란 이미지도 없고, 무엇으로든 바뀔 수 있는 부정형의 물질인 원형질로 만들어진 로봇이란 이미지도 없다.

앞에서 이마무라 다이헤이의 인간과 기계의 변환이란 미학이 점차 디즈니로 이어진다고 지적한 것을 언급했는데, 영화감독 세르게이 에이젠슈타인Sergei Eisenstein 역시 디즈니에서 원형질을 통해 자유로이 변화되는 신체란 이미지를 발견한 바 있다. 그러나 다가와는 「인조인간」을 만들던 때까지만 해도 디즈니 작품을 접한 적이 없다. 나는 다이쇼 아방가르드에 본래 내포되어 있던 로봇 미학이 디즈니가 만들어낸 이미지를 한 번 거침으로써 비로소 만화 장르로 계승될 수 있었다고 생각한다.

그렇지만 다가와의 로봇은 아톰이나, 데즈카 오사무가 그린 로봇의 선조라고 할 수 있는 측면이 있다. 일단 몸과 머리를 자유롭게 떼어낼 수 있다는 특징이 아톰과 동일하다. 그리고 다가와가 로봇에 붙인 '검'이라는 명칭은 데즈카의 만화 『마그마 대사』[38]에 나오는 로켓인간인 소년의 이름이기도 하다. 참고로 『마그마 대사』의 적 캐릭터인 고어는 파울 베게너[39]의 영화 〈거인 골렘〉(1920)에서 유대교 랍비가 점토로 만든 거인 골렘 디자인을 차용한 것으로 보인다.

데즈카의 아톰과 다가와의 인조인간이 같은 계보로 이어진다는

또 하나의 증거는 그들을 만든 박사가 이런 난제를 떠맡긴다는 점에
서도 찾을 수 있다.

> "너희는 웃을 수도 화낼 수도 있지만 울 수는 없구나."
> "할 수 있어요. 울어볼까요?"
> "으엉~ 으엉~"
> "눈물이 안 나오잖아."
> "세상사 무상하다는 것은 이해를 못 하겠네."
> "스포이드로 살짝 떨어뜨리면 눈물이야 언제든 흘릴 수 있어요."
> (중략)
> "장난치지 말고 세상에 나가 살펴보고 와라."
>
> (「인조인간」, 다가와 스이호 지음, 〈후지〉, 1929)

서커스에 팔리는 식으로 극단적이진 않다고 해도 '세상사 무상'함
을 알지 못할 거라고 야단을 맞으며 세상 속으로 내던져지는데, 이
대목은 다가와의 「인조인간」이 아톰으로 향하는 출발점이란 사실이
느껴진다.

로봇에게 감정이 있는가 하는 문제는 처음으로 로봇을 기계 인형
으로 그린 소설가 오귀스트 빌리에 드 릴아당Auguste Villiers de l'Isle-
Adam[40]의 『미래의 이브』(1886)에도 나오지만 이는 박사가 검에게 바
란 부조리한 요구와는 정반대였다. 여배우 알리시아와 사랑에 빠진
청년 에왈드는 아름다운 용모와 대조적으로 그녀의 내면이 너무나도

평범하다는 사실에 분노한다. 그래서 알리시아에게서 영혼만 빼놓은 듯 외모가 똑같은 인조인간의 제작을 토머스 에디슨(발명가)에게 의뢰한다. 에왈드에게 이상적인 여성이란 혼을 갖지 않은 공허한 인조인간으로, 마음을 찾아 헤매는 다가와의 로봇과는 완전히 반대되는 존재다.

어른이 될 수 없는 운명

평소에는 이쯤에서 데즈카가 1920년대 할리우드 애니메이션에서 유래된 '미키의 서식'에 기반하여 캐릭터에게 신체성을 부여했다는 식의 설명을 시작했을 것이다. 하지만 여기에선 자세히 반복하지 않겠다.(『캐릭터 메이커』 94쪽 참조) 미키마우스를 비롯한 디즈니 캐릭터의 본질은 높은 곳에서 떨어지더라도 결코 죽지 않는 '불멸성'이라고 할 수 있다. 그러나 데즈카는 일종의 기호에 해당하는 비非리얼리즘적 캐릭터에 살아 있는 신체를 부여했다. 이 비非리얼리즘적 기호로서의 신체와 거기에 부여된 '살아 있는 신체'라는 모순은, 「아톰 대사」에서 로봇(기호)이지만 성장(신체성)을 요구받는 아톰의 운명으로 구현되었다. 바로 그것이 나의 데즈카 오사무론이며 아톰론이다. 이에 대해서는 『아톰의 명제』 등 다른 저서를 참조하길 바란다.

덧붙이자면 데즈카는 차페크의 『로봇』이나 다이쇼 아방가르드에서 엿볼 수 있던 신체의 기계화 및 원형질로 구성된 로봇이란 이미지를 정확히 계승했다. 예를 들어 2차대전 이후 데즈카의 작품에는 두 발로 걷고 말을 할 줄 아는 동물이 등장한다. 디즈니의 세계에선 그다지 특별한 일도 아니지만, 데즈카의 작품에서는 '개조' 당한 '개조 동물'이다. 디즈니나 플라이셔 형제가 일종의 애니메이션 표현으로 시도했던 의인화나 동물화에 대해 데즈카는 과학적 근거를 부여하고 자 했던 것이다.

젤리 형상의 가래와 같은 원형질로부터 만들어진다는『로봇』적 인 조인간은, 만화『로스트 월드』[41]에서 식물과 동일한 성분의 유기체 를 인간 모양의 붕어빵 기계 같은 형틀에 부어 모양이 완전히 동일 한 '인조인간'(작중에선 '식물인간'이라고 표현됨)을 만드는 장면에서 반복 된다.『로스트 월드』의 결말은 무인 행성에 이 식물인간 소녀와 인 간 청년이 남겨져 아담과 이브가 된다는 내용인데, 이 역시 차페크의 『로봇』과 동일하다.

프리츠 랑의 영화와 똑같은 제목의 만화『메트로폴리스』[42](1949)의 탄생 장면은 랑으로부터 차용한 것이지만(〈그림12〉〈그림13〉), 데즈카 판『메트로폴리스』의 주인공 밋치는 '인조인간'이면서도 '인조세포' 로 만들어졌기 때문에 육체와 내장을 갖고 있다. 이 인조인간은 라스 트신에서 무참히 녹아내리고 '인간의 형태'를 잃어 마지막엔 심장이 녹아버리는 장면으로 끝난다.

만화의 캐릭터이기에 죽지 않는 신체를 가지고 있지만, 모순적으 로 살아 있는 신체를 부여받은 이들 캐릭터의 공통 운명은 성장을 원 하지만 성장할 수 없다는 점이다. 그런 점에서『블랙잭』[43]의 피노코 는 데즈카가 그린 '로봇' 이미지를 가장 적확하게 구현해낸 캐릭터이 다. 의사 블랙잭은 성인 여성 안에 있던 종양에서 나온 내장과 뇌를

그림 12 『메트로폴리스』, 데즈카 오사무 지음, 가도카와쇼텐, 1995

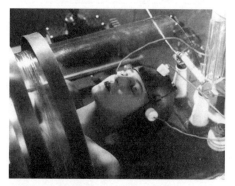

그림 13 〈메트로폴리스〉, 프리츠 랑, 1927

그림 14 「도둑맞은 아톰」, 『철완 아톰 ⑨』, 데즈카 오사무 지음, 고단샤, 2002

인간 모양의 플라스틱 용기에 집어넣어 피노코를 탄생시킨다. 피노코는 성인 여성의 신체 일부였기 때문에, 성인 여성의 자의식을 가지고 있다. 그러나 외모는 어린아이이고, 플라스틱으로 만들어졌기 때문에 성장할 수 없다. 이처럼 데즈카 작품의 '인조인간'들은 모두, 성장을 제한당한다.

「아톰 대사」에서 아톰은 '평화 대사 역할을 맡았으니 어른이 된 게 아닌가'라는 반론도 가능하겠다. 하지만 아톰이 예상보다 아이들에게 훨씬 더 인기를 얻자 아톰의 어른 면모는 봉인되고 『철완 아톰』으로 이어지게 된다. 그리고 「아톰 대사」에서 아톰이 어른 얼굴을 받는 장면도 일시적으로 삭제되었던 것이다. 게다가 아톰은 "어른 따윈 되고 싶지 않아"라는 발언까지 한다.

『철완 아톰』의 결말은 몇 가지가 있다. 하나는 과거로 타임슬립⁴⁴한 아톰이 자신의 탄생 장면에 맞닥뜨리자, 같은 사람이 두 명 있어서는 안 된다는 타임 패러독스를 해소하기 위해 죽음을 택하는 결말(『아톰 곤자쿠今昔 이야기』⁴⁵)이다. 인간이 거의 사라진 뒤에 로봇에게 쫓기는 젊은 남녀를 구출하다 죽게 되는 결말도 있다. 그 남녀 중 한쪽은 인간이 아닌 로봇이어서, 『로봇』으로부터 『로스트 월드』로 이어져온 아담과 이브라는 주제가 엿보이기도 한다. 결국 아톰은 어른이 되지 못하는 자신의 운명 때문에 목숨을 바치는 것이 아닌가 싶다.

'아톰의 명제'는 이렇게 정리할 수 있겠다.

아톰의 명제

인조인간은 인조인간이면서도 성장하길 바란다. 하지만 인조인간이기 때문에 성장할 수 없다는 심각한 문제를 안고 있다.

이렇게 문장으로 쓰기만 하면 무슨 말인지 이미지가 잘 떠오르지 않는 분을 위해, 내 사무소에서 근무하는 캐릭터 디자이너 히라린이 이 명제를 4컷 만화로 그려주었다.

만화 「이야기의 명제」

① 아톰의 명제

인조인간은 인조인간이면서도 성장하길 바란다. 하지만 인조인간이기 때문에 성장할 수 없다는 심각한 문제를 안고 있다.

1. 주인공의 속성은 인조인간이다.

2. 주인공은 인조인간이므로 성장할 수가 없다.

3. 주인공은 인간처럼 성장하길 바란다.

4. 하지만 결말 부분에서 꼭 성장하는 것은 아니다.

워크숍 1

아톰의 명제

이번 워크숍에서는 '아톰의 명제'를 테마로 삼아 작품을 만들어본다. 그 전에 간단한 몸풀기를 하자. 앞에서 인용한 아톰이 탄생하는 장면을 바탕으로, '죽은 누군가를 대신하여 만들어진 로봇'이 주인공이라는 점을 참고하여 시나리오의 앞부분을 써보자.

| 작례 | 오타 요코의 작품

#1 미래 도시 전경

아톰의 목소리가 풍경과 겹친다. "난⋯⋯"

#2 같은 장소, 컷인

거리에 혼자 멍하니 서 있는 소년 '아톰'.

아톰의 손에 들려 있는 한 장의 사진.

거대한 컴퓨터를 배경으로 학자처럼 보이는 아버지 모습이 있다.

아톰: (한숨을 쉬며) "아버지한테 버림받은 걸까."

#3 같은 장소

걸어오는 아톰.

커다란 배낭을 메고 전신을 뒤덮은 후드 차림이다.

아톰: "그래도 좀 이상한데?"

"인간이었던 내가 교통사고로 죽고, 박사인 아버지가 날 로봇으로 만들었

고……"

"그리고…… 가장 큰 의문은……"

덮고 있던 후드를 걷는다.

아톰: "어째서 '개'로 만든 거야……!!!"

처음 보이는 모습. 개 모습의 로봇이다.

발을 동동 구르며 화를 낸다.

왠일인지 박사는 소년의 원래 모습 그대로가 아니라 개 모양의 로봇으로 부활

시켰던 것이다.

아톰: "여자 친구인 에리카는……"

에리카의 대사가 컷백으로 삽입.

"미안해. 난 인간과 사귀고 싶어."

아톰 "……라고 차였고!"

"이건 전부 다……"

"그 변태 아버지 탓이야!!"

#4 회상

아버지: "미안, 아톰."

가벼운 느낌으로 사과하는 아버지.

아버지: "내가 개를 좋아하다가 갑자기 고양이가 좋아져서……"

"봐봐, 고양이 아톰을 완성했다!!"

고양이 모양 아톰을 꺼내는 아버지.

아버지: "넌 이제 필요 없어."

충격을 받는 아톰.

아버지: "넌 잘 살 수 있을 거야. 파이팅!!"

이 말만 남기고 아톰을 버렸다.

#5 다시 바깥

절망하여, 비틀거리며 주저앉아 생각에 잠기는 아톰.

아톰: "인생을 다시 시작하고 싶어"라고 무심코 중얼거린다.

"아니, 이미 다시 시작한 건가?"

라고 스스로에게 되묻다가, 문득 무언가를 깨닫는다.

아톰: "응? 다시 시작한다……?"

"그래!!"

"과거로 타임슬립해서 내가 죽는 걸 막으면 되잖아!!?"

"타임머신을 만든 적은 없지만, 지금 나는 로봇이 됐으니 머리가 좋아졌거든.

만들 수 있을 것 같아!!"

일어서는 아톰.

아톰: "마침 근처에 발전소도 있으니……."

#6 발전소 앞

발전소로 가서, 눈에서 내뿜는 괴광선으로 벽을 파괴하고 침입한다.

아톰: "여기 있는 철이나 금속을 다 쓰는 거야!!!"

#7 발전소 안

뭔가 괴상한 기계를 만들고 있다.

아톰의 목소리가 들려온다. "이걸 이렇게 해서" "이런!" "이렇게……" "저렇

게……"

6시간 후.

아톰: "와……, 완성인가……?"

타임머신이 완성되었다.

아톰: (타임머신에 타고서) "발전소 전기를 연결하고……"

"가고 싶은 연대를 입력……"

(조작한다) "됐다!!!"

"자, 그럼……!"

"과거의 나를 찾아가자!!"

아톰의 모습이 사라진다.

| 해설 |

데즈카 오사무가 고양이 아톰 만화 『아톰 캣』[46](《그림 15》)을 그렸다는
사실을 이 학생은 아마도 모르겠지만, 박사는 '개 아톰'을 만들어냈
다. 박사가 버리는 이유도 취향이 개에서 고양이로 바뀌었기 때문이
지 성장하지 않기 때문은 아니다. 하지만 이 대목은 개그니까 넘어가
도록 하자. 제시된 명제를 아예 빠뜨린 것은 아니다.

　내가 재미있다고 생각한 부분은 주인공이 '과거로 타임슬립해 내
가 죽는 것을 막으면 되겠다'고 생각하게 되는 전개이다. 그녀가 아

톰이 과거로 타임슬립한다는 내용의 『아톰 곤자쿠 이야기』를 알고 이야기를 만든 건 아닌 듯하다(당시 수업에서 『아톰 곤자쿠 이야기』를 언급한 적이 없다). 하지만 데즈카의 '셀프 패러디'[47]라고 할 만큼 아톰의 후일담이나 리메이크 작품과 미묘하게 겹치는 부분이 있어 흥미롭다.

무엇보다 '명제'를 제대로 처리했다는 생각이 든 부분은 스스로 자신의 죽음이라는 운명에 맞서고자 한 개 아톰의 선택이다. 즉 '성장할 수 없는' 자신을 스스로 구원하려고 적극적으로 행동했다는 점이다.

『아톰 곤자쿠 이야기』에서 아톰은 타임슬립하여 자신의 탄생을 위해 죽게 된다. 이 학생이 만든 개 아톰은 자신을 죽지 않게 한다(성장시키려고 한다). 하지만 잘 생각해보면, 만약 인간 아톰을 구하게 되면 개 아톰은 탄생하지 않을 것이다. 즉 개 아톰은 자기 자신을 소멸시키지 않으면 안 된다는 문제에 곧 직면하게 될 것이다. 코믹한 내용으로 시작했지만 이런 무거운 전개가 마지막에 기다리고 있다.

이 시나리오를 조금 심각하게 해석해보면, '아톰의 명제'가 작품의 전개나 본질을 규정하고 있음을 알 수 있다. 중요한 점은 이 다음 전개에서 계속하여 이 명제로 회귀해야 한다는 것이다. 여기에 제시한 시나리오는 도입부일 뿐이지만, '아톰의 명제'를 주제로 삼아 중심에 두고 플롯을 만들고 아톰이란 이름만 바꿔버리면(이대로 놔둬도 패러디 작품이라고 하면 아슬아슬하게 OK일 수도 있겠지만) 오리지널 작품이 완성되는 것이다. 그리고 '인조인간'이란 부분도 아예 확대 해석해버리면 전혀 다른 작품으로 만들 수도 있다.

나는 평론집 『아톰의 명제』에서 가지와라 잇키 원작 만화 『거인의

그림 15 『아톰캣』, 데즈카 오사무 지음, 고단샤, 1993

별』[48]이 '아톰의 명제'에 기반을 두고 있다고 지적한 바 있다. 『거인의 별』의 주인공 호시 휴마의 아버지 호시 잇테쓰는 거인(일본 프로야구 요미우리 자이언츠의 별칭)의 선수였지만 성공하지 못했다. 대신 아들 호시 휴마를 어린 시절부터 '메이저리그 볼 양성 기브스'란 물건까지 달아가며 오직 야구를 위한 '야구 로봇'(실제 작중에서 이런 표현이 나온다)으로 키웠다. 하지만 휴마는 결국 거인에 입단했으나 몸이 너무 작았고(메이저리그 볼 양성 기브스 탓이라는 설정은 없지만), 그 작은 몸으로 프로야구 선수를 계속하기 위해 금단의 마구魔球[49]를 만들어내려다 결국 선수 생명이 끊어지게 된다. 가지와라가 의식했는지는 알 수 없지만, '아톰의 명제'로부터 『거인의 별』의 스토리를 이끌어낼 수도 있다는 이야기다. 그러기 위해서는 워크숍을 통한 반복 연습이 필요하다.

2강

김나지움의 전학생

에릭의 명제

『토마의 심장』과 『수레바퀴 아래서』

'어른이 되는 것을 금지당한 아이'인 아톰의 운명을 생각하다 보니 이런 이야기를 어디선가 본 적이 있다는 느낌이 들었다. 『거인의 별』의 주인공 휴마의 운명도 '아톰의 명제'에 상당히 충실하지만, 그것과는 또 다른 작품이다.

　① 죽어버린 소년이 있다.

　② 그 소년을 대신하는 존재로 받아들여지는 소년이 있다.

　③ 대신하는 소년은 성장을 금지당했다.

　④ 대신하는 소년은 이야기 마지막 부분에서 어른이 된다.

　「아톰 대사」의 스토리 라인을 위와 같이 추출해보니 하기오 모토의 『토마의 심장』[1]이 떠올랐다. 원래 이 작품은 뒷 강의에서 '이야기의 명제'를 추출하는 데 사용할 생각이었는데, 앞 강의와 이번 강의를 연결해주는 작품으로 적합할 것 같아 여기서 살펴보겠다.

　『토마의 심장』은 1974년 〈주간소녀코믹〉[2]에 연재된 작품이다. 여담이지만 당시에는 〈소녀코믹〉, 〈소녀프렌드〉, 〈마가렛〉이란 세 가지 소녀만화³ 주간지가 출간되고 있었다. 과작이긴 했으나 마니악한 작가였던 하기오가 약간 저연령층 일반 독자가 찾던 〈주간소녀코믹〉에 등장했다는 사실, 게다가 팬들 사이에서 숨겨진 걸작으로 통하던 「11월의 김나지움」⁴의 캐릭터와 같은 이름, 유사한 설정을 들고 나와 독자들은 깜짝 놀랐다. 아무튼 『토마의 심장』은 하기오의 첫 주간 연재 작품이었다.

『토마의 심장』은 일본 만화사에서 다케미야 게이코⁵의 『바람과 나무의 시』⁶(1976년)와 함께 소위 'BL(보이즈 러브)'⁷의 기원으로 여겨질지도 모른다. 하지만 동시대에 「11월의 김나지움」과 『포의 일족』⁸ 시리즈 중 한 편인 「작은 새의 둥지」, 그리고 『토마의 심장』을 연이어 읽은 독자들이라면 머릿속에 헤르만 헤세Hermann Hesse의 소설 『수레바퀴 아래서』⁹를 떠올렸을 것이다. 10대 독자를 위한 라이트노벨이 대량 공급되고 있는 오늘날¹⁰ 헤세를 읽는 사람은 없을지도 모르겠지만, 1970년대에는 10대라면 누구나 읽는 필독서 중 하나였다.

『수레바퀴 아래서』는 독일 기숙사를 무대로 하여, 사춘기 소년들의 갈등과 좌절을 그린 작품인데, 하기오의 김나지움Gymnasium 작품들과 겹치는 점이 있다. 따라서 『토마의 심장』은 독자들의 작은 문학 체험과 자연스럽게 이어질 수 있었다.

어른과 아이의 경계선상의 시간

『토마의 심장』은 토마 베르너라는 13세 소년이 김나지움 선배인 유리스몰에게 한 통의 유서를 남긴 후, 육교에서 투신자살하는 장면으로 시작한다. 자살을 선택한 토마의 연령이 13세라는 설정은 실로 절묘하다.

미야자키 하야오의 애니메이션 〈마녀배달부 키키〉[11]에서 주인공 키키가 13세에 마녀 수업을 받으러 집을 떠나고, 지브리 애니메이션인 〈마루 밑 아리에티〉[12]에서도 14세를 목전에 둔 아리에티가 최초로 '빌리기'를 하러 인간이 있는 장소로 아버지와 함께 출발한다. 13세, 작품에 따라서는 14세란 나이는 어른과 아이의 경계가 되는 시기로 여겨지곤 한다. 그런 관점에서 보면 13세의 토마가 자살을 선택한다는 것은 어른이 되기 직전에 성장을 멈춘 것으로 볼 수 있다. 자살을 둘러싼 진상은 덮어둔 채 토마의 죽음 소식이 김나지움에 퍼진다. 그로 인해 평온하던 학교는 불안과 동요에 휩싸이지만 곧 일상을 회복한다.

> 이미 일상을 되찾았다. 불쌍한 토마 베르너가 사고로(사실은 자살이지만) 죽은 지도 벌써 반달 전. 과거의 일이다. 지금은 간혹 말끝에 나오는 정도. 다들 잊어갔다. 앙테 로에는 토마 대신 선배들의 티타임에 불려갔고, 그만큼 인기가 있던 토마 베르너가 없어졌다는 사실을 이젠 모두 납득하고 있었다. ……그러니까 유리도…… 잊어버려!
>
> (『하기오 모토 작품집 11-토마의 심장 ①』, 하기오 모토 지음, 쇼가쿠칸, 1978)

하지만 유리(유리스몰)는 자신에게 온 유서 때문에 '플래시백' 같은 기억에 시달린다. 유리와 같은 방을 쓰는 절친한 친구 오스카 역시 유리가 다른 아이들처럼 토마를 잊기를 바란다. 결국 유리는 토마가 자살한 육교 위에서 자기 앞으로 쓴 유서를 찢어버린다. 그런데, 유리 앞에 전학생 에릭 프뤼링크가 나타난다.

> "……토마 베르너를 아니?"
>
> "!? 몰라! 최소한 내 이름은 아냐. 그게 누군데!?"
>
> "자살한 애야."
>
> "흠, 그래? 근데 나랑 무슨 관계인데?"
>
> "관계는 없어. 얼굴이 무척 닮은 것 말고는."
>
> "엉? 웃기는군!"
>
> (『토마의 심장』)

죽은 토마와 얼굴이 꼭 닮은 에릭이 등장하자 평온함을 찾아가던 김나지움 학생들의 의식 속에 '토마의 죽음'이란 사건이 다시 떠오른다.

어른이 되기 직전인 13세에 자살한 토마와 달리, 토마와 똑같은 얼굴의 소년 에릭은 토마보다 한 살이 많다. 토마는 엄마 마리에와 둘이 살고 있었는데, 어머니한테 새 약혼자가 생기자 반항심이 생겨 전체 학생이 기숙사에 들어가는 슈로터베트 고등중학(김나지움)으로 전학하게 되었던 것이다. 토마는 엄마가 반성하고 자신을 찾아와주기를 기다리고 있었다. 에릭은 엄마를 마리에라고 부르며, 엄마로부터 독립적이지 못한 면이 있었다. 마리에 또한 아이에게서 떨어지지 못하는 엄마였다. 에릭은 마리에와 이런 약속을 했다

> 당시의 나도 죽음이 무엇인지를 알고 있었다. 그게 왜 그토록 슬픈 일인지, 추억하면서 울기엔 너무 어렸지만.
> "혼자는 아니잖아. 내가 있어요, 엄마."
> "……하지만 너도 언젠가 나를 버리고 갈 거야." "다 크고 나면, 사랑을 하게 되고, 애들은 다 그렇게 되거든. 그리고 나는 또 혼자가 되겠지."
> "버리고 가지 않아요. 크지 않을 거야……."
>
> (『토마의 심장』)

크지 않겠다고, 즉 성장하지 않을 거라고 에릭은 마리에에게 맹세했던 것이다. 덴마 박사는 아톰을 로봇으로 만들어 아톰의 성장을 금지시켰다. 그런데도 도리어 본인이 화를 내면서 아톰을 서커스에 팔아버렸는데, 이는 '귀종유리담'이란 '이야기의 명제'가 작용한 것으로 볼 수 있다. 에릭은 마리에와의 약속에 구속되어, 어른이 되지 않겠다고 결심한다. 이는 토마가 죽음을 통해 어른이 되기 전에 영원히 멈춘 것과 겹쳐 보인다. 하지만 에릭 또한 죽음 가까이에 머물러 있었다. 에릭은 어머니가 연인과 키스하는 모습을 목격하고 충격을 받아 스스로 목을 졸라 죽으려 한 경험이 있었다.

"목을 졸랐다고……? 스스로……?" "하지만 그래서는…… 죽을 수
없지 않아……?"

"죽을 수 있었어. 도중에 정신을 잃지만 않았더라면."

(『토마의 심장』)

그 일로 인해 에릭은 소위 패닉 장애에 해당하는 발작을 일으키곤
한다.

『토마의 심장』에서는 토마와 꼭 닮은 에릭의 등장으로 토마의 죽
음에 대한 진상이 천천히 밝혀지고, 기숙사 안에서는 아직 어른이 아
닌 소년들의 사랑이라고도 우정이라고도 하기 힘든 감정이 분출하고
뒤섞인다. 그사이 어른이 되기를 거부했던 에릭은 마리에의 죽음을
겪었고 유리와 신뢰를 쌓아간다. 결말에 이르러, 에릭은 결국 유리와
이별하여 어른이 된다.

참고로 결말 부분에서 유리는 신학교로 전학한다. 소설『수레바퀴
아래서』의 무대가 바로 신학교였다. 작중에서 유리가 헤세에 관해 기
상천외한 리포트를 쓰는 장면이 나오는데, 이런 세부 묘사를 통해 하
기오가『수레바퀴 아래서』를 읽었다는 것을 느꼈던 기억이 난다.

소년은 어떻게 성장할 수 있을까?

앞에서 살펴본 바에 의하면『토마의 심장』에는 '아톰의 명제'가 확실
히 내포되어 있다. 하지만 이번 장에서『토마의 심장』으로부터 추출
하려는 '이야기의 명제'는 그게 아니다.

여기서 문제는 아톰이든 토마든 어떻게 성장할 것인가 하는 것으로 바뀐다. 이에 대해서는 『스토리 메이커』 등에서도 다룬 바 있는데, 이야기의 주제는 대개 사람이 어른이 되어가는 과정이다. 신화나 민담에서는 영웅이 성장하여 신이나 새로운 권력자가 되어가는 과정을 그린다. 근대적 스토리에선 귀족이나 상류 계급 등 고귀한 신분이었던 주인공이 자기 핏줄을 찾아 성장하는 형태를 취한다. 요즘에는 평범한 소년 소녀들이 어른이 되는 과정을 그리는 것이 '성장 이야기'의 기본형이다. 그래서 조금 극단적으로 말하자면 이야기 마지막 부분에 "소년은 조금 어른이 되었다"고 나레이션을 집어넣기만 하면 (물론 타이밍은 잘 맞아야겠지만) 이야기가 완결된다.

미르치아 엘리아데Mircea Eliade[13]는 현대를 통과의례가 상실된 시대, 즉 '어른'이란 틀 자체가 유동적이 되어버린 시대라고 지적한 바 있다. 그렇다면 오늘날에는 '어른이 된다'는 주제 자체를 그리기 힘들다고도 할 수 있다. 그럼에도 불구하고 이야기 구조 자체가 통과의례라는 설이 있어서인지 많은 이야기가 어른이 되는 문제라는 테마를 향하고 있어 까다롭기도 하고 재미있기도 하다.

이런 성장 이야기, 즉 빌둥스로망bildungsroman[14]의 구조를 답습하면서 동시에 '어른이 되지 않는 주인공'을 그리고자 하면, 고다르[15]의 작품 같은 유럽 영화나 무라카미 하루키 및 가와바타 야스나리[16]로 대표되는 일본의 근대문학이 될 수밖에 없다. 어른이 되기 직전인 13세 소녀가 주인공인 성장 이야기는 지브리 애니메이션의 장기이지만, 남자 주인공을 다룬 작품의 경우 미야자키 하야오 감독의 〈벼랑 위의 포뇨〉[17]에서 소스케가 엄마 자궁으로 돌아가거나 미야자키 고로 감독의 〈게드 전기〉[18]에서 아버지를 죽인 주인공이 어머니에게 돌아가는 식으로 엉뚱하게 헤매곤 한다. 이처럼 '어른이 되지 못하는 남자' 이야기는 마치 일본 문학이나 서브컬처의 특징처럼 되어버렸다. 이에 대해서는 내 저서 『이야기론으로 읽는 무라카미 하루키와 미야자키 하야오』(가도카와쇼텐, 2009)에서 다뤘으니 흥미를 느끼는 분들은 참조 바란다.

아무튼 아톰과 에릭은 남자아이임에도 불구하고 어떻게 성장할 수 있었던 것일까. 그에 관해 『토마의 심장』을 바탕으로 살펴보자.

이야기를 강제로 움직이게 하는 열쇠

앞 장의 내용을 너무 많이 끌어왔으니, 이쯤에서 이 장에서 도출될 명제를 제시하고 검토해가는 단계를 밟도록 하자.

에릭의 명제

전학생은 외부세계에서 찾아와, 내부세계의 문제를 드러낸다. 그리고 이 문제를 해결하여, 내부세계를 재생시킨 후 자신도 성장한다.

'아톰의 명제'에서는 주인공이 '성장을 금지당한 인조인간'(죽은 자를 대신하는 역할)이라고 정의되었지만, '에릭의 명제'에서 주인공의 기본 속성은 '전학생'이다.

말할 필요도 없겠지만 전학생은 만화나 애니메이션에 있어서 일종의 '법칙'과도 같은 존재다. 내가 수업을 하는 대학의 만화학과에서도 학생들의 자유 과제를 보면 둘 중 하나는 누군가 전학을 오는 장면으로 시작하는 내용이다. 『토마의 심장』의 다른 버전이라고도 할 수 있는 단편 만화 「11월의 김나지움」도 선생님이 조례 시간에 전학생을 데려오는 장면으로 시작한다.

만화·애니메이션에서 법칙에 가까울 정도로 자주 쓰이는 전학생 이야기에는 이런 장면도 있다. 주인공이 늦잠을 자서 아침식사 대신 식빵을 물고 학교로 달려가다가 전학생과 마주친다는 내용이다. 〈신세기 에반게리온〉 TV판 시리즈 최종화에서 '가능 세계'(평행 세계) 중 하나로 그려진 시퀀스가 유명하다. 이해하기 힘든 본편보다도 '학원 게리온'이라고 불리기도 하는 이 장면에 매력을 느낀 팬도 적지 않았던 것으로 기억한다.

아무튼 '전학생이 온다'는 상황은 작가에게나 독자에게나 뭔가 시작될 것 같은 느낌을 준다. 사실 이야기라는 시스템을 가동하기란 쉬운 일이 아니다. 『캐릭터 메이커』의 5강 「주인공을 모험에 나서게 하는 몇 가지 방법」이라는 장을 굳이 만든 것만 봐도 알 수 있을 것이다.

하지만 예외적으로, 이야기를 강제로 움직이게 하는 열쇠 같은 기

그림 1 「11월의 김나지움」, 하기오 모토 지음, 쇼가쿠칸, 1995

만화「이야기의 명제」

② 에릭의 명제

전학생은 외부세계에서 찾아와, 내부세계의 문제를 드러낸다. 그리고 이 문제를 해결하여, 내부세계를 재생시킨 후 자신도 성장한다.

1. 주인공은 외부세계에서 찾아온다.

2. 내부세계의 사람들은 자신들의 문제를 직시하지 못하고 있다.

3. 주인공은 내부세계 사람들이 문제점을 직시하도록 만든다.

4. 문제가 해결되고 주인공도 성장한다.

술이 몇 개 있다. 하나는 '주인공을 고아나 버려진 아이로 설정'(즉 서커스에 팔려간 아톰과 같은 상황)하는 것이다. 주인공이 계모에게 학대당하거나 버려지는 옛날이야기에서 흔히 볼 수 있는 대목이다.

그런 열쇠 중 대표적인 것이 바로 '전학생'이라는 설정이다. 구소련의 기호학자인 유리 로트만Yuri M. Lotman은 이렇게 말했다.

> 어떤 문화 모델 구조에서든 경계를 통과한다는 것은 불가능할 정도로 어려운 일이기 때문에, 제재(슈제트syuzhet)[19](=플롯)를 구성하는 가장 전형적인 방법은 공간의 경계를 넘는 것이다. 제재의 도식은 세계 구조와의 투쟁으로 만들어진다.
>
> (『문학과 문화기호론』, 유리 로트만 지음)

뭔가 상당히 어려운 내용처럼 보이지만, '공간의 경계'를 넘는 것이 가장 전형적인 플롯 구성법이라는 뜻이다. '전학생'은 말 그대로 '경계'를 넘어온 존재이니까, 당연히 여기에 해당된다.

로트만의 '전학생 명제'를 좀 더 상세히 살펴보자.

이야기의 안과 밖

로트만의 논의는 인간이 '자신의 문화'를 유일무이한 것으로 여기고 싶어 한다는 지점에서 출발한다. 동시에 사람은 자신의 문화가 질서 있고, 체계적이라고 정의하고자 한다. 예를 들어 로트만은 어느 민족지에 적혀 있던 다음과 같은 기술을 인용한 바 있다.

폴랴네 족은 선조들의 습속에 따라 온후하고 얌전하며, 자신들의 며느리, 아내, 자매, 어머니, 부모에게 체면을 차릴 줄 안다. 또 시어머니나 남편의 형제에 대해 부끄러움을 느낄 줄 알고, 혼인의 관습도 갖고 있다. (중략) 하지만 드레블랴네 족 사람들은 동물 같은 생활을 하고, 가축처럼 살며, 서로를 죽이고 부정한 것을 먹을 뿐 아니라 혼인의 관습도 없다. (중략) 오로지 숲속에서 동물처럼 사는 관습이 있을 뿐이다.

(『문학과 문화기호론』)

위의 인용문은 폴랴네 족의 입장에서 기술記述한 것이다.

폴랴네 족은 관습을 갖고 있다.

↑　↓

드레블랴네 족은 동물처럼 생활한다.

로트만은 이런 형태로 '자기 문화'와 '비非문화'가 대립 구도로 설정 및 표현되어 있다고 지적했을 뿐만 아니라 "18세기의 많은 예술 텍스트, 사회비평문뿐 아니라 민속학적 기술의 기초가 되었고, 문화 유형학typology[20]의 메타언어[21]를 결정했다"(『문학과 문화기호론』)고 주장했다. 로웰이 일본인을 정신의 형성 측면에서 진화론적으로 열등하다고 하거나 맥아더가 일본 문화 전반을 12세 수준이라고 판단한 것도 이러한 메타언어가 만들어낸 것인지도 모르겠다.

자신의 위치를 서구나 문명에 두고 싶어 했던 메이지 시대의 일본인 역시 지방에 거주하는 일본인에 대해 이렇게 묘사한 바 있으니 마찬가지다.

　　우리는 배를 버리고 조용히 어촌과 해녀의 집이 늘어선 곳 안으로 진입했다. 눈에 들어오는 것 하나 하나가 모두 우리 호기심을 자극했다. 길가에 거꾸로 엎어진 큰 배 바닥에는 아이들이 두세 명 놀고 있었다. 여기저기 모래 위에는 냄새나는 담치(홍합과의 조개)의 조갯살을 말리느라 늘어놓고 있었다. 집이 깜짝 놀랄 만큼 낮고 지저분했다. 해녀와 소녀들 대부분은 나체로 공공연히 길거리를 걸어 다녔다. 우리는 흡사 남태평양 외딴 섬에 표착한 듯한 느낌을 문득 받았다.

　　　　　　　　　　　　(「이라고伊良湖 반도」, 『남선북마』, 다야마 가타이 지음)

　　다야마 가타이[22]가 메이지 30년대 초반(1897~1901년경) 아쓰미渥美 반도의 이라고 곳을 여행하고서 쓴 글이다. 이럴 정도였으니, 청일전쟁 이후 식민지가 된 대만의 원주민을 생번生蕃[23] 취급한 것은 (물론 전혀 올바르지 못한 일이지만) 당연한 태도였던 셈이다. 이런 메타언어는 지금도 일본이 아시아를 보는 시각 혹은 미국이 이슬람 국가들을 보는 시각에 보존되어 있다.

　　로트만은 이런 메타언어가 이야기 내부에서 성립하며 이를 도형으로 표현할 수 있다고 말했다.

　　2차원(평면) 공간이 여기 주어져 있다. 이 공간은 경계선을 통해 두

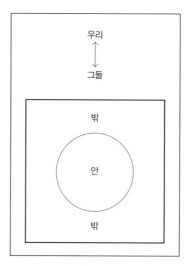

그림 2 문화 모델(『문학과 문화기호론』)

부분으로 분할된다. 한쪽에는 점의 유한집합이, 또 한쪽에는 점의 무한집합이 속해 있다. 양쪽을 합치면 보편적 집합을 형성한다. 여기서 경계선은 닫힌 곡선, 즉 유질동상類質同像적인 원이어야 한다. 그러면 조르당Jordan의 정리에 의해 경계선은 평면을 외적 영역과, 내적 영역으로 분할하게 된다.

(『문학과 문화기호론』)

일부러 복잡한 문장을 인용해봤는데, 〈그림 2〉를 보면 매우 단순하다. 이야기의 내부 공간이라는 하나의 원에서 둘레의 선을 경계선으로 삼아 안과 밖으로 분할된다는 뜻이다. 그리고 안과 밖은 앞서 언급한 민족 이야기나 이문화異文化에 대한 기술 방식을 참조하면, 예를 들어 이런 식의 대립항으로 표현할 수 있다고 한다.

내부		외부
자신의 부족(씨족, 종족)	↔	다른 부족(씨족, 종족)
깨달음을 얻은 자	↔	속세 사람
문화	↔	야만
지식인	↔	민중
질서(코스모스)	↔	혼돈(카오스)

(『문학과 문화기호론』)

이 도식은 『토마의 심장』에 아주 정확하게 들어맞는다. 즉 『토마의 심장』의 배경은 김나지움의 안과 밖으로 명확하게 구별된다. 『토마의 심장』에서 에릭은 마리에에게 김나지움의 인상을 이렇게 적어서 보낸다.

마리에, 마리에, 학교란 곳은 참 이상해요. 언덕 위 학교의 높은 창에서는 마을 지붕이 보이는데, 역도 길도 상점도, 외출허가증이 없으면 별세계나 다름없어요. 우리는 비슷하게 말하고 웃고 달리고 비슷한 옷을 입은, 현미경에 비친 똑같은 단세포생물 같아요. 기다란 복도, 계단, 창, 창, 창, 교실……. 마치 한 방울의 물방울 속 세계.

(『토마의 심장』)

에릭은 학교가 바깥에서 잘려 나온 다른 세계 같고, 거기 있는 아이들은 단세포생물과 똑같다고 느낀다. 로트만에 따라 해석해보자면, 김나지움의 내부는 기독교적 규범으로 질서가 잡혀 있고('깨달음을 얻은 자'들로 구성된 세계), 배움의 장이며('문화', '지식인'적 공간), 그리고 규칙이 있는 세계('질서 있는 우주')인 것이다.

한편 외부세계는 교태스러운 목소리로 말하는 여학생들이나 배가 나온 변호사로 이루어진, 좋든 나쁘든 '속세 사람'들의 세상이다. 그리고 에릭에게는 내키는 대로 행동하는 마리에가 있는 장소이기도 하다. 말하자면 '혼돈'의 세계이다.

외부세계를 야만스럽다고 직접 말하고 있진 않지만 유리스몰은 그리스계 아버지에게 물려받은 검은 머리카락 때문에 할머니에게 아랍인이라고 매도당하는데, 할머니의 가치관으로 보자면 '야만인'인 것이다. 유리는 그 때문에 이런 삐딱한 감정을 갖고 있다.

"편견……! 누가……!"
"누구든 간에."
작센, 슈바벤, 바이에른, 프리젠, 프랑켄, 튀링겐, 독일의 기반이 된 여섯 종족. 거기에 내 아버지는 없어. 아버지가 죽은 다음 처음으로 만난 그녀가 나를 보던 눈……! 남국……, 눈부시게 아름다운 꽃과 여름, 썩은 냄새와 미지근한 물, 태만, 동경과 모멸…….

(『토마의 심장』)

에릭은 유리의 이처럼 뻐딱한 감정을 이해할 수 없다. 유리는 이런 말도 한다.

"나는…… 어린 시절부터 꽤 단순했어. 그다지 나쁜 일을 모르면서 자랐지. 그러니까 나는 상당히 착한 아이였어……."

"그러니까 그런 시선에 대해,"

"보다 나은 아이이기 위해, 보다 나은 독일인이기 위해."

"노력해왔던 거야……. 내 인생에 오점을 남기지 않기 위해. 어떻게든 빛 쪽으로 가려고."

"박학하고 기지에 차 있고 정직한……"

"존경받는…… 완전한 인간. ……아마도 아버지와 같은."

"그래. 내 이상이지."

(『토마의 심장』)

즉 유리는 자신이 외부에 있으면 야만의 편이라는 취급을 받지만, 김나지움 안에 있으면 보다 나은 독일인, 완전한 인간으로 느낀다는 말이다. 그런 점에서 유리는 내부세계의 질서를 상징하는 인물이기도 하다.

하지만 김나지움의 질서정연한 세계는 전학생 에릭이 경계를 넘어오면서 크게 흔들리고, 변화되어간다. 로트만은 이런 복잡한 논의를 이어간다.

이런 식으로 세계를 의인화하는 갖가지 유형이 만들어진다. 예를 들어 조직화된(질서화된 세계=코스모스) 영역과 조직화되지 않은(혼돈=카오스) 영역으로 분할된 세계는, 자신의 내부에 이 두 가지 자연력을 가지고 있는 인간과도 유사하다는 생각 말이다.

(『문학과 문화기호론』)

간단히 말하면 작중에 내부세계를 체현하는 것과 외부세계를 체현하는 것이 필요하다는 뜻이다. 전학생 에릭이 외부세계의 가치를 체현한 인물인가 하면 꼭 그렇지는 않다. 예를 들어 오스카는 김나지움 안에선 이단 취급을 받지만 외부세계에서는 자연스럽게 어른다운 행동을 한다. 반면 에릭은 외부세계에서도 마리에가 약혼했기 때문에 있을 곳이 없고, 유리의 할머니처럼 검은 머리카락을 차별하는 세속적 가치관을 가지고 있지도 않다.

창조자로서의 '트릭스터'

문화인류학자 야마구치 마사오[24]는 내부, 외부 어느 쪽에도 속하지 않고 외측에서 내측으로 자유롭게 진입하는 자를 아프리카 신화에서 종종 등장하는 '트릭스터trickster'[25]라고 생각했다. 야마구치는 신화나 민중극에는 내부와 외부라는 대립된 세계가 있고, 내부세계가 경직됐을 때 외부로부터 침입해 물결을 일으켜 세계를 유동적으로 만드는 존재가 있다고 주장했다. 인용문을 통해 트릭스터의 역할에 대해 알아보자.

또 다른 인디언 문화에는 트릭스터라는 존재가 있다고 한다. 이것은 (창조자임과 동시에 파괴자이기도 한) 소박한(아르카익Archaic[26]) 형태의 장난꾸러기 같은 인물이다. 이 인물에는 모순이 내포되어 있다. 도움은 주지만 자기는 도움을 받지 않고, 처음엔 목적도 없이 충동적인 듯하지만 동시에 도덕적 가치의 화신Incarnation으로 자신의 위치를 높인다.

(『광대: 좌절의 현상학』, 콘스탄틴 폰 바를뢰벤[27] 지음)

트릭스터란 침입받은 쪽에서 보면 질서의 파괴자이다. 하지만 결국에는 그가 만들어낸 혼란이 세계를 새롭게 만들기 때문에 창조자이기도 하다. 트릭스터는 아무 생각도 없는 단순한 아이나 개구쟁이처럼 보이지만, 반反기독교적 세계로 빠져 타락할 뻔한(그런 설정이 감춰져 있다) 유리를 올바른 길로 인도하려 하는(도덕적 가치의 화신) 에릭의 캐릭터와 확실히 겹친다.

대립된 두 가지 가치관 중 어느 쪽에도 속하지 않는다는 트릭스터의 속성은 「아톰 대사」의 아톰에게도 부여되어 있다. 「아톰 대사」에서 침략해온 우주인은 지구인 한 명 한 명과 마치 쌍둥이처럼 꼭 닮았다.

로트만이 내부/외부 모델로 제시하고 싶어 했던 것은, 모든 인간이 자신을 내부로 여기고 외부를 부정한다는 사고방식이었다. 그런 점에서 데즈카가 지구인이란 내부에 맞서는 외계인(외부)을 지구인과 쌍둥이처럼 닮은 이들로 그리면서 거울 같은 관계로 시각화한 것은 꽤나 시사하는 바가 있다.

이처럼 내부와 외부가 마주보는 거울 같은 관계이면서도 대립이 격화되지만 아톰만은 자신을 닮은 또 하나의 자신을 갖고 있지 못하다. 게다가 아톰은 인간이면서도 인간이 아닌 인조인간이다. 따라서 대립되는 두 가지 가치관을 화해시키고 세계를 되살릴 수 있는 것이다.

『토마의 심장』에서도 에릭의 출현에 의해 김나지움과 등장인물들이 크게 변화한다. 원래대로라면 잊혀졌을 토마의 죽음을 둘러싸고 각자 대치하면서 그 의미를 생각하게 된다. 처음에 사람들은 유리가 토마의 애정을 거부해서 토마가 자살했다고 생각했다. 하지만 유리가 토마를 거부한 이유는 사이프리트라는 선배와 유리의 비밀 때문이었다. 앞서 말했듯 유리는 할머니의 편견을 깨고 완전한 인간, 보다 나은 독일인이 되려는 욕구를 가지고 있었다. 하지만 그렇게 무리해가면서 '나'라는 정체성을 가지려고 하면 어두운 부분, 즉 융이 말한 그림자shadow를 적 캐릭터로 설정할 필요가 있다. 『토마의 심장』에서는 유리의 그림자가 사이프리트를 끌어들였다고 볼 수 있다.

유리는 에릭한테 진실을 고백한다.

> "마음속에 착한 부분과 나쁜 부분이 있어서 착한 부분은 토마에게 끌렸고 나쁜 부분은 그에게 끌렸어." (중략)
> "나는 날개가 뜯겼다고 말했지만, 사이프리트의 초대에 응한 순간…… 스스로 버린 셈이야."
>
> (『토마의 심장』)

유리는 어둠의 세계로 타락해버린 자신을 '날개가 뜯겼다'고 느꼈다. 악마학을 내세우며 신앙을 부정하는 사이프리트는 유리에게 린치를 가하고, 이런 요구를 했다고 한다.

"눈을 떠⋯⋯! 멋지구나, 신앙심 깊은 유리스몰. 아직도 생각을 바꾸지 않았니?"

"그래도 어차피 폭력에는 이길 수 없어."

"이게 마지막이야⋯⋯. 자, 말해. 어떻게 해서든 말하도록 만들어주지."

"네가 말하는 신보다 내가 위라고! 나를 더 믿는다고! 나를 사랑한다고!"

"예스! 한마디만 해!"

"한마디만 하면 돼. 넌 나를 좋아하잖아?" (중략)

그리고 나는 그렇게 했어. 사이프리트가 시키는 대로 무릎을 꿇고, 주 대신 그의 발에 입을 맞추고, 계속 말했지. 용서해주세요. 용서해주세요. 뭐든지 하겠습니다⋯⋯.

(『토마의 심장』)

요새 BL 작품이었다면 강간 신으로 묘사되었을 만한 장면인데, 이걸 '신앙'의 문제로 표현한 데서 헤세의 『수레바퀴 아래서』 느낌이 난다. 이야기론에 기반을 두고 말하자면 사이프리트는 유리에게 있어 부정적 자아실현을 이룬 다스 베이더(《스타 워즈》)적 존재이다. 그리고 토마의 자살은 어둠에 빠진 유리한테 잃어버린 날개를 찾아주

려는 일종의 자기희생이었다. 유리는 이를 스스로 받아들임으로써 사이프리트의 속박에서 해방된다. 이 부분은 직접 작품을 읽고 확인해보길 바란다.

스토리 끝 부분에선 오스카와 오스카 아버지의 감정, 그리고 유리를 가장 가까이에서 생각해주던 오스카의 우정 등 서로에게 전달되지 못했던 마음이 통하게 된다. 이는 에릭이 뭔가 특별한 행동을 해서가 아니라 자유분방하고 순수한 행동의 결과라고 보는 편이 정확할 것이다.

에릭이 어느 쪽에도 속하지 않은 트릭스터이기 때문으로 볼 수도 있지만, 그보다는 오스카와 유리보다 먼저 어른이 되었던 덕분이기도 하다. 마리에를 잃은 에릭은 마리에의 애인 유리 시드 슈발츠의 함께 살자는 제안을 받아들이기로 한다. 둘 다 마리에의 추억을 공유하고 있으니 가족이 될 수 있을 거라고 말하는 시드의 제안에 에릭은 포옹으로 답한다. 그리고 바로 같이 가자는 시드에게 이렇게 말한다.

"……학교에 있으면 안 돼? 신뢰를 얻고 싶은 사람이 있거든."

(『토마의 심장』)

거기서부터 스토리가 순식간에 결말로 향하면서, 갈등과 트라우마로부터 벗어난 유리는 토마와 오스카의 우애를, 오스카는 교장인 아버지의 애정을 받아들이게 된다.

결말부에서 유리는 신학교로 전학을 간다. 완전한 인간, 보다 나은 독일인이 되기를 원하는 것처럼 불가능한 성숙이 아니라, 자신이 바라는 어른(융이 말한 '자기')이 되기 위한 성장을 시작한 셈이다.

이처럼 전학생 에릭은 외부에서 찾아온 트릭스터로서 평온하던 김나지움 사람들에게 토마의 죽음과 직면하는 계기를 제공했다. 그리고 유리와 오스카는 받아들이지 못하던 타인(토마 및 아버지)과 화해하게 된다. 유리는 본래 모습을 되찾고, 김나지움 사람들도 각자 조금씩 좋은 방향으로 변화한다. 그리고 무엇보다 에릭 자신도 성장한다.

작품의 결말부에서, 떠나간 유리를 배웅한 다음 에릭은 오스카한테 투정부리듯 이렇게 말한다.

> "이젠 학교 그만둘래."
> "그만두고 어쩌게?"
> "보덴으로 가지, 뭐. 시드가 있는."
> "웃기지 마. 여름방학은 아직 멀었어. 그리고 다른 친구들은 어쩔 거야. 바카스나 헤르베르트, 리베, 나……." "넌 더 공부해야 한다고……."
>
> (『토마의 심장』)

여기에서 "더 공부해야 한다"는 말은 더욱더 성장해야 한다는 의미라는 것은 굳이 설명할 필요도 없을 것이다.

84

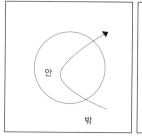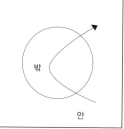

그림 3 '갔다가 돌아오는 이야기'의 구조

이세계異世界이자 주인공이 성장하는 장소

내 연배의 세대들은 『토마의 심장』을 『수레바퀴 아래서』와 겹쳐보았다고 언급했다. 그러나 『수레바퀴 아래서』의 주인공 한스는 에릭과 대조적이다. 그는 가난한 집 출신으로 신학교 기숙사에 입학하는데, 동급생인 헤르만 하일너에 의해 농락당하고, 엄격한 규율과 교육에 짓눌려 신학교에서 퇴학당한다. 그리고 마지막에 차가운 물속에서 발견된다. 한스는 트릭스터도 아닐뿐더러 세계를 갱신하지 못했고 스스로 성장하지도 못했다. 하기오가 이 내용을 소년들의 성장 스토리로 바꿔놓은 것은 실로 놀랄 만한 일이다.

『수레바퀴 아래서』는 외부에서 찾아온 소년이 내부의 가치관에 억눌려간다는 이야기인데, 현실에서는 그런 경우가 더 많을지도 모른다. 하지만 하기오는 폐쇄적인 김나지움을 성장 공간으로 삼아 통과해가는 소년들의 모습을 그렸다. 유리, 에릭, 오스카는 다들 신입생이나 전학생으로 닫힌 세계로 들어오고, 결국 그 안에서 성장해 외부세계로 돌아간다.(《그림 3》) 이야기의 전형적인 구조인 '갔다가 돌아오는 이야기'이다. 내부세계라고 할지라도 외부에서 바라보면 그쪽이 오히려 이세계이고 주인공이 성장하는 곳인 셈이다.

또한 『토마의 심장』에서 사용된 '소년애少年愛' 부분만 확대해 포르노그래피로 만든 것이 BL이다. 『수레바퀴 아래서』로부터 상당히 멀리 떨어졌다는 느낌도 든다.

참고로 『수레바퀴 아래서』의 BL 신은 겨우 이 정도에 불과하다.

"잠깐 기다려."

그는 일부러 농담처럼 말했다. "그런 의미가 아니었어."

둘은 서로 얼굴과 얼굴을 마주보았다. 그리고 아마도 이 순간, 둘 다 처음으로 진지하게 상대방 얼굴을 보았을 것이다. 그리고 둘 다, 소년답게 부드러운 얼굴 안쪽에 깃들어 있는 자신만의 특수한 인생과 영혼을 상상하고자 했다.

천천히, 헤르만 하일너는 두 팔을 뻗어 한스의 어깨를 잡고, 그를 자기 쪽으로 끌어당겼다. 그 결과, 둘의 얼굴은 아주 가깝게 다가갔다. 그 순간 한스는 갑자기, 기묘한 놀라움과 동시에, 상대방의 입술이 자기 입에 닿는 것을 느꼈다.

(『수레바퀴 아래서』, 헤르만 헤세 지음)

『토마의 심장』의 BL 신도 이 정도의 얌전한 범주 안에 있다.

워크숍 2

에릭의 명제

이번에는 '에릭의 명제'를 담은 시나리오를 만들어보자. 그런데 주인공이 김나지움으로 전학하는 이야기만으로는 좀 심심하다. 다시 로트만에게 돌아가보자. 로트만은 이렇게 말했다.

> 옛날이야기는 문화 텍스트를 '내부'와 '외부'로 나누고 후자에 마술적 성격을 부여한다. 강(다리), 숲, 해안 등의 형태로 텍스트에 구현되어 있는 경계는 공간을 주인공이 통상 있던 곳과 가까운 공간(내부)과 거기서 떨어진 공간(외부)으로 나눈다. 하지만 옛날이야기를 말하는 사람과 듣는 사람에게는 또 한 가지 구분이 더 유효할 것이다. 즉 그들에게 가까운 공간(내부)(이 구간은 마법의 공간과 경계를 접할 수 없다)과 먼 공간이란 구분 방식이다.("멀고 먼 나라에서"라는 식으로.) 후자는 마법의 나라와 경계를 접하고 있다. 옛날이야기의 텍스트에선 이 공간이 '내부'이지만, 듣는 사람에겐 '외부'로 들어가는 옛날이야기 세계이다. 이처럼 양쪽 모델이 동시에 기능한다.
>
> (『문학과 문화기호론』)

옛날이야기의 세계, 즉 판타지 세계에선 주인공이 그때까지 있던 내부 세계로부터 외부로 여행을 떠나, '갔다가 돌아오는' 이야기가

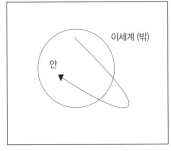
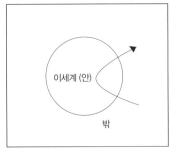

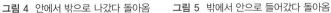

그림 4 안에서 밖으로 나갔다 돌아옴   **그림 5** 밖에서 안으로 들어갔다 돌아옴

성립된다.(〈그림 4〉)

그것을 전학생 모델에 맞춰 〈그림 5〉처럼 변환해보자. 즉 일반적인 판타지라면 주인공 시점에서 내부세계에서 외부세계인 마술적 이세계로 경계를 넘어 모험을 떠난다. 하지만 시점을 바꿔 마술적 이세계를 내부로 설정한 다음 외부에서 누군가 침입한다는 이미지를 생각해보자.

여기에서 과제를 제시하겠다. '에릭의 명제'를 염두에 두고, 판타지적인 이세계의 외부에서 인간 어린아이가 침입하고 그에 대한 이세계 주민들의 반응을 담은 시나리오를 만들어보라.

| 작례 ① | 가쿠다 아사코의 작품

#1 시골 한가운데

동물들이 잎을 따거나 각자의 작업을 하고 있다.

일견 한가로운 광경이지만, 잘 보면 모든 동물들이 좀비이다.

좀비 토끼: "그러니까 말야, 바깥으론 못 나간다니까."

"알았어?"

좀비 고양이: "아냐, 나갈 수 있어."

좀비 쥐: "또 그런 말〜"

좀비 토끼: "어이구, 머리 아파."

좀비 거북이: "실제로 머리가 깨져 있으니 그렇겠지."

좀비 고양이: "나갈 수 있다니까!!"

"너희들 잘 생각해봐."

"아직 본 적 없는 것이 바깥엔 있다고!!"

"가보고 싶지 않아!!?"

좀비 토끼: "그래, 그래. 알았으니 일이나 빨리 해."

좀비 쥐: "어쩔 수 없어〜."

"쟤는 얼마 전에 좀비가 됐으니까."

좀비 고양이, 좀비 거북이를 설득한다. "응? 가보고 싶지 않아?!"

하지만 좀비 거북이는 전혀 들을 생각이 없다.

좀비 쥐: "우리가 이 안개로 둘러싸인 마을에서 나갈 수 없다는 걸 모르는구나."

"하지만 그 덕분에 우린 이렇게……"

좀비 토끼: "그래, 그래. 일이나 빨리 해."

"저녁밥 못 먹게 된다고!"

"너도 언제까지 부루퉁해 있을 거야?"

좀비 고양이: "난 됐어."

"나 혼자라도 바깥에 나갈래!!"

좀비 토끼: "야!"

"거 참……, 가버렸네."

"일이 늘어나잖아……."

좀비 쥐: "어차피 금방 돌아올 텐데, 뭐."

"우리는 여기서 절대 나가지 못하니까."

#2 숲 속을 달리는 좀비 고양이

좀비 고양이: "뭐야, 다들 반대만 하고."

뼈만 남은 물고기 두 마리가 공중에 떠서 다가온다.

뼈만 남은 물고기는 '이쪽 세계'와 '건너편 세계' 사이 경계의 문지기(게이트키

퍼)이다.

뼈만 남은 물고기: "여기서 혼자 뭐하는 거야~?"

"혼자서~"

좀비 고양이: "으악! 깜짝이야!!"

뼈만 남은 물고기: "이런 데에 혼자 오면 위험해~"

"위험해~"

"안개가 짙어졌잖아?"

그림 6 고베예술공과대학 학생 작품

"여기가 제일 '바깥'과 가까운 곳〜"

"가〜끔씩 바깥 물건이 들어오는 건 좋지만"

"이 이상 나가면 안 돼〜"

좀비 고양이: "왜!!"

뼈만 남은 물고기: "왜?"

"왜, 냐, 하, 면……"

"'바깥'의 생물은 살아 있고"

"우리 '좀비'는 죽었거든."

"뭐−, 지금 할 수 있는 말은 이것뿐이야."

"너무 많이 말했잖아〜"

"우하하하. 배 아파~"

"배도 없잖아?"

좀비 고양이: "여기가 제일 '바깥'에 가깝단 얘기지?"

뼈만 남은 물고기: "응?"

"그렇다니……"

"까"

"!!"

좀비 고양이, 숲 속으로 더 깊이 달려간다.

뼈만 남은 고양이: "우하핫!! 저 멍청이 더 갈 작정인가 봐!!"

"'죽어'도 몰라!!"

#3 #1과 같은 시골

좀비 토끼: "죽는다고?"

"우린 좀비인데?"

좀비 사슴: "응."

"알겠니? 젊은 친구"

"우린 시간을 얻었어. 아주 천천히 흐르는."

"하지만 외부세계의 시간은 다르지."

"우리 몸은 외부세계의 빠른 시간 속에선 살 수가 없어."

좀비 토끼: "그렇구나……, 그래서 '밖으로 나갈 수 없는' 거구나."

좀비 사슴: "그래."

좀비 토끼: "그럼 그걸 가르쳐주면 되잖아?"

좀비 사슴: "그건 안 돼."

좀비 토끼: "!?"

"왜?"

좀비 사슴: "후후"

"산타클로스가 없으면 세상이 재미없잖아?"

좀비 토끼: "……어린아이라서 그런가."

좀비 사슴: "우후후"

"그치만 저 호기심은 좀 무섭네."

"……금방이라도"

"무시무시한 걸 데려오지 않을까 싶어……."

#4 숲 속 더 깊은 곳

좀비 고양이, 인간 어린아이를 발견하고 눈을 크게 뜬다.

│ **해설 ①** │

시나리오 형식만으로는 이세계의 이미지를 알기 힘들기 때문에, 이
글을 쓴 학생에게 일부분을 그림 콘티[28] 형식으로 받았다. 〈그림 6〉과
〈그림 7〉이다.

여기에는 신체 일부에 상처가 있는 좀비 동물들이 있다. 고양이 캐
릭터는 가장 최근에 온 신입 같은데, 외부세계에서 온 듯하다. 신입
은 자신이 여기 왔다는 걸 납득하지 못한다. 외부세계는 '생물이 살
아 있는' 세계인데 반해, 내부세계는 좀비, 즉 '죽은 자'의 세계이다.

그림 7 고베예술공과대학 학생 작품

신입은 외부로 돌아가려고 외부에서 가장 가까운 곳까지 와서 비로소 진실을 알게 된다.

이런 식으로 경계 가까이에서 시작되는 도입부가 매우 좋다. 수수께끼의 좀비 사슴이 밖과 안의 차이를 꼼꼼히 설명해주는 것도 좋다. 그리고 이 좀비 사슴이 말한 "저 호기심은 좀 무섭네. 무시무시한 걸 데려오지 않을까 싶어……"란 마지막 독백과, 신입이 '인간 어린아이'와 마주치는 장면이 겹치면서 '제1화'가 끝난다.

신입은 '트릭스터' 역할을 하며, '죽은 자의 나라'인 이세계에 아마도 '살아 있는 자'인 인간 어린아이를 데려와 세계를 변화시킬 것으로 생각된다. 침입자가 또 다른 침입자를 불러들인다는 전개가 훌륭하다. 그리고 '살아 있는 자'인 어린아이는 그들이 받아들이기 어려운 '산 사람', 즉 '타자他者'이다. 이쯤 되면 이야기는 저절로 움직이기 시작한다.

#1 오두막 바깥

어떻게 형용하기 힘든 작은 동물 페스가 계속 짖고 있다.

그 소리를 듣고 머리에 바나나 껍질을 얹은 쓰레기의 화신 트로이카가 오두막

에서 나온다.

트로이카: "왜 그래? 페스. 아침부터 시끄럽게……."

"무슨 일이야……?"

보니까 인간 소년이 덤불 안에서 자고 있었다.

트로이카: "인……간……?"

"어째서 인간이 이 세계에…."

"!!"

페스, 더 세게 짖는다.

트로이카: "이 바보야! 깨겠어!!"

소년: "으응……."

눈을 뜬다.

잠시 동안, 서로 바라본다.

트로이카: "아……, 안녕?"

소년: "음……?"

(혼란한 듯) "좀 전까지 자고 있었는데……."

"눈앞에 검은 물체가……."

트로이카: (당황한다.) "으……음. 이건 말이지……."

아폴로: "안녕~ 트로이카! 놀러 왔어~!"

갑자기 우산의 화신인 아폴로가 등장했다.

잠시 동안, 서로 바라본다.

아폴로: "이…… 인간이잖아? 트로이카!!!"

트로이카: "하아……, 점점 더 복잡해지네……."

#2 오두막 안

차를 마시면서 안정을 찾았다.

트로이카: "그럼 이 세계를 설명해주지."

"아무튼 좀 떨어져봐, 아폴로……."

등에 달라붙은 아폴로한테 말한다.

아폴로: "어째서 이런 녀석을 집 안에 들인 거야? 트로이카!"

"이 녀석은 인간이야!! 우리 천적이라고!!"

트로이카: "그치만 이 세계로 왔잖아. 뭔가 이유가 있을 거야."

아폴로: "……그래도!!!"

"트로이카……, 어째서 그런 녀석을 감싸주는 거야……."

"나보다 그 녀석이 더 중요하단 거지!? 배신자～～!!"

라고 울면서 뛰쳐나간다.

트로이카: "이상한 소리 하지 마!!"

"칫……."

"미안. 저 녀석 천성은 착한데……."

소년: "……응."

잠시 동안, 무거운 침묵.

트로이카: "저 녀석 말이 신경 쓰이니?"

"우선 이 세계 설명부터 할게."

"여긴 버려진 세계야."

소년: "버려진?"

트로이카: "나는 '쓰레기', 아폴로는 '우산'."

"버려진 물건이 혼을 갖고 이 세계로 오는 거지……."

"어째서 그렇게 되는지는 몰라……. 하지만 기왕 여기로 왔으니까."

"다들 새로운 인생을 즐기고 있어."

소년: "……버려졌다니, 혹시……?"

트로이카: "그래. 대부분은 인간이 버린 거야."

"그래서 인간을 미워하는 친구들도 있어. 아폴로처럼."

소년: "……."

트로이카: "……아무튼……."

"넌 어떻게 여기 왔어?"

"여긴 버려진 물건이 오는 세계야. 인간은 처음인데."

"그렇다는 건 너도……?"

소년: "그래."

"……나도 버려졌어……."

| 해설 ② |

이것도 캐릭터 이미지를 느낄 수 있도록 그림 콘티를 곁들였다.(〈그림 8〉) 머리에 바나나 껍질을 얹은 트로이카와 이 세계의 물건들은 전

그림 8 고베예술공과대학 학생 작품

부 인간이 버린 것들이다. 그래서 인간을 증오하는 자도 있다. 버려진 것들의 세계에 미운 인간 어린아이가 침입자로 들어오면서 파문이 일어난다. 게다가 이 아이는 자기도 버려졌다고 말한다.

이 도입부도 좋다. 소년은 '인간'이라는 '외부'의 속성과 '버려진 존재'라는 '내부' 속성을 둘 다 가지고 있다. 소년이 경계를 넘어온 것을 계기로 버려진 물건들이 인간을 바라보는 시선이 바뀌게 될 것인가, 이런 식으로 스토리 진행의 로그라인이 분명하게 떠오른다.

3강
버려진 아이의 운명
햣키마루의 명제

'버려진 아이'로부터 이야기가 시작된다

2강 마지막에 소개한 작례에서 '버려진 아이'가 '버려진 물건들의 세계'에 온다는 대목은 이번 강의의 '명제'와 연결된다. 이번 강의에서는 '버려진 아이'를 다룰 생각이다.

앞에서 이야기를 강제로 움직이게 하는 열쇠가 몇 가지 있다고 말했는데, '버려진 아이'도 그중 하나이다. 주인공이 버려진 아이라면 이야기는 바로 시작된다.

'코인로커 베이비'에 관한 도시전설은 '버려진 아이'를 통해 이야기가 강제로 만들어진 사례다. 이 사건은 1973년 일본에서 사회문제로 보도된, 코인로커에 유아나 신생아를 유기한 사건을 말한다. 발단은 1973년 2월, 도쿄 시부야역의 보관 기한이 지난 코인로커에서 종이봉투에 담긴 남자 신생아의 유체가 발견된 사건이었다. 이를 계기로 같은 해에만 몇 십 건이나 비슷한 유기 사건이 벌어졌다.

무라카미 류[1]는 이 사건을 소재로 소설 『코인로커 베이비스』(1980)를 썼는데, 이 작품을 통해 스토리텔러의 면모를 보여주기 시작했다. 이전까지만 해도 『한없이 투명에 가까운 블루』, 『바다 저편에서 전쟁이 시작된다』 등 청각이나 후각, 촉각 등 오감의 일부가 기묘할 정도로 비대화된 내면을 그릴 뿐, 현실과는 괴리가 있는 대인기피증적인 작품을 썼지만, 『코인로커 베이비스』를 통해 작풍이 크게 변화했다.

문예비평가 하스미 시게히코[2]는 『소설로부터 멀리 떨어져』에서 무라카미 류의 『코인로커 베이비스』와 하루키의 『바람의 노래를 들어라』가 동일한 이야기 구조에 따라 쓰여진 것처럼 보인다고 지적했다. 그는 무라카미 하루키, 무라카미 류(나카가미 겐지를 추가해도 상관없겠다) 등 1980년대 문학가들이 미니멀하고 어딘가 대인기피증적인 세계에 머물다 갑자기 스토리텔러로 변모한 이유는 의도적으로 이야기론을 도입했기 때문이라고 본다. 그중에서도 무라카미 류는 '버려진 아이'에서 열쇠를 찾아냈다.

도시전설과 라프카디오 헌

코인로커 베이비라는 도시전설도 '버려진 아이'라는 열쇠로 인해 만들어진 스토리라고 생각하면, 도시전설이 어떻게 만들어지는지 이해할 수 있다. '코인로커 베이비' 도시전설의 스토리라인은 대략 이러하다.

① 어느 여성이 임신을 했지만 출산할 수 없는 상황이거나 경제적으로 어려운 형편이라 몰래 출산한 다음 코인로커에 아이를 버린다.
② 몇 년 후, 이 여성이 그때의 코인로커 앞을 지나다 미아가 된 여자아이를 보게 된다.

③ 여자아이에게 "엄마는 어디 있니?"라고 묻자, 아이는 "여기 있어!"라고
여성을 가리킨다.

그 코인로커는 시부야역에 있으며, 여자아이 이름은 삿짱이라고
지어 구체적으로 이야기를 만든 사람도 있는 것 같지만, 이 도시전설
에서 금방 연상되는 것은 라프카디오 헌Lafcadio Hearn[3]이 기록한 메이
지 시대의 도시전설이다.

하나의 전설은 또 다른 전설을 부르는 법이다. 오늘 밤엔 여러 가지
진귀한 이야기를 들었다. 그중에서도 내 동행자가 문득 떠올린 이야기
가 가장 훌륭했다. 이즈모 지역의 이야기이다.

옛날 옛날, 이즈모의 모치다라는 해변 마을에 한 농부가 살고 있었
다. 이 남자는 가난하여 아이 갖기를 두려워했다. 아내가 아이를 낳으
면 그때마다 태어난 아이를 강에 버리고, 죽은 채로 태어났다고 속였
다. 태어난 아이는 남자아이인 경우도 있었고 여자아이인 경우도 있었
지만, 태어나는 족족 반드시 밤이 되면 강에 버렸다. 이리하여 여섯 명
의 아이가 죽었다.

그러는 동안 점점 시간이 흘러, 이 농민도 조금씩 유복해졌다. 땅도
샀고 돈도 어느 정도 모았다. 그러다가 아내가 일곱 번째 아이를 낳았
다. 이번에는 아들이었다.

그때 농민은 말했다. "음, 이제는 내가 아이를 키울 수 있겠지. 앞으
로 점점 나이를 먹으면 부모를 도와줄 자식이 필요할 테고. 마침 이 아

이가 생긴 것도 멋진 일이야. 키워야겠다."

아이는 점점 자랐다. 박정한 부친은 날이 갈수록 점점 더 자기가 예전에 왜 그런 생각을 했을까 싶어 고개를 갸웃거리게 되었다. 태어난 자식이 날이 갈수록 귀여웠던 것이다.

어느 여름밤, 남자는 아이를 품에 안고 정원을 걷고 있었다. 아이가 태어난 지 5개월이 되었을 때였다

그날 밤은 큰 달이 떠서 매우 아름다웠다. 농민은 무심코 이렇게 말했다.

"아아! 오늘밤은 드물게 보는 좋은 밤이다!"

그러자 안겨 있던 아이가 아버지 얼굴을 뚫어지게 올려다보며 어른 같은 말투로 말했다.

"아버지! 나를 버린 날도 마침 오늘 같은 달 밝은 밤이었지요!"

그후 아이는 또래 아기들처럼 더 이상 말을 하지 않았고,

농부는 스님이 되었다.

(「일본해에 면하여」, 『전역 고이즈미 야쿠모 작품집』 제6권, 라프카디오 헌 지음)

또 나쓰메 소세키⁴의 『몽십야夢十夜』에 번안되어 있는 스토리가 유명한데, ① 어떤 남자가 여행 중이던 순례승을 죽이고 금품을 빼앗았다. ② 그 남자에게 아기가 태어났는데, 아기가 어느 달 밝은 밤에 "이런 밤이었지"라고 말했다는 내용의 '로쿠부고로시六部殺し'⁵ 버전이 더 잘 알려져 있다. 아무튼 라프카디오 헌이 남긴 이 설화는 '코인로커 베이비' 도시전설과 마찬가지 이야기 구조를 갖고 있다.

① 부모가 자식을 버려서 죽인다.

② 자식이 뜻하지 않는 형태로 부모 앞에 다시 나타나, 자신을 버렸던 사실을 저주하는 말을 던진다.

라프카디오 헌이 남긴 설화를 바탕으로 누군가 '코인로커 베이비' 도시전설을 창작했을 가능성도 전혀 없다고는 할 수 없다. 요즘에는 매체의 필자들이나 인터넷 사이트에서 만들어낸 '창작 도시전설'이 적지 않다.

하지만 '코인로커 베이비'나 라프카디오 헌의 '이런 밤' 도시전설은 결과적으로 다음과 같은 이야기 구조로 수렴될 가능성이 있다.

주인공 영웅은 매우 신분이 높은 부모의 자식으로 대개 왕자다.

그가 태어나기 전에는 여러 가지 곤란이 따른다. 예를 들어 금욕, 혹은 장기간 아이가 태어나지 않는다든지, 아니면 누군가의 금지나 방해 때문에 부모가 몰래 성교를 해야 한다는 식이다. 모태에 있는 동안이나 혹은 그 전에 아이의 탄생을 경고하는 고지(꿈, 신탁)를 받게 되는데, 대부분은 부친에게 위험이 닥친다는 내용이다. 그에 따라 신생아는 부친 혹은 부친을 대신하는 인물의 명령으로, 죽거나 버려지게 된다. 대개 작은 상자에 담겨 물에 떠내려보내진다.

그후 동물이나 신분이 낮은 사람들(목자)이 아이를 구출하고, 동물의 암컷이나 신분이 낮은 여성이 젖을 물려준다. 아이는 성장하여 우여곡절 끝에 고귀한 신분의 부모와 재회하여, 한편으론 부친에게 복수하고 다른 한편으론 인지를 받아 출세하고 명성을 얻게 된다.

(『영웅 탄생 신화』, 오토 랑크 지음)

『스토리 메이커』 등에서 여러 번 언급한 프로이트 파 정신분석가 오토 랑크가 『영웅 탄생 신화』에서 기술한 이야기의 기본 구조이다. 랑크는 고금의 영웅 신화로부터 '전형적인 기본 요소를 기반 삼아' '도식적으로' 제시한 '일반적 전설', 즉 영웅 탄생 신화의 기본 구조를 추출했다. '코인로커 베이비'나 라프카디오 헌의 '이런 밤' 설화 같은 '평균적 전설'에서 '아이는 버림받는다', '복수, 인정'이라는 부분으로 구성되어 있음을 알 수 있다. 부모에게 무서운 표정과 목소리로 자기가 버림받은 자식임을 알린다는 것은, '복수'와 '인정'의 의미를 동시에 갖고 있다는 생각이 들기 때문이다.

최소한의 이야기로서의 도시전설

좀 벗어나는 듯하지만 도시전설과 이야기 문법의 관계를 좀 더 생각해보고자 한다. 이야기론에서는 이야기를 언어의 문법에 비유하곤 한다. 문법은 단어와 단어를 접속하는 규칙으로, 상당히 다양하고도 복잡하다. 하지만 실제 사용되는 언어가 문법에 꼭 충실한 것은 아니다. 예를 들어 아기가 언어를 처음 습득해가는 과정에서 "엄마"라든지 "꽃"이라고 단어 하나만 써서 말하는 '일어기一語期'로부터, "꽃, 예뻐"라는 식으로 단어 두 개를 나열하여 문장을 만드는 '이어기二語期'로 이행한다는 사실이 알려져 있다. 단어 두 개를 조사도 없이 연결하는 것만으로도 글, 즉 '문법'이란 구조에 의거하여 하나로 이어진 '문장'의 가장 원초적 형태가 발생했다는 말이다.

나는 도시전설을 이야기의 '일어기', '이어기'와 같은 것이라고 본다. 고전적 도시전설 중에는 '대형 햄버거 체인의 햄버거 패티는 지렁이 고기를 써서 만든다' 같은, 이야기라기보다는 사실 여부를 알수 없는 정보에 해당하는 것들이 있다. '코인로커에 버려진 아이'란, 하나의 사건으로서 '일어기'의 문장에 해당하는 상태이다. 그냥 그런 사건이 있다더라, 라는 정보일 뿐인 것이다.

그러나 버려진 아이가 부모에게 '복수한다', '인정을 요구한다'는 또 하나의 '단어'(프로프가 말한 '기능'에 해당)가 연결되면, 말하자면 '이어二語' 형태가 되면 아슬아슬하게 '이야기'로 성립할 수 있는 최소한의 상태가 된다. 그것을 이야기 구조의 각 요소를 포함해 더욱 정교하게 문장으로 정리하면 소설이나 시나리오 같은 이야기로 성장하게 되는 것이다.

아예 좀 더 나아가 보도록 하자. 지브리 애니메이션 〈이웃집 토토로〉에서 '사쓰키와 메이가 실은 이미 죽었다'고 하는 도시전설이 인터넷에 범람하고 있다.[6] 이것은 도시전설이란 단어 자체가 사회현상이 되었던 1980년대 말, 만화 『도라에몽』[7]은 사실 식물인간이 된 주인공 노비타 군이 꾸는 꿈이란 소문이 당시 어린이들 사이에 떠돌았던 것을 연상케 한다. '토토로' 도시전설의 중에는 〈이웃집 토토로〉의 내용이 아빠가 엄마에게 죽은 사쓰키와 메이에 대해 들려주기 위해 만든 소설이라는 것도 있다.

'상징'과 '현실'의 혼란

그보다도 흥미로운 부분은 이런 '도시전설'이다. 〈이웃집 토토로〉 클라이맥스 부분에서는 메이가 행방불명된다. 그리고 큰 소동이 나고 연못 바닥에서 샌들이 발견된다. 사쓰키는 "메이 것이 아니어요!"라고 말했는데, 이는 주위 사람들을 걱정시키지 않으려고 한 말이었고 사실은 메이 샌들이었다. 그리고 '사신死神', '명계의 사자'인(라고 써놓은 웹사이트가 있다) 토토로를 불러, 아직 이승에서 헤매고 있을지 모르는 메이의 영혼을 구해달라고 부탁한다. 이 버전의 도시전설에서는 어머니도 이미 죽었고, 어머니를 찾아간 메이는 '어머니가 계신 병원', 즉 망자의 나라로 향한 것이다.

내가 재미있다고 느낀 까닭은 메이가 미아가 된 다음부터 어머니가 있는 병원으로 가기까지의 단락이 신화에서 자주 사용되는 '주인공은 사랑하는 사람의 영혼을 구하기 위해 망자의 나라로 간다'는 이야기 구조를 갖추고 있기 때문이다. 마찬가지로 지브리 애니메이션 〈센과 치히로의 행방불명〉 후반에서 치히로가 하쿠를 용서해달라고 제니바를 찾아가는 장면도 그렇다. 신화에서는 오르페우스[8]나 이자나기노미코토[9]가 망자의 나라로 아내를 찾아가는 장면이 그에 해당한다. 신화에서는 오르페우스의 아내가 죽고 오르페우스가 망자의 나라로 간다.

그러나 이와 같은 이야기 구조를 채용하더라도 등장인물이 반드시 죽을 필요는 없다. 예를 들면, 요시모토 바나나[10]의 소설 「키친」의 속편인 「만월」에는 '치히로가 하쿠를 위해 제니바를 찾아간다'는 이야기와 마찬가지로 망자의 영혼을 구제한다는 모티프가 등장한다.

주인공 미카게의 애인인 유이치가 우울증 상태에 빠진다. 미카게는 여행을 간 곳에서 찾아낸 돈가스덮밥을 유이치한테 먹이고 싶다는 생각이 들어, 택시를 잡아 타고 유이치의 집으로 가지고 간다. 미카게가 돈가스덮밥을 산 곳은 이즈 반도의 한 지역이다. 가와바타 야스나리 『이즈의 무희』에서도 이즈 지역은 그야말로 '망자의 나라'에 해당했다. 따라서 미카게는 그곳에서 돈가스덮밥, 즉 '망자의 혼'을 가지고 돌아온 것이다.

> "그래도 따뜻할 때 먹어봐."
>
> 미소를 지으며 나는 손짓을 했다.
>
> 아직 뭔가 수상쩍다는 표정이었지만
>
> "그래, 맛있겠네."
>
> 라고 말하며 유이치는 뚜껑을 열고, 아까 아저씨가 정성껏 담아준 돈가스덮밥을 먹기 시작했다.
>
> 그것을 보자 내 기분은 바로 가벼워졌다.
>
> 할 만큼은 했다는 느낌이었다.
>
> (「만월」, 『키친』, 요시모토 바나나 지음, 가도카와쇼텐, 1998)

이야기가 더 벗어나는 것 같지만, 아무튼 미카게는 망자의 나라 이즈 지역으로 상징적인 여행을 했고, 상징적인 영혼에 해당하는 돈가스덮밥을 얻어 유이치를 구한다. 유이치 역시 상징적으로 죽었다가 상징적으로 부활한다.

앞에서 살펴본 토토로 도시전설에 대입해보면, 상징적으로 죽은 자인 메이를 먼저 구하고, 둘이서 상징적 망자인 어머니를 찾아가, 「만월」에서 돈가스덮밥에 해당하는 옥수수를 두고 온 것이다.[11] 즉 토토로에 관련된 도시전설은 〈이웃집 토토로〉의 이야기 구조론이나 신화학적 해석에 정확히 맞아떨어진다. 하지만 상징적 죽음과 사실적 죽음이 혼동되어 '〈이웃집 토토로〉의 진상'이란 제목으로 도시전설이 된 셈이다.

이야기 구조에 대한 해석이 도시전설이 되는 이 현상은 일종의 '메타 도시전설'이라고도 할 수 있을 듯하다. 하야오와 지브리 애니메이션은 시나리오를 설계하는 단계에서부터 이야기의 신화적 구조를 정밀하게 만들기 때문에 스토리와 세부 사항에 필요 이상의 설명이 붙지 않는다. 하지만 도시전설은 현실 원칙에 입각하여 내용을 해석하다 보니 상징과 현실 사이의 혼란이 일어난다. 이번 장의 주제와는 동떨어지는 이야기이긴 하지만, 이야기를 받아들이는 데 있어서 오늘날 상징을 상징으로 받아들이는 감각이 어쩌면 약해졌는지도 모른다는 걱정이 들기도 한다.

예를 들어 하루키는 『태엽 감는 새』와 『해변의 카프카』에서 작중의 이야기와 현실을 분리하여 '상징'으로서의 폭력이 행사되는 부분(『해변의 카프카』에서는 나카타 씨가 카프카 소년의 아버지를 죽인다는, 나카타 씨를 둘러싼 스토리라인)과 작중의 현실(카프카 소년은 아버지를 죽이지 않았지만 옷은 피투성이였다. 왜냐하면 아버지를 '상징적으로' 죽일 필요가 있는 쪽은 카프카 소

년이기 때문에 나카타 씨가 그것을 대행했다)을 신중하게 나누려 했던 적이
있다.

1980년대 말에는 요즘 젊은이들(당시의 우리 세대)은 '현실과 허구를
구별하지 못한다'는 비판이 자주 제기되었는데, 최근 20년간 '상징'
과 '현실', '상징'과 '이야기'의 구별이 더 곤란해지고 있는 게 아닌가
싶다. 사실 '명제'를 이야기에 억지로 대입하는 워크숍을 통해 나는
이야기의 상징을 회복시키고 싶다.

영웅은 어떻게 태어나는가?

주인공이 버려지면 바로 이야기가 시작된다는 대목으로 다시 돌아가
보자.

자기가 실은 버려진 아이일지 모른다는, 어린아이들이 곧잘 품는
망상을 프로이트는 가족 로망스라고 불렀다. 랑크의 『영웅 탄생 신
화』는 그런 망상을 해석하기 위한 수단으로 쓰인 책이다. 자신이 부
모의 진짜 자식이 아니라고 생각하는 아이는 자신의 진짜 부모에 대
한 망상을 가지게 된다. 랑크는 그러한 망상이 '버려진 아이'가 '아버
지'를 찾아내 '복수' 혹은 '인정'를 요구한다는 '영웅 탄생 신화'로 구
조화된 것이라고 생각했다. 그리고 문예비평가 마르트 로베르[12]는 신
화뿐만 아니라 근대문학에서도 마찬가지로 주인공은 어떤 의미에서
든 다들 '버려진 아이'라고 지적하기도 했다.

랑크는 고금의 영웅 신화로부터 '일반적 전설'을 끌어냈다. 나는
『스토리 메이커』를 비롯한 저서에서 데즈카의 만화 『도로로』[13]의 구

조와 영화 〈스타 워즈〉의 구조가 동일하며, 나 역시 『도로로』에서 추출한 이야기 구조를 사용하여 만화 『망량전기 마다라』[14]의 스토리를 만들었다는 이야기를 한 바 있다. 중복되는 부분이 있겠으나, 다시 한 번 설명해보겠다. 랑크가 제시한 '일반적 전설'과 『도로로』가 가장 가깝다고 내가 생각한 이유는 역시 오이디푸스 신화 때문이다. 약간 길지만 랑크의 책에서 인용해보겠다.

오랜 결혼 생활을 이어온 오이디푸스의 부모인 라이오스 왕과 이오카스테 왕비에겐 자식이 없었다. 후계자를 원한 라이오스는 델포이의 아폴론 신전에 문의하게 된다. 신탁의 내용은 바라는 대로 아들이 생기지만, 운명으로 인해 부모를 살해한다는 내용이었다. 신탁이 현실로 이루어질 것을 두려워한 라이오스는 부부 생활을 하지 않게 된다. 하지만 어느 날 술에 취하는 바람에 결국 아들이 생기고 만다. 그는 태어난 지 3일이 된 아이를 키타이론 산에 버리도록 명령한다. 아이가 더 확실히 잘못되도록, 라이오스는 아이의 양발 복사뼈에 자물쇠를 채운다. 소포클레스가 지은 이야기가 가장 오래된 것은 아니지만, 소포클레스에 의하면 아이를 버리라는 명령을 받은 목동이 아이를 코린토스 왕 폴리보스 수하의 목동에게 넘긴다. 대부분의 전설에 따르면 아이는 폴리보스의 궁정에서 자라게 된다. 또 다른 이야기에 따르면 아이는 작은 바구니에 담겨 바다 위에 버려졌는데, 폴리보스 왕의 왕비 메로페가 빨래를 하다가 물속에서 주웠다. 폴리보스는 아이를 자기 자식으로 키웠다. 우연히 자신이 고아란 사실을 알게 된 오이디푸스는 친부모가 누구인지 묻고 델포이의 신탁을 요청한다. 그리고 자신이 아버지를 죽이고 어머니와 결혼할 것이라는 예언을 받는다. 이 예언에 언급된 부모가 자신의 양부모라고 생각한 오이디푸스는 코린토스를 떠나 테바이로 향한다. 도중에 오이디푸스는 누군지 알지 못한 채 아버지 라이오스를 죽이게 된다. 또 인간을 괴롭히던 괴수 스핑크스의 수수께끼를 풀어 테바이를 구원한다. 그에 대한 보답으로 자신의 실제 어머니인 이오카스테와 결혼하고 아버지의 왕좌를 손에 넣는다.

(『영웅 탄생 신화』)

오이디푸스는 '양발 복사뼈에 자물쇠가 채워진 상태'로 버려졌고, 『도로로』에서 햣키마루란 캐릭터는 온몸을 요괴한테 빼앗긴 상태(〈그림 1〉)로 태어난다. 신체가 훼손된 형태로 태어난 것이다.

오리구치 시노부와 귀종유리담

모든 신화에서 영웅이 신체적 결손 상태로 태어나거나 버려지는 것은 아니다. 예를 들어 모세의 탄생에 관련된 전설은 이렇다.

여자는 임신했고, 남자아이를 낳았다. 보니까 훌륭한 아이였기 때문에, 3개월간 숨겼다. 하지만 더 이상 숨겨놓을 수만은 없었다. 그래서 아이를 위해 갈대로 짠 작은 바구니 배를 준비해 아스팔트와 역청을 바른 다음 그 안에 아이를 눕히고 나일강변 갈대밭 안에 놓았다.

(『영웅 탄생 신화』)

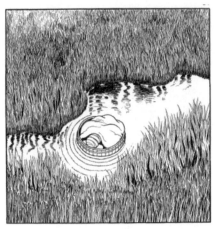

그림 1 『데즈카 오사무 만화 전집 147 — 도로로 ①』,
데즈카 오사무 지음, 고단샤, 1981

랑크의 표현이긴 하지만 이 이야기에는 '훌륭한 아이'가 등장한다.
마찬가지로 랑크가 쓴 키루스 전기에도 '튼튼하고 아름다운 아이',
지그프리트 전설에도 '옥처럼 아름다운 아기'라고 묘사되어 있다. 그
렇다면 일본 신화에도 랑크가 말하는 영웅 탄생 신화가 존재할까?
그 점은 약간 미묘하다. 하지만 내용적으로는 오리구치 시노부가 말
한 귀종유리담이 영웅 탄생 신화와 비슷하다.

히카루 겐지光源氏 스마須磨[15]가 귀양을 가게 된 원인은 죄를 범한
탓이라고 한다. 때문에 천상의 삶에 가깝던 생활에서 떠나 스스로 유
랑하게 된 것이다. 범한 죄의 종류는 다르지만, 다케토리의 가구야 공
주[16]도 승천하기 전에 할아버지에게 말하길 자신은 천상에서 왔는데

죄를 지어 인간계에 살게 되었다고 했다. 그렇게 보면 죄를 지어 이 세상에 태어나 산속 대나무숲의 죽순 안에 있는 아주 작은 크기의 여자 아이에게 깃들었다는 말이 된다. 그것을 발견한 이가 사누키노 미야쓰코마로讚岐造麻呂라는 엄청난 이름을 가진 다케토리(대나무 나무꾼) 할아버지였다. 그는 가구야 공주를 손바닥에 올려 집으로 돌아와 할아버지 할머니 둘이서 사는 집의 딸로 키웠다. 하지만 아내로 삼고자 하는 사람들이 귀찮을 정도로 줄입하게 되자 공주는 스스로 승천하게 되었고, 놓기 싫어하는 노부부의 손을 뿌리쳐버렸다.

(「소설 희곡 문학에 있어서의 이야기 요소」, 『오리구치 시노부 전집 제7권』, 오리구치 시노부 지음, 오리구치박사기념고대연구소 편집, 추오코론샤, 1976)

그러나 오리구치가 말한 귀종유리담은 맨손으로 형을 쥐어서 죽인 죄로 변경에 있는 곰을 퇴치하라는 명령을 받고 쫓겨난 야마토타케루倭建命나, 다카아마하라高天原에서 난폭한 행동을 하여 아시하라노나카쓰쿠니葦原中國로 추방된 스사노오素盞雄 등 원죄를 짓고 추방당한 신의 이미지가 강하다. 여기에 인용한 부분은 오리구치가 『겐지 이야기』나 『다케토리 이야기』를 귀종유리담으로 받아들이고자 했던 단락인데, 히카루 겐지나 가구야 공주는 '유리流離'되는 원인이 그들의 범죄 때문이었고 이로 인해 '추방'되었다고 생각한다는 점을 알 수 있다.

노能[17] '약법사弱法師'의 슌토쿠마루俊德丸[18] 등은 고귀한 태생의 소년이 고아가 된 후 거지로 변장하고 장님이 된다는 점에서 오이디푸스 이야기에 가깝다는 인상이 든다. 하지만 나로선 일본 신화 중에는 영웅 탄생 신화의 '일반적 전설'이 왜 없는지 이상하게 생각되었다. 그런데 잘 생각해보니, 실은 이런 형태로 존재하고 있었던 것이다.

> "당신은 오른쪽으로 도시오. 나는 왼쪽부터 돌겠소", 그렇게 약속하고 돌기 시작했을 때, 이자나미노 미코토命가 먼저 "정말 훌륭한 청년이군요"라고 말하고, 그다음 이자나기노 미코토命가 "정말 아름다운 여성이군요"라고 말했다. 각자 말이 끝난 다음, 그 여신에게 "여자가 먼저 말한 것은 좋지 않다"고 말했으나, 결혼을 했고, 히루코水蛭子라는 아이를 낳았다. 이 아이를 갈대 배에 태워 흘려보냈다. 이어 아와시마淡島를 낳았다.
>
> (『고사기』, 구라노 겐지 교열·주석, 이와나미쇼텐, 1963)

이자나기·이자나미가 땅(나라)을 낳을 때에 맨 처음 태어난 자식인 히루코는 갈대로 만든 배에 담겨 물에 흘려보내진다. 그다음에 태어난 아이들은 일본 열도의 섬이나 국토, 혹은 신이 되었지만 히루코만 어떻게 되었는지 행방을 알 수가 없다. 히루코는 발에 장애가 있었다고도 하고 해파리처럼 생겼다고도 하는데, 전자는 발을 다친 오이디푸스 왕의 이미지, 후자는 햣키마루의 이미지와 겹친다. 하지만 그 뒷이야기가 『일본서기』나 『고사기』에 실려 있지 않다. 말하자면 일본 신화에서 랑크가 말한 영웅 탄생 신화는 '일어문一語文'(한 단어로 구성된 문장)으로만 존재하는 것이다.

민간신앙에서는 히루코가 '칠복신'[19] 중의 하나인 에비스가 되었다고 전한다. 이는 히루코가 과연 어떻게 되었는지를 많은 사람들이 궁금해했다는 의미일 것이다. 그러나 영웅 탄생 신화의 구조에 따르면, 히루코는 아버지한테 복수하러 돌아가야 하는데, 그것은 이자나기 살해, 즉 천황 살해를 의미하기 때문에 히루코가 행방불명인 채 방치된 거라고 생각할 수도 있다. 참고로 효고 현 니시노미야 시의 니시노미야 신사는 에비스 사부로를 모시고 있는데, 히루코가 용신龍神의 도움으로 팔 다리와 눈, 코가 생겨나 사람의 모습이 되어 니시노미야 지역에 정착했다는 설화가 있다. 간사이 지역 출신인 데즈카는 그걸 염두에 두고 『도로로』를 창작했는지도 모르겠다.

가족 로망스와 일본인

사부로를 예외로 친다면, 일본의 영웅 탄생 신화는 소위 일어문으로 방치되어 있을 뿐이다. 그렇게 본다면 아이 키우기에 관련된 다음의 기묘한 전승 역시, 영웅 신화의 일어문이 아닌가 싶기도 하다. 이 내용은 나쓰메 소세키의 딸이 회상한 에피소드이다.

이것이 넷째인 아이코이고, 딸만 넷입니다. 이 아이가 여섯 살인가 일곱 살일 때, 계속 얼굴을 쳐다보면서 내 딸이지만 정말 얼굴이 별로라고 말하면서,

"아이코는 아빠 딸이 아니야. 아빠가 벤텐 다리에서 주워왔어"

라고 놀렸습니다. 그랬더니 아이코도 지지 않고,

"어머? 나 태어났을 때 아빠가 탈지면으로 나를 닦았잖아요"

라고 마치 기억하고 있다는 듯이 반박합니다.

"애가 어느 틈에 그런 얘기까지 다 들었던 거니?"

라고 말하며 자주 웃기도 했습니다.

(『소세키의 추억』, 나쓰메 교코 구술, 마쓰오카 유즈루 기록)

자식한테 "너는 다리 밑에서 주워온 아이야"라고 놀리는 관습은 나쓰메 소세키의 시대에 국한된 것은 아니다. 내가 대학에 입학했던 시절, 민속학 스승인 지바 도쿠지[20]가 민속학 첫 수업에서 이런 경험이 없었냐는 질문을 했던 적이 있었다. 수업을 듣던 학생의 20퍼센트 정도가 손을 들었던 걸로 기억한다. 나도 선생님을 따라 민속학이나 이야기론 수업 시간에 같은 질문을 하는데, 역시 비슷한 정도의 학생들이 지금도 손을 든다. 요즘은 '편의점 앞'이란 버전도 있는 듯하다.

프로이트는 어린아이가 자신이 주워온 아이가 아닐까 하는 공포를 느끼는 것을 가족 로망스라고 표현했다. 개인적으로는 정신의학에서 병으로 취급하는 그런 말을 굳이 어린아이한테 하지 않아도 될 텐데, 라고 생각한다. 어쩌면 '버려진 아이'란 만능의 이야기 열쇠도 일본인들에게는 잘 안 먹히는지도 모르겠다.

정신의학자인 기무라 빈[21]은, 일본인에게도 가족 로망스에 해당되는 혈통 망상이 존재하지만 거기엔 서양처럼 진정한 아버지라든지 고귀한 혈통과 관련되지 않는 경향이 있다고 말한 바 있다.

그림 2 『망량전기 마다라』, 오쓰카 에이지 원작, 다지마 쇼우 그림, 가도
카와쇼텐, 1987

주워온 아이라는 망상으로부터 2차적으로 '진정한 부모가 따로 있
다'는 결론이 나올 때, 혈통 망상적·과대망상적으로 진짜 부모가 고귀
한 인물이라고 생각하는 경우가 드물지는 않지만, 신분이나 유명세 면
에서 현재의 부모와 별반 차이가 없는 인물로 설정하거나(예를 들어 앞
집에 사는 후처가 진짜 어머니라는 식으로), 오히려 자기가 가난한 집 아이

라든지 후진국 사람, 천한 신분의 아이라는 식의 비하 망상적으로 설정하는 경우도 찾아볼 수 있다.

(『사람과 사람 사이-정신병리학적 일본론』, 기무라 빈 지음, 고분도, 1972)

'고귀한 아버지'라는 망상을 하지 않는다면, 주워온 아이라는 망상으로부터 '부친 살해'에 이르는 영웅 신화로 발전할 수가 없다. 나는 『도로로』가 히루코 설화의 뒷이야기란 생각을 했기 때문에 일부러 『망량전기 마다라』 초반에 '연꽃을 타고 수미산에서 흘러온' 아기를 본 사람이 "히루코……?"라고 말하는 대사를 넣었다.(〈그림 2〉)

이처럼 영웅 탄생 신화가 일본 문화에선 이야기를 움직이는 만능 열쇠는 아닌 듯하지만, 내가 『도로로』에서 추출하여 『망량전기 마다라』에 설정했던 구조도 비슷한 방식으로 명명해보자.

햣키마루의 명제

물가에 버려져 떠내려온 '불완전한 아이'는 나중에 출생의 비밀을 찾아 여행을 떠난다.

만화 「이야기의 명제」

③ 햣키마루의 명제

물가에 버려져 떠내려온 '불완전한 아이'는 나중에 출생의 비밀을 찾아 여행을 떠난다.

1. 뭔가 사정이 있는 부모에게 '불완전한 아이'가 태어난다.

2. 아기를 물에 떠내려보낸다.

3. 흘러 흘러 도착한 곳에서 누군가 아기를 주워 키운다.

4. 아이는 출생의 비밀을 찾아 여행을 떠난다.

워크숍 3

햣키마루의 명제

그러면 이 명제를 바탕으로 시나리오를 써보자.

| 작례 | **나루야마 다카시의 작품**

#1 산악지대. 현실 세계로 비유하자면 아프가니스탄 근처의 이미지.

대기하고 있던 게릴라 부대.

라이플의 망원 렌즈로 엿보는 대원. "왔다! 군의 트럭이다."

대원A: "알았다."

신호를 보낸다.

호응하는 대원들. 군대를 습격한다.

군인A: "적이다!"

"!?"

하지만 이미 늦어, 차례차례 쓰러지는 군인들.

대원B: "뒤쪽 트럭을 열어라. 안을 보겠다."

트럭 짐칸에 들어간다.

짐칸 안에는 사람이 들어갈 만큼 큰 캡슐이 여러 개 실려 있다.

대원C: "이건 뭐지?"

대원B: "작은 것부터 꺼내보자."

둘이서 들고 꺼내려고 하자, 갑자기 캡슐이 열린다.

이변이 생겼음을 눈치채고, 밖에서 대기하던 대원D와 E가 안을 들여다본다.

대원D: "뭐야?"

수상쩍은 복면을 쓴 큰 남자가 서 있다.

대원E: "누구냐, 넌!"

총을 겨누지만, 한손에 잡혀 얼굴이 찌그러진다.

대원D: "우아악!"

반격하려고 총을 겨누지만 목이 날아간다.

정체 모를 남자, 차례차례 대원들을 살육한다.

큰 남자: "!"

돌아보자 바주카포를 든 병사들.

군인B: "쏴라!"

일제 포격을 받고 큰 남자가 쓰러진다.

군인B: "운송 부대와 게릴라 부대 전멸."

"폭주한 18호는 파괴했다."

"그리고 시험품 한 대 분실."

"강물에 떠내려갔나……."

바로 옆에 격렬한 물살.

그 '시험품'이 들어 있는 캡슐 하나가 물살에 떠내려간 듯하다.

#2 물가. 아까 격렬한 물살의 하류.

소녀 안나가 남자를 데려온다.

소녀: "선생님, 여기예요." (안경 낀 얌전한 청년한테)

"이거예요. 흘러온 이상한 것."

가리킨 방향에 예의 작은 캡슐이 있다.

안나: "무슨 캡슐 같아요."

선생: "이건 군대 마크 같구나."

"열리는 것 같은데?"

연다.

선생: "아기네……, 얼굴이 없구나."

그 아기에겐 얼굴이 있어야 할 자리에 얼굴이 없었다.

안나, 아기의 손에 엄지손가락을 댄다.

아기가 그녀의 손가락을 쥐었다.

선생: "잘 모르겠지만 아무튼 이대로 놔둘 수는 없겠구나. 데리고 가자."

안나: "예."

#3 마을. 전경.

#4 작은 언덕. 마찬가지로 중동 지방 산악 마을 같은 인상.

마을을 내려다보는 선생.

선생: "마을이 보이는구나."

"안나, 괜찮니?"

안나: "예, 선생님."

안나와 선생님은 약간 나이를 먹었다.

갑자기 청년이 안나의 짐을 들어준다.

청년은 얼굴을 완전히 덮는 후드를 쓰고 있는데, 눈 부분에는 고글을 쓰고 있다. 그 청년은 핀이라 불렸다.

안나: "미안, 핀."

핀: "아냐, 괜찮아. 내가 들게."

선생: "핀, 무리는 하지 마라."

핀: "괜찮아요. 어린아이도 아니고……."

"날 데리고 와줬는데요."

"얼마든지 일할게요."

선생, 놀라움과 슬픔이 섞인 얼굴.

여기에서 핀이 그 아기였다는 사실이 독자들에게 알려진다.

안나: "무슨 말이야. 우린 가족인데."

선생: "안나가 막 부려먹으니까 그렇지."

#5 마을 입구

안나, 선생, 핀이 도착했지만, 마을 분위기가 이상하다.

선생: "? 뭔가 소란스러운데."

마을 사람: "선생님!"

입구에서 달려 나온다.

마을 사람: "마을 반대편에서 게릴라와 군대가 전투를 시작했어요!"

안나: "전쟁!?"

마을 사람: "게릴라들이 밀리고 있어요."

"게릴라 부대원들이 마을로 도망쳐 들어올 것 같아요."

선생: "사람들이 피난하도록 돕자."

#6 마을 안

격렬한 시가전.

대원F: "마을로 들어가라! 장갑차를 뿌리쳐야 해!"

군인C: (특수 쌍안경으로 보면서) "마을 안으로 후퇴합니다."

군인D: "쫓아갈까요?"

군인C: "아냐. 반격당할 수 있어."

"이럴 때를 위해 이놈들이 있는 거지."

옆에 그때의 캡슐 세 개가 놓여 있다.

캡슐을 열자 안에서 복면을 쓴 큰 남자가 튀어나온다.

군인C: "전원 섬멸하라!"

#7 마을 안

마을 사람이 군인을 보고 "아!"

선생: "마을 안으로 들어왔다."

마을 사람: "제길!"

"어이!" 게릴라 부대원을 불러 세운다.

마을 사람: "우리 마을을 휘말리게 하지 마!"

대원F: "이 마을에 방어선을 치겠다."

마을 사람: "웃기지 마!"

핀이 사이에 끼어들어 "누구 맘대로!"

"뭐야, 이 꼬마는?"

선생, 이변을 깨닫는다. "……"

안나, 비명을 지를 뻔한다. "익……!"

선생: "소리 지르지 마."

핀의 입을 막는다.

선생: "총성이 들리지 않네."

"갑자기 조용해졌어."

핀: (무언가를 느낀다.) "!"

"뭐가 와요."

안나: "?"

복면을 쓴 큰 남자들이 온다.

빈사 상태의 대원 "괴……, 괴물이다."

큰 남자가 대원을 총살시킨다.

그것을 본 대원F가 외친다. "게, 게릴라 부대 전원 집합!"

모인 대원들이 목표물을 겨냥하고 사격 태세를 취한다.

대원F: "사격 준비!"

"발사!"

하지만 그 전에 큰 남자가 대원F의 머리를 찌부러뜨린다.

대원G: "으아아악!"

총을 난사한다.

하지만 큰 남자의 정확한 사격으로 가슴에 구멍이 뚫린다.

선생: "안 되겠어. 도망쳐야겠다."

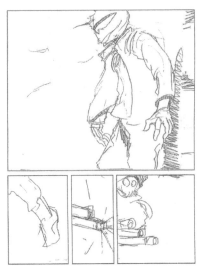

그림 3 고베예술공과대학 학생 작품

그때 선생의 가슴에도 구멍이 뚫린다.

안나: "선생님!"

큰 남자가 핀에게 달려든다.

핀: "으아악!"

핀은 큰 남자의 펀치를 정통으로 얻어맞고 정신을 잃는다.

안나: "핀!"

"핀!"

하지만 그때, 핀 속에서 뭔가가 눈을 뜬다. 그 사실에 놀라고 경악하는 핀의 얼굴 클로즈업. 핀이 경이적인 위력으로 큰 남자들을 차례차례 해치운다.

안나: "핀!"

핀: "!"

큰 남자 하나를 놓친다.

핀: "······기다려."

쫓는다.

안나, 멈추라고 말하면서 소리친다. "핀!"

핀, 마지막 하나까지 용서치 않고 살육한다.

안나: "핀!" (달려온다.)

"······핀, 다치지 않았어?"

"괜찮아?"

핀: (멍하니 선 채로)

"······선생님은 뭔가 알고 계실까."

"이 얼굴 없는 큰 남자들."

"나와 똑같아."

큰 남자의 시체를 보고 침묵하는 핀.

| 해설 |

만화의 그림 콘티 형식으로 만든 것이라 시나리오 형식으로 바꾸면 박력이 잘 전달되지 않는 점이 좀 아쉽다. 이 '얼굴 없는 시험품'은 캡슐 속에 담겨 있는데 그중 하나만 강물에 흘러가서 회수할 수 없게 된다. 이 캡슐을 주운 '선생'이란 인물이 캡슐 안에 들어 있던 얼굴 없는 아기를 키운다. 그리고 핀이라고 명명된 아기는 '선생'의 조수인 듯한 안나와 함께 셋이서 가족처럼 산다. 그런데 마을이 '군대'의 습격을 받게 되고, 핀이 들어 있던 것과 똑같은 캡슐에서 얼굴 없는

병사가 나온다. 핀은 각성하여(〈그림 3〉) 그 수수께끼의 병사들을 쓰러뜨린다. 핀은 자신과 똑같이 '얼굴이 없는' 병사를 보고 자기가 누구인지 '의문'을 품으면서 스토리가 시작된다. 분명 이 다음 스토리는 누가 어떤 목적으로 핀을 만들었는지를 풀어놓는 식으로 흘러갈 것이다.

독자 여러분이 읽을 수도 없을 학생 과제물의 콘티를 칭찬해도 소용없는 일이지만, '핫키마루의 명제'에 포함된 '버려진 아이'란 이야기의 실마리를 아주 훌륭하게 적용한 사례다. 이 '핫키마루의 명제'는 지금까지 『이야기 체조』, 『캐릭터 메이커』, 『스토리 메이커』에서 반복하여 소개했던 '명제'인데, 이를 이야기로 만듦으로써 무라카미 류는 스토리텔러로 변신할 수 있었고, 그와 비교할 수는 없지만 이야기 작가로서 그다지 재능이 없던 나조차도 원작자로서 한걸음을 내디딜 수 있었다. 그런 의미에서 '핫키마루의 명제'는 이야기를 만드는 작가가 되고 싶은 사람이 처음 만들어보는 이야기에 적합한 듯하다.

4강
빠른 속도로 어른이 된다
제니의 명제

이시노모리 쇼타로의 실험작

신서판 코믹스[1]로선 드물게도 서문이 실려 있는 걸 보면 이시노모리 쇼타로[2]의 단편집 『용신의 늪龍神沼』(아사히소노라마, 1967)이 그에게 특별한 의미가 있는 작품집이란 사실을 알 수 있다. 서문은 잡지 〈소녀 클럽〉[3] 전 편집자 마루야마 아키라[4]에게 바치는 헌사로 쓰여졌는데, 이 책에 수록된 작품들이 이시노모리와 마루야마가 '소녀만화에서는 터부시되었던' 영역에 도전한 실험작이었다는 내용이다.

실제로 표제작인 「용신의 늪」은 소녀만화인데도 이시노모리의 만화 이론서 『소년을 위한 만화가 입문』에 작례로 게재되었다. 그 세련된 영화적 수법은 이후 일본 만화 연출에서 본보기로 자리 잡았다고 해도 과언이 아니다.

같은 책에 수록되어 있는 옴니버스 형식의 「안개와 장미와 별과」는 흡혈귀 소녀의 과거, 현재, 미래라는 3단계 시간으로 구성된 세 단편으로 구성되어 있다. 영원한 시간을 살아가는 흡혈귀라는 속성이나 시간 배경이 다른 단편을 중첩해가는 수법은 명백하게 하기오 모토의 『포의 일족』에 영향을 미친 것으로 보인다. 이처럼 이시노모리

와 마루야마의 실험은 확실하게 다음 세대로 계승되었다는 것을 알
수 있다.

『용신의 늪』에 실린 세 편의 단편 중 마지막 작품은 「어제는 이제
오지 않아. 하지만 내일도 역시⋯⋯」이다. 이 작품은 대략 이런 스토
리이다.

인기 없는 신인 만화가 청년이 출판사에 원고를 가지고 가던 도중
대사관 정원 앞에서 어린 소녀와 만난다.(〈그림 1〉) 그때는 소녀가 금
방 달려가 버렸지만, 출판사에서 돌아오는 길에 공원에서 다시 만나
게 된다. 그런데 아까보다 약간 어른이 된 것처럼 보였다.(〈그림 2〉) 그
다음에 또 만났을 때는 어린아이라기보다는 성숙한 소녀가 되어 있
었다.(〈그림 3〉) 그녀는 자신을 대사의 딸이라고 소개했고, 청년은 하
숙집에 그녀를 데리고 간다. 그녀는 만날 때마다 성장하여 청년의 나
이와 비슷해지는데 청년의 만화를 칭찬하며 격려해준다. 두 사람은
자연스레 사랑하는 사이가 된다.(〈그림 4〉)

그녀가 청년과 어울리는 나이가 되자 이별이 찾아온다. 그녀는 고
국에서 전쟁이 일어날 것 같아 돌아가야 한다고 말한다. 청년이 생계
때문에 본인의 뜻과는 다른 작품을 그리려고 하자 두 사람은 말다툼
을 하게 된다. 그리고 "고생을 모르는 천사 양, 어른들의 세계엔 아이
가 모르는 괴로운 일이 가득하다고"라며 자조하는 청년에게 슬픈 표
정으로 소녀는 말한다.

"나는 천사가 아니에요⋯⋯."

그림 1, 2, 3(위), 그림 4(아래)
「어제는 이제 오지 않아. 하지만 내일도 역시……」, 『용신의 늪』,
이시노모리 쇼타로 지음, 아사히소노라마, 1967

"그리고 아이도 아니에요!"

"……천사였으면 벌써 예전에 당신을 도와줬을 거예요."

"하지만 난 아무것도 해줄 수가 없잖아요."

"그러니……, 그러니 최소한……"

"조금이라도 빨리 어른이 되어……"

(「어제는 이제 오지 않아. 하지만 내일도 역시……」)

하지만 자신의 필사적인 마음이 통하지 않았다고 생각한 그녀는 뛰쳐나간다. 청년은 그녀를 뒤쫓아 대사관 정원까지 간다. 거기엔 타임머신이 있다. 소녀는 미래에서 청년이 있는 이곳으로 1~2년마다 타임머신을 타고 찾아왔던 거라고 고백한다. 그리고 붙잡는 청년을 뿌리치듯, 핵전쟁이 시작된 미래로 돌아가 버린다. '어제', 즉 과거는 두 번 다시 돌아오지 않지만 '내일', 즉 미래도 거기엔 없는 것이라는, 제목에 내포된 의미가 여기에서 밝혀지는 셈이다.

고전 SF 팬이나 영화 팬이라면 만날 때마다 조금씩 성장하는 소녀와 인기 없는 만화가의 슬픈 사랑 이야기에서 『제니의 초상Portrait Of Jennie』이란 작품을 떠올릴 것이다. 로버트 네이선Robert Nathan[5]의 소설인 이 작품은 하야카와문고[6]에서 출간되었고, 지금은 새로운 번역으로 소겐추리문고[7]에서 출간된 상태다. 미국에서는 1939년 간행되었으니 이미 엄청난 고전이다. 뿐만 아니라 윌리엄 디터리William Dieterle[8] 감독에 의해 1948년 영화화되기도 했다. 흑백 화면이 클라이맥스에서 컬러로 바뀌는 기법이 당시엔 화제를 모았다고 한다. 일본에서는 1951년 개봉되었고, 그후엔 클래식 명화 극장 등에서 간혹 상영되었다.

이시노모리의 「어제는 이제 오지 않아. 하지만 내일도 역시……」는 1961년 〈소녀클럽〉 정월 임시증간호에 게재되었다. 『제니의 초상』 소설판은 1950년 야마무로 시즈카 번역으로 가마쿠라쇼보에서, 1954년엔 이노우에 가즈오 번역으로 하야카와포켓북스에서 출간되었다. 아마도 이시노모리는 도쿄 이케부쿠로 등지의 명화 극장에서 영화판을 봤거나 포켓북스 소설판을 읽었을 것이다. 아무튼 이 작품은 일종의 '번안'이지만 이런 점은 전혀 밝히지 않았다.'

요즘 같으면 표절이라고 인터넷에서 난리가 났겠지만, 외국 SF 작품이나 영화에서 플롯을 차용하는 일은 적어도 2차대전 이후 어느 시기까지는 일본에서 공공연히 행해졌다. 지금처럼 지적재산권 문제로 떠들어대는 분위기도 없었다. 데즈카 오사무나 도키와장 그룹의 다른 작가들도 다들 비슷한 방식으로 작품을 만든 적이 있다. 오히려 그런 과정을 거침으로써 하나의 장르가 성숙할 수 있다고 나는 생각한다. 내가 하야카와문고판 『제니의 초상』을 읽고 이시노모리의 단편과 똑같은 내용이란 사실을 발견했을 때, 이시노모리가 과거에 읽었던 것과 같은 소설을 찾아냈구나 싶어 기뻐했던 기억이 있다.

시간을 넘나드는 연인

그럼 비교를 위해 네이선의 『제니의 초상』 스토리를 살펴보자.

무대는 1938년 겨울 뉴욕. 추위와 배고픔 이상으로 자기 작품이 세상에서 인정받지 못하는 현실에 힘들어하던 화가 이븐 애덤스가 주인공이다. 이시노모리 판의 주인공인 인기 없는 만화가 청년이 첫 등장 장면에서 "춥다……. 배도 고프고"라고 중얼거렸는데, 이런 세부 사항이 일치하는 것만 보더라도 두 작품의 관계는 명백하다.

애덤스는 공원에서 혼자 놀던 어린 소녀를 만난다.

나는 멈춰 서서 그녀를 보았다. 혼자 있어서 놀랐기 때문이다. 다른 어린아이도 없었고, 안개가 끼고 두 개의 긴 빛줄기가 테라스와 호수에 뻗어 있었다. 그녀의 부모나 데리고 온 사람을 찾아 주변을 둘러보았지만, 벤치는 전부 텅 비어 있었다.

"벌써 어둑어둑한데," 나는 말했다. "집에 안 가도 되니?"

야단치는 것처럼 들렸을 리는 없다. 아이는 다음에 뛸 자리에 표시를 했는데, 그 전에 옆으로 돌아 나를 보았다. "벌써 늦은 시간이야?" 그녀는 물었다. "시간을 잘 몰라요."

(『제니의 초상』, 로버트 네이선 지음)

"시간을 잘 몰라요"라는 말은, 그녀가 시간을 초월한 존재임을 암시한다. 소녀는 자기 이름을 제니라고 밝히고 애덤스와 두서없이 대화한다. 애덤스는 화랑에 가지만 그다지 환영받지 못한다. 이 부분은 청년이 만화 출판사에 찾아갔다가 거절당하는 장면과 비슷하다. 차이가 있다면 이런 내용이다.

갑자기 눈을 빛내더니, 미스터 마슈즈는 가방으로 손을 뻗었다. "잠깐만." 그는 외쳤다. "그건 뭐지?"

나도 뭐가 뭔지 모르는 채, 그가 집어든 그림을 봤다. "어째서 이게……" 멍하니 말했다.

"이건 아무것도 아닙니다. 그냥 스케치에요. ……공원에서 만난 여자아이의. 내가 뭔가를 기억해두려고……. 여기 갖고 왔던가?"

(『제니의 초상』)

화상은 스케치를 마음에 들어 했고, 괜찮은 금액으로 구입해주었다. 제니와의 만남을 통해 애덤스의 상황에 변화가 생긴 것이다. 제니는 일상의 외부에서 찾아왔으니, '전학생'의 명제가 작용한 것이기도 하다.

애덤스는 공원에서 제니와 재회한다. 공원에서 둘이 스케이트를 타는 장면은 영화에서도 인상적이다. 그리고 애덤스는 깨닫는다.

> 팔짱을 끼고 함께 스케이트를 타기 시작하자, 또다시 주변이 안개가 낀 듯 환상적인 세계가 되었다. 우리 주변을 강물처럼 흘러가는 스케이터들, 햇빛을 반사하는 금속의 작은 반짝임, 그 흐름이 흘러가는 소리, 일순간 시계에 들어왔다가 다시금 사라져가는 몇몇 그림자……. 우리들 자신의 조용하고도 부드러운 움직임……. 모든 것이 전에 한 번 맛본 적 있는 감각으로 나를 끌어들인다……. 꿈속에 있으면서도 깨어 있는 듯한 감각으로. 이상한 느낌이다. 옆에 있는 제니의 호리호리한 모습을 내려다보니, 분명히 내가 기억하는 것보다 키가 컸다.
>
> "전에 만났던 때보다 훨씬 키가 큰 것 같아."
>
> "그래요."
>
> 내가 아무 말도 없이 애매하게 미소 짓자, 그녀는 진지한 표정으로 덧붙였다. "나, 서두르고 있거든요."
>
> (『제니의 초상』)

제니는 전에 만났던 때보다 성장해 있었고, "나, 서두르고 있거든요"라고 수수께끼 같은 말을 남긴다.

화상은 애덤스에게 다시금 제니의 초상을 의뢰한다. 하지만 아무리 찾아도 그녀를 찾을 수가 없었다. 그런데 큰눈이 온 어느날, 갑자기 그녀가 아틀리에 나타나 모델이 되지만 또 모습을 감춘다. 그런 식으로 애덤스는 제니에게 휘둘린다. 그는 점점 초상화 창작에 빠져든다. 자신이 그리고 싶었던 것을 찾은 것이다.

제니의 초상화를 그리고 싶어 견디지 못할 정도로 머리에서 떠나질 않아, 그녀를 또 만날 수 있는 날이 언제일지 고민했다. 이미 그녀가 어린아이라는 생각은 들지 않았다. 그때 나는 제니의 나이를 의식하지 않았다. 젊은 여성이라고 할 수 없고, 아직 어린아이라고도 할 수 없는, 그 사이 연령대 여성으로 생각되었다. 그녀를 둘러싼 수수께끼로부터 내 마음은 뒷걸음질쳤고, 내 머리는 생각 자체를 거부하고 있었다. 그녀가 실제로 이 세계 어디에 속해 있더라도, 어떤 의미에서든 어떤 이유에서든 그녀를 내 것이라고 믿기란 너무나도 쉬웠다.

(『제니의 초상』)

즉 애덤스가 그리려는 것은 '어린아이'와 '젊은 여성' '사이 연령' 대의 제니였다. 하지만 돌아온 제니는 또다시 성장해 있었다.

2주일 후에 제니가 돌아왔을 때, 요 몇 번 만나는 사이에 상당히 자랐다는 것을 깨달았다. 그녀는 수도원 기숙학교의 여학생이 입는 교복과 비슷한 옷을 입고 있었다. 세일러복 형태의 블라우스에 발목까지 오는 스커트. 날아오르듯 계단을 뛰어올라와 모자를 침대 위에 던졌다. "이븐!" 그녀는 외쳤다. "정말 즐거워요!"

그 순간, 말이 딱 막혔다. 만일 내가 무엇을 기대했더라도 틀림없이 달랐을 것이기 때문이다. 마지막에 만났을 때의 모습은 전혀 남아 있지 않았다. 실제로 외견상 어린아이 같은 부분은 전혀 없었다. 오히려 지금 당장이라도 활발한 젊은 여성 사이에 끼어들어도 될 정도였다. 서둘러 초상화를 그려야겠다고 생각했다. 더 늦기 전에…….

나는 말하지 않을 수가 없었다. "많이 컸구나, 제니. 그런데 그 옷은……."

(『제니의 초상』)

애덤스는 제니가 어린아이와 어른의 경계선을 넘어서고 있음을 깨닫고, 초상화를 다 그리지 못한 채 그녀가 어른이 될까봐 마음이 다급해졌다.

소설 『제니의 초상』은 이시노모리의 「어제는 이제 오지 않아. 하지만 내일도 역시……」와 마찬가지로 비극적 결말을 맞는다. 마치 청년인 애덤스의 연령을 쫓아가려는 듯 '빠른 속도로' 성장하는 제니에 대해, 애덤스는 어른이 되기 일보 직전 상태에 머물러주길 바란다. 즉 애덤스는 제니의 성장에 족쇄를 채우고 자라지 못하게 만들었다고 할 수 있다. 물론 이건 어디까지나 상징적인 의미에서의 해석이다. 하지만 이 부분은 비극적인 결말의 복선이고, 성장하는 데 장애를 만드는 '아톰의 명제'가 발동한 순간이라고도 할 수 있다.

애덤스는 어른이 되기 직전의 제니가 보인 일순간을 그림 속에 남긴다. 완성된 그림을 보고 화상은 깜짝 놀랄 만한 조건을 제시한다.

이제 제니는 성인 여성이고 애덤스의 연령에 가까워졌지만 앞으로 2년간 유학을 떠나지 않으면 안 된다고 말한다.

"제니!" 나는 외쳤다.

"알아요." 그녀는 즉시 대답했다. "나도 가고 싶지 않아요. 하지만 가지 않으면 안 돼요. 그리고 아무튼……, 그리 길지도 않고요. 게다가……"

"게다가?"

"내가 아주 서두를게요." 진지하게 말한다. "그래서 언젠가, 당신과 똑같은 정도의 나이가 될게요."

"난 28살이야, 제니." 나는 조용히 말했다. 그녀는 고개를 끄덕였다.

"알아요. 그러니까, 나도 언젠가 그렇게 될 거여요. ……금방."

"하지만, 프랑스에서 돌아올 때는 아닐 거 아냐."

"물론, 그다음에도 좀 더 긴 시간이 걸리겠지만."

그녀가 내 손을 꼭 잡았다. "아무튼, 내가 서두를게요. 서두르지 않으면 안 되거든요."

(『제니의 초상』)

그리고 마침내 두 사람이 애덤스의 방에서 하룻밤을 보내게 되었

144

을 때, 제니의 존재를 눈치채고 찾아와 비도덕적인 일은 허락할 수 없다고 윽박지르는 집주인 미세스 지크스의 참견으로 그녀는 쫓겨난다.

　　"잘 있어요, 이븐." 그녀는 확신을 담아 말했다.
　　"언젠가 다시 돌아올게요……. 하지만 이런 식은 아니에요. 두 번다시 이런 일은 하지 않아요. 우리들이 쭉 함께 있을 수 있게 될 때까지는."
　　미세스 지크스는 그녀가 나가는 모습을 뚫어지게 바라보았고 뒤를따라 계단을 내려갔다. 나는 계단을 내려가는 발소리가 점점 작아지는 것을 듣고 있었다.

(『제니의 초상』)

　　어느새 계절은 여름이 된다. 애덤스는 기분이나 전환하려고 하숙집을 나서 해변의 거리를 그리려고 항구에 가기도 하지만 마음이 편해지지 않는다. 강가에 작은 집을 빌려, 제니를 생각하지만 그녀는돌아오지 않는다. 하지만 어느 폭풍우가 치던 밤, 제니가 갑자기 모습을 나타낸다. 폭풍우 속에 강가에서 애덤스는 제니를 껴안았다. 그러나 폭풍우로 강이 범람하여 둘을 삼킬 것 같았다.

　　"서두르자, 제니." 나는 말했다.
　　경사지에서 끌어올리려고 했지만, 그녀는 마치 죽은 사람처럼 무거

웠고, 힘이 전혀 남아 있지 않은 듯했다. 그녀는 슬픈 표정으로 미소 지으며 고개를 흔들었다. "가세요, 이븐. 나는 무리예요."

그녀를 안아 올리려고 했지만, 너무나도 무거웠다. 나는 미끌미끌한 지면에 발디딜 자리를 찾지 못했다. 이제 강물의 수위는 더욱 높아졌고, 거의 발밑까지 차올라왔다. 검은 물결이 발목을 씻고 있었다.

"제니!" 나는 외쳤다. "제발……!"

"얼굴을 보여줘요." 그녀는 속삭였다. 목소리는 들리지 않았지만, 무슨 말을 하는지 알 수 있었다.

제니는 양손으로 내 얼굴을 감싸고, 잠시 동안 커다란 검은 눈동자로 나를 바라보았다. "오랜만이에요, 이븐."

나는 말하고 싶지 않았다. 거기에서 도망치고 싶었다. 그녀를 경사지에서 끌어올리고 강물로부터 멀리 떨어지고 싶었다. "너를 업을 수 있다면……."

(『제니의 초상』)

드디어 애덤스는 제니를 안게 되었는데, 이미 어른이 된 그녀의 몸을 어린아이처럼 업을 수는 없었다. 그리고 두 사람은 거센 물살에 휩싸인다.

정신을 차리고 보니 제니의 모습은 없었다. 그리고 뉴욕으로 돌아와 화상을 만난 애덤스는 신문기사를 보게 된다.

그것은 〈타임스〉 9월 22일자 기사였다. "증기선 라티니아 호는, 무선 연락에 따르면, 오늘 난타켓 섬 등대로부터 100마일 떨어진 바다에서 폭풍우를 만났고 승객 한 명이 사망했다. 8년간의 해외 체류를 마치고 미국으로 귀국하던 미스 제니 애플턴은 선교 일부를 부수고 승객 몇 명에게 부상을 입힌 커다란 파도에 휩쓸려 배 밖으로 떠밀려 나갔다. 선박회사에서는 국내에 사는 미스 애플턴의 유족을 찾기 위해 전력을 기울이고 있다."

(『제니의 초상』)

소설은 여기에서 끝난다. 제니가 애덤스의 시간을 따라잡았을 때, 기다리고 있던 것은 이별이었다. 이시노모리는 성장하는 소녀의 수수께끼를 타임머신으로 해결했지만, 네이선은 그러지 않았다. 제니는 결국 애덤스와 함께 살지 못하고, 어른 이전의 초상을 남겼다. 소설은 애덤스가 신문기사를 읽으면서 끝나지만, 영화에서는 미술관에 제니의 초상이 걸려 있는 장면으로 끝난다.

속도가 다른 시간을 살아가다

이시노모리는 『제니의 초상』에서 '남녀의 시간이 흘러가는 속도 차이'라는 아이디어를 차용하여 「어제는 이제 오지 않아. 하지만 내일도 역시……」를 만들었다. 굳이 말하자면 네이선은 판타지, 이시노모리는 SF를 창작했지만, 서로 다른 세계의 시간이 흘러가는 차이를 주제로 삼은 작품은 그 밖에도 꽤 많다.

먼저 영국 아동문학의 고전인 필리파 피어스Ann Philippa Pearce의

『한밤중 톰의 정원에서Tom's Midnight Garden』[10](1958)가 떠오른다. 동생이 홍역에 걸리자 톰은 친척집 아파트로 가게 된다. 톰도 홍역에 걸렸을지 모른다고 하여 외출을 금지당했는데, 한밤중의 아파트에서 낮에는 없었던 정원을 발견하게 된다. 그리고 거기에서 하티라는 소녀를 만난다. 하티와 톰은 밤마다 만나고, 곧 톰은 하티와 자기가 살아가는 시간의 속도나 순서가 다르다는 것을 깨닫는다.

결말은 약간 독특한 해피엔드인데, 그 아파트에 살던 깐깐한 바솔로뮤 부인이란 할머니가 바로 하티였다. 톰은 그녀의 추억 속에 포함되어 있었던 것이다.

'연인 사이에서 시간이 흘러가는 속도의 차이'라는 이야기 요소는 굳이 SF나 판타지 형식을 취하지 않고 표현되기도 한다. 오시마 유미코[11]의 단편 「털실 현」(1981)이 그런 사례이다. 이 작품은 『솜나라 별綿の国星』 시리즈의 한 편으로 만들어졌는데, 시리즈의 특징적인 캐릭터인 귀여운 스와노 지비네코는 마지막 한 컷에만 나온다.

『솜나라 별』 시리즈는 고양이인 지비네코와 사람인 도키오를 중심으로 전개되는 만화이다. 만화에서 등장인물 각자의 마음이 독백(모놀로그) 형식으로 표현되기 시작한 것은 24년조 이후의 소녀만화에서 비롯되었다. 하지만 보통의 소녀만화에서는 독백으로 표현된 서로의 마음이 결국 상대방에게 전달되거나, 전달되지 못하더라도 최소한 전해지지 않았다는 사실은 알 수가 있다. 하지만 이 작품에선 고양이와 인간이기 때문에 둘의 독백은 영원히 맞닿지 못한다. 결코 인간에게 도달하지 못하는 독백을 고양이에게 부여했다는 점이 이 시리즈의 탁월한 면이라고 생각한다.

「털실 현」은 냐냐라는 고양이와 미칸이란 고등학생의 (서로에게 도달하지 못하는) 독백을 중심으로 그린 작품이다. 작품은 냐냐가 마치 집사 같은 모습으로 미칸의 침대에서 자고 있는 장면으로 시작된다.(〈그림 5〉)『솜나라 별』시리즈에선 고양이를 고양이 연령에 맞게 의인화하고 있으니, 이때 냐냐의 연령은 청년에 해당하는 셈이다.

현재의 냐냐는 자기가 미칸의 호위병이라는 자의식을 가지고 있다. 약간씩 변화하는 미칸을 오빠 같은 시선으로 바라본다. 하지만 4년 전, 미칸이 냐냐를 처음 주웠을 때엔 아직 어린 아기 고양이였다. 하지만…….

> 4년 전
> 그녀는 이미 지금의 그녀였지만
> 나는 아직, 그야말로 아기였다.
> 4년간
> 이상한 일이지만
> 같은 시간을 보내왔는데
> 어떻게 보더라도 내가 이 아이보다 훨씬 연상이 되었다.
> 인간으로 치자면 지금의 나는
> 꽃중년이 되기 직전이란 연령으로 느껴지는 것이다.
> 이 4년간
> 미칸은 나의 부모가 되었고 누나가 되었고 친구가 되었고 여동생이

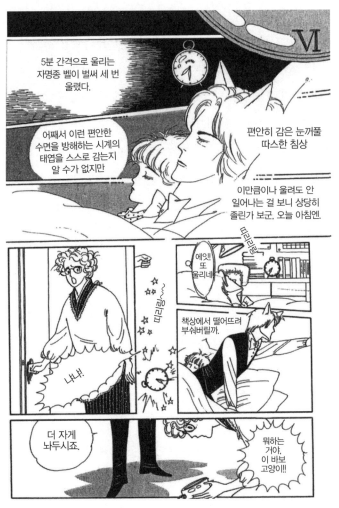

그림 5 「털실 현」의 한 장면

되었지만

옛날도 지금도 앞으로도

아마 연인이라는 점은 변하지 않을 것 같다.

아아

나는 그 편이 좋다고 생각한다.

함께 고양이가 되자.

(「틸실 현」,『솜나라 별』 제3권, 오시마 유미코 지음,

하쿠센샤, 1994)

고양이의 시간은 인간보다 훨씬 빨리 흘러가는 것이다. 그러므로 미칸은 '부모'였다가 '누나'였다가 '친구'였다가, 지금은 '여동생'이 되었지만, 그래도 냐냐에게는 그녀가 영원히 연인인 셈이다.

하지만 미칸은 하야카와라는 약간 색다른 소년을 사랑하게 되고, 하야카와는 미칸과 냐냐 이야기를 영화로 찍게 된다. 냐냐는 미칸의 사랑을 막을 방도가 없다. 이야기는 냐냐의 독백으로 끝난다.

겨울털이 모포에서 반짝반짝 빛나고 있다.

앞으로 2, 3년 지나 내가 노쇠하더라도

저 은막 속의 나와 미칸은

그대로 똑같이 뛰어다니고 있을 거야.

그걸 보고 미칸은

내가 죽은 후에도 나를 떠올리겠지.

그것 때문에 나는 녀석의 갑작스러운 포옹을 용서해주는 거야.

(「틸실 현」)

냐냐는 자신과 미칸의 시간이 다른 속도로 흘러간다는 사실을 조용히 받아들인 것이다.

영원한 시간을 살아가는 흡혈귀

단편집 『용신의 늪』에 수록된 「어제는 이제 오지 않아. 하지만 내일도 역시……」가 하기오 모토의 만화 『포의 일족』의 원형이 아닐까 하고 추측한 바 있다. 이 시리즈의 주된 주제도 '흘러가는 시간의 차이'이다. 영원한 시간을 살아가는 흡혈귀 에드가와 메리벨, 그리고 그들을 쫓으며 늙어가는 그렌스미스와 존 어빈의 대비는 몇 번이고 다시 읽어도 안타깝게 느껴진다.

그중에서도 나는 「그렌스미스의 일기」(1972)가 걸작이라고 생각한다. 『포의 일족』 시리즈 중에서 「투명하게 비치는 은발」, 「포의 마을」(1972) 다음에 만들어진 세 번째 작품이다.

「투명하게 비치는 은발」에서는 찰스란 소년이 마을 변두리 저택에 사는 메리벨이란 소녀를 사랑하게 되는데, 갑자기 그녀가 이사를 가버리고 나중에 시간이 흘러 초로의 노인이 된 찰스가 조금도 변하지 않은 모습의 메리벨을 만나게 된다는 구성이다. 소년(인간)의 시간과 소녀(흡혈귀)의 멈춘 시간은 결코 교차하지 않는다는, 이 시리즈의 '명제'를 나타낸 작품이다.

두 번째 작품인 「포의 마을」은 「그렌스미스의 일기」 앞 내용에 해당하는 에피소드다. 그렌스미스는 숲 속에서 안개 때문에 길을 잃고, '하룻밤 만에 백 년이 지난다'는 전설이 전해지는 수수께끼 같은 마을에 들어가서 에드가와 메리벨이란 흡혈귀 남매를 만난다. 그 마을 사람들은 장미를 재배하면서 살고 있었는데, 그렌스미스는 에드가로부터 메리벨을 위해 약간 피를 빨리지만 그들의 동료가 되진 못했다. 성으로 돌아온 그렌스미스는 다시금 마을을 찾아가지만 두 번 다시 거기에 이르지 못하고 그 내용을 일기로 남긴다.

「그렌스미스의 일기」는 그렌스미스의 딸인 엘리자베스의 이야기이다. 그렌스미스가 포의 마을에 들어간 것은 1865년인데 그는 1899년에 사망한다. 그의 딸 엘리자베스는 아버지의 유품 속에서 일기를 발견하고, 포의 일족에 관한 기록에 매료된다.

> 이것은 대체 뭘까.
>
> 이상한 이야기.
>
> 어째서 이렇게
>
> 몇 번이고 몇 번이고 펼쳐진 페이지.
>
> 30여 년 전의 빛바랜 종이의 일기.
>
> 아버님은 몇 번이고 몇 번이고 다시 읽으며
>
> 30년간 무슨 생각으로…….
>
> (『하기오 모토 작품집 6-포의 일족 ①』, 하기오 모토 지음, 쇼가쿠칸, 1977)

「그렌스미스의 일기」는 엘리자베스의 인생을 빨리 돌린 영화처럼 보여준다. 영국인인 그녀는 가난한 독일인 음악가와 사랑에 빠졌고, 트렁크 바닥에 아버지 그렌스미스의 일기를 담은 채 바다를 건너 시집간다. 베를린에서 아이가 태어나고 조촐하게 살아가지만, 1차대전이 일어나 남편이 전사하게 된다. 아이를 데리고 생활하는 데 지친 그녀는 죽으려고도 생각했지만 딸 유리에를 보고 마음을 고쳐먹는다. 유리에 또한 그렌스미스의 일기 속에 나오는 포의 마을을 동경하지만 그녀는 일찍 죽고 만다. 엘리자베스는 결혼한 막내딸 안나와 함께 살게 되고, 손자가 태어나고, 그리고 또다시 전쟁(2차대전)이 벌어져 손자 피에르는 전장에 나가게 된다.

어느 날 엘리자베스는 손녀딸 마르그리트에게 그렌스미스 이야기를 해준다. 엘리자베스는 어린 마르그리트에게 말한다.

"그렌스미스는…… 살아간다는 건 너무 힘들거든."
"그냥 매일매일 지내면 되지만, 가끔씩 너무 힘들거든."
"약한 사람들은, 특히 약한 사람들은"
"이루어질 수 없는 꿈을 꾼단다."

(『포의 일족』)

그로부터 17년 후, 엘리자베스는 죽고 마르그리트는 작가가 된다. 마르그리트는 놀러 온 조카 루이스에게 그렌스미스의 일기 이야기를 해줬는데, 일기에 나온 에드가란 소년과 꼭 닮은 동급생이 있다는 말을 듣는다. 루이스는 에드가에게 그 일기에 대해 물어보려다가 설마 하는 생각에 묻지 않는다.

　이후 시리즈 중의 한 편인 「램턴은 말한다」(1975)에서 에드가가 독일 김나지움에 나타난 것이 1959년이었다는 사실이 밝혀지므로 실로 60년 세월이 겨우 24쪽(!!) 안에 그려진 셈이다. 죽은 아버지의 일기 속 에드가와 가족들을 공상하던 엘리자베스와 그녀가 죽은 다음에도 변함없는 에드가의 모습을 담은 흘러가는 시간과 정지된 시간의 대비가 압도적인 작품이다.

서로 다른 시간의 속도로 인해 이루어지지 않는 사랑

이처럼 『포의 일족』은 '다른 시간의 속도 속에 살아가는 남녀의 사랑'이란 테마로부터, 궁극적으로는 영원한 시간을 살아가는 이들과 한정된 삶밖에 주어지지 않은 인간의 대비란 테마로 심화된다는 것을 알 수 있다. 이런 관점에서 보면 영원한 존재 불새와 유한한 삶을 살아가는 인간들을 대비시킨 데즈카의 만화 『불새』[12]와도 연결되는 지점이 있다.

　다시금 남녀의 이야기로 돌아가보면, 오시마 유미코 「8월에 태어나는 아이」(1994)는 대학생 다네야마 비와코가 갑자기 희귀병에 걸려 급격히 노화하는 이야기를 다루고 있다. 물론 그녀는 노화하는 자신을 받아들일 수가 없었다. "할머니"라고 부르며 자리를 양보하면 오히려 화를 낸다. 그리고 애인과의 데이트 날짜조차 잊는다. 스토리 마지막 부분에서 비와코는 애인인 모치구사 가오루가 기다리는 장소로 간다.

"모치구사, 나야. 기다렸지? 미안."

"노인이 전부 비슷해 보이는데 이건 젊은이의 오만탓일까? 방금 순간적으로 우리 증조할머니가 오신 줄 알았어."

(「8월에 태어나는 아이」, 『로스트 하우스』, 오시마 유미코 지음, 하쿠센샤, 2001)

비와코는 어떤 이유로 특수분장을 한 거라고 평계를 대고, 모치구사는 일단 그 말을 믿는다. 그리고 비와코는 묻는다.

"모치구사, 만약…… 내가 정말 진짜 노인이라면 계속 사귈 거야?"

"분장한 모습이 진짜라고?"

"응."

"아아……, 그건 좀 생각해봐야겠는걸."

(「8월에 태어나는 아이」)

그렇게 말하면서도, 늙어서 거의 감정이 없어지고 죽기 직전에는 아무리 불러도 돌아보지 않았던 증조할머니 이야기를 한다.

모치구사는 말한다.

"그래서 아까 비와코가 왔을 때,
할머니로 잘못 보고 기분이 좋았어."

(「8월에 태어나는 아이」)

예전의 증조할머니가 응답을 해준 것처럼 모치구사는 느꼈던 것이다.

비와코는 점점 늙어간다. 그리고 의식이 사라지기 직전, 다시 한번 '또 다른 자신이 태어나는' 것일지도 모른다고 생각한다. 그리고 실제로 그렇게 되었다. 비와코는 '어린 아기가 성장하듯' 천천히 회복한다.

사정을 알게 된 모치구사가 "다시 만나자"며 편지도 보내온다. 스토리는 "지금은 가을. 이건 남자애한테서 온 편지. 나는 18세의 여자아이. 이름은 다네야마 비와코라고 한다"라고, 그녀가 자신을 천천히 돌이켜보며 읊조리는 독백으로 끝난다.

이렇게 보면 네이션의 소설에서 이시노모리가 차용한 스토리라인이, 24년조 작가들에게 상당히 본질적인 테마로 담겨 있음을 다시금 느끼고 놀라게 된다.

신카이 마코토[13]의 애니메이션 〈별의 목소리〉 역시 SF의 고전인 우라시마 효과[14], 즉 광속을 넘어서 여행하는 우주선과 지구의 시간의 속도가 다르다는 법칙을 사용하여, 주인공 노보루와 미카코의 이루어질 수 없는 사랑을 그려 보였는데, 이것도 이시노모리로부터 24년조로 이어지는 계보에 위치하는 작품이라 할 수 있을지도 모르겠다.

이번 장에서 살펴본 '명제'는, 역시 원조인 네이션에게 경의를 표하는 의미에서 '제니의 명제'라고 이름 붙이고자 한다.

개인적으론 비련이 더 안타까운 느낌이 들기 때문에 '비련으로 끝난다'라고 하고 싶지만, 『한밤중 톰의 정원에서』나 「8월에 태어나는 아이」처럼 긍정적인 여지를 남겨두는 결말도 있으므로 '모두 같지는 않다'고 해두겠다.

제니의 명제

시간의 속도가 다른 세계를 살아가는 이들의 사랑은 쉽지 않다.

만화「이야기의 명제」

④ 제니의 명제

시간의 속도가 다른 세계를 살아가는 이들의 사랑은 쉽지 않다.

1. 둘이 처음 만났을 때엔 깨닫지 못했지만……

2. 만날 때마다 그녀는 성장한다.

3. 두 사람의 시간이 순간순간 교차하는 일은 있지만……

4. 운명은 대개 둘을 갈라놓게 된다…….

워크숍 4

제니의 명제

그러면 이 명제를 사용하여 '걸작'을 만들어보라. 말도 안 되는 소리 같지만, 이시노모리의 「어제는 이제 오지 않아. 하지만 내일도 역시……」는 『제니의 초상』을 그대로 차용했지만 충분히 걸작이고, 마찬가지로 「틸실 현」이나 「그렌스미스의 일기」, 〈별의 목소리〉 등의 작품들도 전부 걸작이다. 이 명제를 가지고 눈물이 날 정도로 훌륭한 시나리오를 만들 수 있다는 것이다.

| 작례 | 오타 요코의 작품

#1 인사치레로라도 깨끗하다곤 하기 힘든 연립주택의 전경

"뭐!?"

야마토의 목소리가 울려퍼진다.

#2 같은 장소

담배를 물고 만화 잡지를 손에 든 채 화를 내는 야마토.

야마토: "이번 달 대상이 18살이라고~!?"

"작가 인터뷰 '그냥 한번 그려봤는데 대상을 타서 기쁩니다……'라고!?"

신야, 말하고 싶지만 말을 꺼내기 어렵다는 표정.

신야: "야마토……, 저기 말야……."

야마토: (신야의 어깨를 붙들고) "신야! 우린 이제 서른 살 아저씨지만 열심히 노력해서 같이 데뷔하자!!"

신야: "으……, 으응……."

#3 회상 신. 같은 연립주택 안의 한 집.

약간 더 젊은 시절의 둘. 테이블에 앉아 만화를 그리며 토론 중이다.

야마토: (독백) "나랑 신야는 학생 시절부터 둘이서 일심동체. 왜냐하면 둘이서 한 작품을 만들고 있으니까."

야마토: "이 칸 나누기 좀 이상하지 않아?"

신야: "그렇네……."

야마토: "라스트 스퍼트야! 힘내자!!"

신야: "그래!!"

야마토: (독백) "좋은 결과가 나오지 않는 가혹한 날들이 이어졌다……."

"하지만 나는 즐거웠다……. 신야와 둘이서 앞으로도 열심히 노력하자고…… 생각했는데……."

#4 현재. 같은 연립주택.

야마토: "뭐?"

"지금 뭐라고?"

신야: "애인이 아기를 가졌어……. 그래서 취직했다고."

야마토: "이봐……, 그럼 우리 만화는 어떻게 되는 거야……?"

신야: "그만 끝내자……."

야마토: "어째서! 지금까지 열심히 했잖아!? 곧 데뷔해서 대히트하면 생활비는 문제없잖아!!"

"신야!!"

신야: "불안하단 말야!!"

"우린 확실히 노력했어! 하지만 벌써 30살이잖아!?"

"내년엔 아기가 태어나고, 나한텐 책임이 생긴다고!!"

"가족을 부양하지 않으면 안 돼!"

"꿈만으론 먹고살 수가 없어……."

야마토: (독백) "그렇게 말하고 신야는 떠났다……."

#5 공원

주스 캔을 쥐고 화단 벽돌 위에 걸터앉은 야마토. 침울해 있다.

야마토: (독백) "오늘은 한 주에 세 번 가는 아르바이트 날이지만……"

야마토: "아, 가기 싫어……."

야마토: (독백) "서른 살에 주 3회 아르바이트라……. 확실히…… 이래서는 가족을 부양할 수가 없지……."

야마토: "가족……이라……"라고 중얼거린다.

"우는 거야?" 라고 뒤에서 갑자기 소녀 목소리가 들려온다.

천천히 돌아보는 야마토.

야마토: (독백) "뒤에 있던 것은……"

"시대에 뒤처진 밀짚모자를 쓴, 코스모스가 어울릴 듯한 소녀였다……."

코스모스가 흐드러지게 핀 화단 안에, 미소를 띤 소녀가 서 있었다.

소녀, 웃는다.

야마토: "너 혼자니? 이런 밤에 위험해."

소녀: (화단에서 내려오며) "너가 아냐. 내 이름은 사쿠라야."

"야마토 씨" (라고 야마토의 이름을 부른다.)

야마토: "어째서 내 이름을……?"

사쿠라, "후후"라고 웃으며 뛰어간다.

야마토, 당황하며 따라간다.

야마토: "잠깐 기다려! 잠깐……! 너……!"

"사, 사쿠라!" (라고 소녀의 이름을 부른다.)

술래잡기와도 같은 순간.

드디어 오른팔을 붙잡는다. 사쿠라의 표정이 약간 부드러워진다.

야마토: "잡았다!"

"사쿠라……, 넌 누구야?"

사쿠라: "야마토 씨 애인."

야마토: "엥?"

"그게 무슨……?"

사쿠라: "야마토 씨."

"열흘 후 같은 시간에 여기 와요."

"당신이 그린 만화를 들고요."

야마토: "왜…… 그걸?"

"약속한 거예요~"

#6 야마토의 방

달력을 보는 야마토.

야마토 : (독백) "그로부터 열흘 후……."

식사 준비를 하는 야마토.

야마토: (독백) "그냥 가는 건 좀 한심한 것 같은데……."

"장난일지도 모르고……."

#7 공원

야마토: "……근데 결국 왔네."

"내가 뭐하는 거지."

벤치에 앉아 있다.

왼손에는 원고가 담긴 가방.

야마토, 가방을 열고 원고를 꺼내 확인한다.

야마토: "적당히 집어 들고 왔는데……."

"이거…… 둘이서 납득하고서 갖고 갔던……."

"출판사에……."

* * *

회상, 출판사.

담배를 문 편집자가 책상 위에 원고를 던진다.

편집자: "재미없군. 뭘 말하고 싶은지 모르겠어. 말이 안 돼."

* * *

야마토: "그땐 참 울적했지……."

164

야마토: (독백) "그러고 보면 그때부터 신야가 장래에 관해 이야기하기 시작했구나……."

* * *

회상, 젊은 시절의 둘.

신야: (불안한 듯) "우리 이제 어쩌지?"

야마토: (낙천적으로) "아직 25살이잖아, 괜찮아 괜찮아! 아직 문제없어!"

* * *

야마토: (얼굴을 감싸며) "난 정말…… 아무 생각 없었구나……."

"야마토 씨."

그때 들리는 사쿠라의 목소리.

야마토, 눈을 크게 뜬다.

사쿠라, 야마토 품에 안긴다.

사쿠라: "와주셔서 기뻐요!"

야마토: 깜짝 놀라며 "좀 자란 것 같은데?"

분명히 약간 성장한 것 같은 인상이었다.

하지만 사쿠라는 원고를 들고 눈을 반짝이며 답을 하지 않는다.

사쿠라: "이게……!"

사쿠라, 야마토 옆에 앉는다.

야마토: "별로 재미는 없을 거야."

사쿠라: "괜찮아요!"

* * *

사쿠라: "재미있어요!"

야마토: "정말? 어디가?"

사쿠라: "이걸 그린 두 사람의 인간성이요."

"두 사람 호흡이 잘 맞네요."

야마토: "어떻게 둘이서 그렸다는 걸……?"

사쿠라: "저."

"다음엔 야마토 씨가 혼자서 그린 만화를 읽어보고 싶어요."

야마토: "나 혼자?"

사쿠라: "네."

야마토: "분명 재미없을 텐데."

사쿠라: "괜찮아요, 괜찮아〜"

"그러니까"

"마음 편하게 그려보세요."

"그리고 싶은 걸 마음대로."

"그럼 또 열흘 후에 만나요〜"

야마토: (독백) "그리고 싶은 걸…… 마음대로……."

#8 연립주택 실내

책상에 앉아 만화를 그리는 야마토.

야마토: "지금까진 데뷔를 노리고 그렸을 뿐이니……."

"사실은 시끌벅적한 학원물을 그리고 싶었거든."

"그래!"

#9 공원

자막 '10일 후'.

야마토: "마감이 겨우 열흘이니…… 죽겠다……."

"저깄네……."

벤치에 앉아 있는 사쿠라 모습을 발견했다.

그런데 모습이 좀 달랐다.

야마토: "응?"

사쿠라: "야마토 씨~~~"

사쿠라는 분명히 또 성장했다.

야마토: (독백) "……크잖아. 20살 정도?"

사쿠라: "오랜만이에요……. 보고 싶었어요."

사쿠라는 원고를 받아들고 기분 좋은 표정이었다.

하지만 명백한 변화에 당황하는 야마토.

옆에 앉아 만화를 읽는 사쿠라를 바라보며 생각한다.

야마토: (독백) "사쿠라는…… 만날 때마다 예뻐지네……. 이젠 이상할 정도로

사쿠라에 대한 의문은 느껴지지 않아……. 그와는 별개로……."

사쿠라: "야마토 씨!"

야마토: (독백) "난 사쿠라를 사랑하고 있어."

사쿠라: "다음엔 연애 만화를 보고 싶어요."

야마토: "연애……?"

사쿠라: "네, 읽고 싶어요."

야마토: (독백) "다음에 만나면 전해야지. 이 연애 만화에 사쿠라에 대한 사랑을

담아."

사쿠라: "너무 좋아요……. 이 여자아이……, 정말 행복하겠어요."

야마토: "사쿠라, 저기……."

사쿠라: "야마토 씨."

"야마토 씨와는 오늘로 헤어져야 해요……."

야마토, 충격을 받아 말문이 막힌다.

야마토: "어째서!? 왜 그러는 건데?"

사쿠라: "난……"

"미래에서 왔어요……."

야마토: "미래……?"

"설마…… 그런 만화 같은 얘길……."

사쿠라: "미래에 대해 말하는 건 규칙 위반이지만……."

"금기에 반하지만 얘기할게요. 후회하지 말았으면 해요."

"적어도 내 아빠는 후회하고 있어요."

"야마토 씨……."

"10일 후에 죽어요."

"그리고 1년 후에 내가 태어나요……."

"우리는 만나지 못할 운명이에요."

야마토: "내가 죽는 건…… 막을 수 없어?"

사쿠라: "사람이 죽는 운명은 바꿀 수가 없어요……. 그래도……"

(눈물이 그렁그렁하며) "난 야마토 씨를 만나고 싶었어요."

＊＊＊

회상.

옷장 안에서 원고를 찾아내 읽는 어린 시절의 사쿠라.

사쿠라: (독백) "아빠 방에 있던…… 야마토 씨의 만화를 읽고…… 정말 따스하다는 느낌을 받았다……."

* * *

사쿠라: "아빠한테 '그 만화는 사쿠라에게 바친 거야'라는 말을 듣고……"

"평면의 그림을 통해…… 당신을 좋아하게 되었어요……."

"이젠 가야 해요……."

사쿠라는 쓰고 있던 모자를 야마토한테 건네준다.

사쿠라: "이거…… 줄게요……."

야마토: (받아들면서도) "왜……?"

사쿠라: (웃는 얼굴로) "그 만화의 여자아이, 라스트신에 밀짚모자를 쓰고 있거든요. 그게 나죠?"

"지금 시대의 내가…… 다시 야마토 씨를 찾아낼 수 있기를……."

야마토: "……."

사쿠라: "그럼 갈게요."

야마토: "그쪽에 있는 신야한테 전해줘."

"난 행복했다고."

사쿠라: "네."

"고마워요."

야마토: (독백) "이리하여 나에겐 열흘의 유예가 주어졌다."

"부모나 친척, 고향 친구가 아니라……. 앞으로 태어날 생명에게 나의 존재가

지워지도록 하고 싶지 않았다…….”

#10 신야의 집

야마토, 신야에게 원고를 건넨다.

야마토: “자, 내가 그린 연애 만화야.”

신야: “연애!? 네가?”

야마토: “그래. 제일 잘 됐어.”

신야의 애인: “안녕하세요.”

야마토: “배 만져도 될까요?”

(커다랗게 부른 배에 손을 대고) “분명 딸일 거야.”

신야: “네가 어떻게 알아? 아직 성별 모른다고 의사 선생님도 그러던데.”

야마토: “이름은…… 사쿠라…….”

“귀엽고 착한 아이로 자랄 거야…….”

“그리고 이거 사쿠라한테 선물이야.”

사쿠라한테 받은 모자를 신야한테 건넨다.

신야: (받아들면서도) “밀짚모자를 왜?”

야마토: (문 쪽으로 돌아서며) “그럼 행복하게 잘 살아.”

#11 처음 나타났을 때처럼 어린 사쿠라, 코스모스 밭 한가운데에서 웃고 있다

야마토: (독백) “죽는 건 두렵지 않았다……. 이 시대의 사쿠라도 다시금 날 사랑하게 될 거라고 생각했으니까……. 코스모스 밭에 서서 이상한 미소를 지으며…… 밀짚모자를 쓰고….”

인기 없는 만화가 야마토와 친구 신야는 공동 작업을 해왔지만, 신야의 애인이 아이를 가지면서 콤비를 해산하게 된다. 혼자가 된 야마토 앞에 '밀짚모자 소녀'가 나타나고, 그녀는 야마토의 만화를 격려해주며 만날 때마다 자란다는 전개는 『제니의 초상』과 동일하다. 하지만 그녀의 '정체'는 미래에서 온 친구 신야의 딸이다. 그녀는 야마토의 생명이 앞으로 10일밖에 남아 있지 않다고 전한다. 그리고…….

시나리오의 세부를 좀 더 파고들고, 에피소드를 좀 더 추가한다면 만화나 드라마로서도 충분히 심금을 울릴 수 있는 좋은 작품이 될 것이다.

실제로 이 책에 수록한 워크숍 중에 가장 '걸작 확률'이 높았던 것이, 바로 이 명제였다.

5강
너를 위해서라면 '여자아이'가 되어도 좋아
프롤의 명제

자신을 확실하게 드러내는 프로세스

하기오 모토의 『토마의 심장』은, 헤세의 『수레바퀴 아래서』와 이 책에선 다루지 않은 오래된 프랑스 영화 〈특별한 우정Les Amitiés particulières〉[1](일본 제목 〈기숙사~슬픔의 천사~〉, 장 들라누아Jean Delannoy 감독, 1965) 등의 영향을 받았으면서도 소년만 존재하는 일종의 이세계異世界를 만들어냈다. 3강에서도 다룬 내용인데, 다시 한 번 돌이켜보자. 또 한 가지 명제를 끌어낼 수 있을 듯하기 때문이다. 바로 '자기를 확실하게 드러내는 것'에 관련된 명제이다.

영화 시나리오 입문서 중 내가 상당히 실용적이라 생각하는 책은 닐 D. 힉스의 『할리우드 영화 각본술』이다. 『캐릭터 소설 쓰는 법』과 다른 책에서도 자주 다뤘으니 아시는 분도 적지 않을 것 같다. 잠깐 정리해보자면, 그 책에서 힉스가 제시한 할리우드 영화 스토리의 기본 구조는 다음과 같다.

① 백스토리backstory
② 내적인 욕구

③ 계기가 되는 사건

④ 외적인 목적

⑤ 준비

⑥ 대립(적대자)

⑦ 자신의 입장을 확실히 드러내는 것

⑧ 오브세션obsession(주위 캐릭터에게 공감을 유도)

⑨ 투쟁

⑩ 해결

할리우드 영화의 스토리는 대개 개인의 정체성 확립이나 회복을 다룬다. 처음부터 강력한 영웅으로 묘사되는 경우, 실패했다가 다시 일어서는 경우, 처음엔 믿음직스럽지 못한 주인공이 성장하는 경우 등 여러 가지로 변주되지만 기본은 그렇다. 힉스가 제시한 이야기 구조는 결국, 주인공이 정체성을 획득해가는 단계를 뒤쫓는 과정이라고 해도 과언이 아니다. 법칙은 '이야기'라는 틀을 넘어 미국의 위신 회복을 위한 전쟁의 스토리라인으로 채용되기도 했다.

이라크 전쟁이라는 일종의 '할리우드 영화적 스토리'에 있어, 이야기 구조상의 일곱 번째 프로세스, 즉 '자신을 확실하게 드러내는 것'은 부시 대통령이 TV 모니터 앞에서 손을 들어올리는 장면으로 기억되고 있다. 할리우드 영화의 클라이맥스 부분에서는 대개 주인공이 '자신을 확실히' 드러내고, 그의 '결의'가 주위에 공감을 불러일으키고 퍼지면서 '투쟁'에 돌입하는 과정을 따른다.[2]

'자신을 확실하게 드러낸다'는 과정은 역시나 미국적이란 느낌이다. 좀 다른 방식으로 정체성을 확립할 수 없을까 하는 생각도 든다. 게다가 할리우드 영화식 스토리에 등장하는 인물들은 지극히 남성 중심적이다. '자신을 확실하게 드러낸다'는 단적으로 표현하면 '남자답게' 자신을 내세운다는 뜻이다.

하지만 애초에 '남자답게'란 대체 무엇을 뜻하는가? 주인공이 '남자답게' 행동하는 것이 자아실현이라고 한다면, 무엇보다 그는 우선 '남자'라는 성이어야 한다. 그러나 소위 '남자다움이 반드시 남성과 일치하는가'라는 질문으로 확장해보면 페미니즘이나 젠더gender론이라는 현대사상의 한 영역에 도달하게 된다.

여성 자아실현 이야기의 계보와 미야자키 하야오

맥락을 조금 벗어나는 이야기인데, 예전에 어느 동유럽인으로부터 미야자키 하야오의 애니메이션은 게이나 레즈비언들의 행사에서 자주 상영된다는 말을 들은 적이 있다. 실제 그런지는 모르겠지만, 그의 설명에 따르면 하야오의 애니메이션은 항상 여성의 자기실현을 테마로 삼고 있기에, 남성 중심적인 스토리에 대항하는 듯한 인상을 주는 것 같다는 것이다. 해석이 타당한지는 차치하고, 나 또한 일본의 서브컬처가 여성의 자아실현을 둘러싼 스토리를 그리는 데 힘을 기울여왔다고 생각한다.

이런 경향은 1970년대에 접어들어 소녀만화 영역에서 짙게 나타나는데, 나로선 그 기원이 메이지 시대로까지 거슬러 올라간다는 느낌이 든다. 예를 들어 일본에서 처음 번역된 루이스 캐럴의 『이상한 나라의 앨리스』는 나가요 시즈오[3]의 『앨리스 이야기』(코요도쇼텐, 1912) 인데, 이것은 앨리스를 주인공으로 한 기묘한 빌둥스로망이었다. 나는 시즈오로부터 시작되어, 태평양전쟁 시절 여성 1인칭 소설로 '국민'화된 소녀를 그린 다자이 오사무[4]를 거쳐, 미야자키 하야오나 무라카미 하루키에 이르는 '남성에 의한 여성 자아실현 이야기'의 계보가 있지 않나 생각한다. 이것은 『'여동생'의 운명-'모에'의 근대문학자들』(시초샤, 2011)라는 저서에서 다루었으니 참조해주기 바란다. 이번 장에서는 '여성의 자아실현' 이야기라는, 전후 일본 만화사가 키워온 '명제'에 관해 생각해보겠다.[5]

여자아이가 될 것을 스스로 결정한다

이 '명제'는 약간 특별하기 때문에, 관련 내용을 에피소드로 제시한 소녀만화의 명장면부터 보도록 하자. 하기오 모토의 『11인 있다!』 (1975)의 클라이맥스 장면이다.(〈그림 1〉)

"……이웃 나라 영주는 18살이나 연상이야……. 잘되긴 뭐가 잘돼!"
"그런 영주는 차버려."
"열이 나니?"
"아냐."
"우리 별로 와. 일부일처제야. 나와 결혼하자."
"그치만 내가 변화해서 여자가 되려면 아직 시간이 한참 남았어."

그림 1 「11인 있다!」의 한 장면

"기다릴게."

"미인이 될지 어떨지 모르는데?"

"분명 미인이 될 거야."

"왜 그래?"

"……아무래도 열이 좀 있는 것 같아……."

(『하기오 모토 작품집 13–11인 있다! ①』, 하기오 모토 지음, 쇼가쿠칸, 1978)

작품을 읽지 않았다면 이 장면의 의미를 파악하기 힘들 테니 좀 더 설명하겠다. 『11인 있다!』는 우주대학교의 입학시험을 치르기 위해 표류 중인 우주선에서 53일간 지내게 된, 서로 다른 별에서 온 열한 명의 수험생을 그린 작품이다. 그 자리에 있어야 할 수험생은 열 명인데, 실제로는 열한 명이 있어서 초대되지 않은 한 명이 누구인지를 둘러싸고 의심과 분쟁이 발생한다는, 서스펜스 요소가 있는 SF 만화다.

닫힌 공간에 누군가가 침입해온다는 설정으로 이야기를 발동시켰지만, 그가 누구인지는 알 수 없다는 상당히 뛰어난 아이디어이다. 마을에서 멀리 떨어진 저택 안에서 살인 사건이 일어나고, 범인은 그 안에 있는 사람 중 한 명이지만 누군지는 알 수 없다는 미스테리 소설의 고전적 장치를 활용했다고도 할 수 있다. 수험생들은 서로에게 의심을 품은 상태에서 차례차례 벌어지는 사건을 해결한다. 그러면서 한 명 한 명이 자신이 이 대학을 지원한 이유나 자기 별에 대해 이야기하고, 각자 자신의 정체성을 확인하게 된다.

스토리의 중심은 지구와 닮은 별에서 온 타다토스레인(타다)이라는 소년이다. 그가 잃어버린 기억을 되찾는 자기회복 이야기가 그려져 있다. 그리고 변경 행성에서 온 프롤이라는 '소년'이 여주인공(?) 역으로 등장한다. 프롤은 정확히는 '양성兩性체'로서 그의 별에선 남녀의 성이 신체적으로 미분화된 상태로 태어난다. 그리고 2차성징기가 되면 장남을 제외한 나머지 형제에게 여성 호르몬이 투여되면서 소녀가 되는 것이다. 남자 한 명당 여자 다섯 명이라는 비율이 인공적으로 유지되고 있는 사회가 프롤의 고향이다.

프롤은 장남이 아니기 때문에 여자가 될 운명에 처해 있다. 하지만 우주대학교 입시에 합격하면 '남자'가 되어도 좋다는 허락을 받았다.

『11인 있다!』는 소녀만화 잡지에 연재된 작품이므로, 타다와 프롤의 연애가 중심 스토리이다. 소년인 타다와 아직 남녀 어느 쪽도 아닌 프롤이란 조합이다. 프롤이 양성체라는 것을 알게 된 주위 사람들이 자신을 약간씩 여성으로 대하자 프롤은 불쾌하게 느낀다. 하지만 그런 프롤을 보고 타다는 '여성이 되면 멋진 미인이 될 것 같아. 하지만 말괄량이라 애인으로 삼게 되면 큰일날 거야'라고 생각한다.

우주선은 궤도에서 벗어나기도 하고 전염병이 발생하기도 하는데, 서로에게 의심을 품고 있던 열한 명이 결속하여 위기를 벗어나게 된다. 그 계기를 부여한 것은 프롤이었다.

"열한 번째가 뭐 어쨌다고! 그 녀석은 아무 소용도 없었잖아!"
"열한 번째는 없는 거야! 맨 처음 타다가 말한 대로!"

"괜히 쓸데없이 방패막이가 되어줄 필요 없이 말야!"

"모두 다 함께 가면 되잖아!"

(『11인 있다!』)

프롤의 이 말에 모두가 공감하면서 하나로 뭉친다. 힉스가 말한 이야기 구조에 따르자면 프롤이 '자신의 입장을 확실히 드러내고', '오브세션'(공감)이 모든 이에게 퍼지는 식의 전개이다. 이 시퀀스가 프롤로부터 시작된다는 것은 주인공이 타다가 아닌 프롤이라는 뜻이기도 하다. 당연하겠지만 소녀만화이므로 프롤이란 '소녀'가 주인공이어야 한다.[6] 하지만 하기오 모토는 아직 남녀 어느 쪽도 아닌 존재인 프롤을 등장시켰다. 이 부분이 매우 흥미롭다.

스토리 구성 차원에선 프롤이 결속을 부르짖는 단락이 '자기자신을 확실하게 하는' 장면이지만, 프롤이 정말로 자신을 확실하게 결정하는 것은 남자냐 여자냐 어느 한쪽을 정하는 부분이다. 고국에서는 호르몬을 인공적으로 투여하지 않으면 자연히 어느 한쪽 성으로 변화하게 되는데, 그런 자연의 섭리가 아니라 자신의 의지로 한쪽 성을 선택한다. 즉 여자아이가 되기로 스스로 결정할 필요가 있다는 말이다.

앞선 인용 부분은 소녀만화의 기본 패턴인 소녀를 마음에 둔 소년의 '고백' 신인데, 거기에 하나 더, 여자 주인공이 자신의 성을 스스로 결정한다는 요소를 하기오는 추가한 것이다.

밋치는 인간도 동물도 식물도 광물도 아니다. 인조세포로 만든 인조인간에 불과하다. 그 몸에 갖춰진 많은 비밀장치로 인해 밋치는 10만 마력의 초인적인 힘을 발휘하고 무적의 존재가 된다. 밋치의 폐는 헬륨가스 분석 기능이 있다. 심호흡을 하면 공중에 뜰 수 있다. 귀는 물고기 아가미 같아서 그는 수중에서도 자유롭게 숨을 쉴 수 있다. 밋치의 목에는 버튼이 하나 있는데, 그걸 누르면 밋치는 남자로도 여자로도 모습이 바뀔 수 있다…….

그림 2 『메트로폴리스』, 데즈카 오사무 지음, 가도카와쇼텐, 1995

『리본의 기사』와 성의 '자기 결정'

일본 만화사에서 남자이자 여자인 캐릭터의 기원은 데즈카 오사무의 『메트로폴리스』에 나오는 밋치(〈그림 2〉)로까지 거슬러 올라갈 수 있다. 그녀는 여신상을 본떠 만들었기 때문에 외견은 여성인데, 인조인간이므로 남녀 어느 쪽으로도 될 수 있다. 만화『로스트 월드』에서 '여성의 형틀'에다가 식물에서 추출한 인공세포를 흘려넣어 여성 모습의 식물인간을 만드는 것과 마찬가지 원리이다. 데즈카는 인조인간에게는 본래 '성'이 없다고 생각했다. 그러므로『로스트 월드』에서 인간 남성과 먼 행성에 남아 아담과 이브가 될 운명을 받아들인 식물인간 아야메는 사실 프롤과 마찬가지 선택을 한 셈인데, 그 부분이 작품의 주제로 드러나 있지는 않다. 『메트로폴리스』에서도 인조인간들은 양성체란 애매한 존재로부터 어느 한쪽을 선택하는 것이 아니라 인조인간이란 애매한 존재로부터 인간이 되고자 선택을 해야 하고 바로 여기에 주제가 있는 것이다.

그러므로 데즈카가 남녀의 성을 스스로 결정한다는 주제를 작품화한 최초의 작품은 『리본의 기사』[7]((소녀클럽)판은 1953년, (나카요시)판은 1963년)이다.

『리본의 기사』의 천계에서는 태어나는 아이에게 '남자아이의 심장'이나 '여자아이의 심장'을 삼키게 하여 남녀를 결정한다. 그런데 주인공 사파이어는 천사의 실수로 남자아이와 여자아이 심장을 둘 다 삼키게 된다.((그림 3)) 사파이어는 어느 왕국의 왕가에 후계자로 태어난다. 육체적으로는 여자아이로 태어났지만 남자만 왕위 계승권을 갖기 때문에(마치 어느 나라와도 같지만), 남자아이로 키워진다. 사파이어는 성 안에서 사람들이 보지 않을 때에는 여자아이로((그림 4)), 그리고 겉으로는 왕자로((그림 5)) 행동하도록 교육받는다. 남장 여인[8]이라는, '다카라즈카'[9]적인 세계관을 반영한 것일 텐데, 소녀 만화이므로 스토리의 주축은 연애가 된다.

사파이어는 이웃나라 왕자 프란츠에게 매력을 느끼지만, 프란츠는 사파이어를 왕자로 생각할 뿐이다. 그리고 사파이어가 여성의 모습일 때에 사파이어인 줄 모른 채 만나 사랑에 빠진다. 이런 내용은 민담 「우바카와」[10]에서 주술의 옷인 우바카와(노파 가죽)를 입고 노파의

그림 3 『리본의 기사』의 한 장면

모습을 한 여주인공이 그것을 벗고 있는 동안 주인집 아들이 목격한
다는 전개와 동일한 설정이다.

하지만 『리본의 기사』에는 민담 「우바카와」에 없는 여주인공 자신
이 성을 결정한다는 이야기가 클라이맥스에 등장한다. 사파이어는
상징적인 의미에서 또 하나의 사파이어라고도 할 수 있는 플리베한

그림 4(위), 그림 5(아래) 『리본의 기사』의 한 장면

그림 6 『리본의 기사』의 한 장면

테 억지로 결혼을 요구받는다. 플리베는 남자보다 억센 여자 검사인데 성을 숨기고 있지는 않다. 사파이어는 드디어 목사 앞에서 자신이 여성이란 사실을 고백한다.

> "목사님, 용서해주세요. 플리베, 미안해요. ……나는 여자예요. 남자가 아니에요."
>
> (『데즈카 오사무 만화 전집 4-리본의 기사 ①』, 데즈카 오사무 지음, 고단샤, 1977)

그리고 플리베한테 자신의 진짜 모습을 보여준 사파이어는(〈그림 6〉), '웨딩드레스를 입고 여자의 모습으로' 프란츠와 다시 결혼식을 올리겠다고 맹세한다.

프롤과 달리 사파이어는 스스로 남자가 되기를 바라지는 않았지만, 여기에는 스스로 '여성'을 선택한다는 프롤의 선택의 원형이 드러나 있다. 『리본의 기사』의 직접적인 연장선상에 있는 캐릭터라면, 하기오 모토와 동세대인 만화가 이케다 리요코[11]의 『베르사유의 장미』(1972)에 나오는 남장 여인 오스칼이 더 가깝다고 본다.

양성구유의 세계

하기오 모토가 『11인 있다!』의 프롤에게 부여한 양성을 가진 종족이란 아이디어의 원천은 어슐러 K. 르 귄Ursula K. Le Guin[12]의 『어둠의 왼손』(1969)에서 찾을 수 있다. 르 귄은 유명한 소설 『어스시의 마법사』(일본 제목 『게드 전기』)의 작가인데, 『어둠의 왼손』은 SF 작가로서 이름을 알리게 되는 출세작이었다. SF로서 처녀작이었던 『로캐넌의 세계』로 시작된 가공의 우주 미래사를 다룬 사가saga 중 하나인데, 무대가 된 행성 게센의 주민들이 양성구유이다. 그들은 한 달에 며칠간 '발정'하고, '케메르'라는 성性이 있는 상태가 된다. 따라서 그들에게는 성이 정해져 있는 인간들이 더 낯선 존재이다.

> 성의 주기는 26일에서 28일. (그들은 달의 주기에 맞춰 26일이라고 말하는 경향이 있다.) 그중에서 21일 또는 22일은 소메르, 즉 성의 비활동기, 잠재기에 해당한다. 대략 18일째 되는 날마다 뇌하수체의 작용으로 인해 호르몬 변화가 발생하고, 22일 혹은 23일째에 케메르, 즉 발정기에 접어든다. (중략) 케메르기에는 남성이 되기 쉬운지 여성이 되기 쉬운지에 대한 선천적 소질은 정상인에게서는 찾아볼 수 없다. 여

성이 될지 남성이 될지 여부는 미리 예측할 수 없으며 선택할 수도 없다. (오티에 님의 보고서에 따르면 오르고레인 지역에선 원하는 성을 결정하기 위한 호르몬 유도제 사용이 보급되어 있다고 한다. 카르히데 지방에선 아직 그런 말을 듣지 못했다.) 일단 성이 결정되면, 변경은 불가능하다. (중략) 여성의 역할을 한 사람이 임신을 하면 호르몬 분비가 지속되어 8.4개월의 임신기와 6~8개월의 수유기 동안 여성으로 있게 된다. 남성의 성기는 (소메르기처럼) 수축된 채, 흉부가 부풀어 오르고 골반이 넓어진다. 수유기가 끝나면 다시금 소메르기에 접어들고, 완전한 양성구유가된다. 생리적 습관은 정해져 있지 않으므로, 아이를 몇 명 낳은 어머니가 몇 명의 아이를 둔 아버지가 될 수도 있다.

(『어둠의 왼손』, 어슐러. K. 르 귄 지음)

이처럼 성이 분화되지 않은 채 일정 기간 동안 어느 한쪽이 될 수 있는 종족이 있는 사회에서는, 남녀의 역할 분담이나 문화적인 차이, 소위 젠더도 존재하지 않는다고 르 귄은 설정했다.

게센인과 만나면 양성 생물에겐 자연스러운 행동, 즉 상대방에게 여성 혹은 남성의 역할, 말하자면 동성 혹은 이성 간의 유형화되거나 생각될 수 있는 상호작용을 기대하고, 그에 호응하는 역할을 강요해선 안 되고, 또 할 수도 없다. 루이의 사회적·성적 상호작용의 패턴은 여기에선 존재하지 않는다. 게센인에게 그러한 것을 기대할 수는 없다. 그들은 서로를 남성 혹은 여성으로 취급하지 않는다. 이것은 우리의 상상을 넘어서는 일이다. 막 태어난 갓난아기를 보고 우리가 맨 처음 묻는 질문을 생각해보면!

(『어둠의 왼손』)

이 대목은 르 귄과 하기오 모토가 동일하게 양성구유의 세계를 구축했음에도 그리고자 하는 테마가 다르다는 점을 보여준다. 『어둠의 왼손』은 우주의 국제연합UN에 해당하는 '인류 동맹'으로부터 이 행성에 파견된 겐리 아이가 행성의 정쟁에 휘말려 이 행성 주민인 에스트라벤과 함께 폭풍이 몰아치는 빙하를 여행한다는 내용이 중심이다.

이 행성에 평소에는 성이 존재하지 않는데, 일단 '케메르'가 닥치면 갑자기 성이 발생한다. 항상 성을 갖고 있는 겐리는, 어느 쪽 성도 될 수 있지만 지금은 성을 갖고 있지 않은 에스트라벤과의 관계에 곤혹스러워하면서 둘이서 여행을 이어간다.

친구라. 어떤 친구라도 새 달이 되면 애인으로 변할 수 있는 세상에서, 친구란 대체 뭘까? 나는 남성이란 성에 사로잡혀 있으니, 친구가 될 수 없었다. 세렘 하르스의 친구도 아니고, 이 종족 중 누구의 친구도 아니다. 남자도 아니고 여자도 아닌, 그리고 남자인 동시에 여자인 그들. 달의 변화에 따라 주기적으로 변태를 하는 그들은, 인간의 변종인 그들은 나의 육친도 친구도 아니었다. 우리 사이에 사랑은 존재하지 않았다.

(『어둠의 왼손』)

그 둘의 관계는 지극히 '스토아적'이기도 하고 '플라토닉'하기도 하다.

> 다시금 나는 보았다. 그후로는 다시 보기를 두려워하고 있었던 것, 보이지 않는 척하고 있던 것을 보고 말았다. 그는 남자이면서 동시에 여자다. 그 두려움의 근원을 설명해야 할 필요는 두려움과 함께 사라졌다. 나는 결국 그를 있는 그대로 받아들일 수밖에 없었다. 그전까지 나는 그를 거부하고 있었다. 그의 진정한 실체를 인정하지 않았다. 자신은 게센에서 나를 믿는 유일한 인간이며, 내가 불신을 품고 있는 유일한 게센인이라는 그의 말은 옳았다. 왜냐하면 그는 나를 인간으로 온전하게 받아들여준 유일한 이였기 때문이다. 그는 나에게 개인적인 호의를 보여주었고, 나에게 개인적으로 충실했다. 따라서 내게도 동등한 정도의 인정과 수용을 요구했다. 나는 선뜻 그러기를 주저했다. 그렇게 하기가 두려웠다. 나는 여자인 남자, 남자인 여자에게 신뢰나 우정을 주고 싶지 않았던 것이다.
>
> 그는 어색해하면서 짧게, 자신이 케메르 상태에 돌입했으며, 가능한 한 나를 피하려고 했다고 설명했다. "나는 당신을 만지면 안 됩니다." 그는 매우 괴로운 듯 말을 하면서 고개를 돌렸다.
>
> (『어둠의 왼손』)

그리고 여행의 끝에서, 겐리 아이와 에스트라벤 사이에는 성적인 보완 관계가 아니라 좀 더 근원적인 타자와의 결합이 성사되었다는 것이 르 귄의 결론이다. 이 결론을 뒷받침하듯, 작품의 서두에 이 세계의 민담인 듯한 이야기가 삽입되어 있다. 게세렌과 호드라는 '케메르를 맹세한'(즉 양성체가 케메르기에 돌입하여 성적으로 맺어진) 두 사람이 있었는데, 그중 호드가 자살한다. 게세렌은 호드를 쫓아 빙하를 여행하다 어둠 속에서 호드의 망령과 만난다. 게세렌은 자기를 어둠으로 끌어들이고자 왼손을 붙잡은 호드를 뿌리치고 도망쳤고, 타국에서 에노크란 이름으로 살아간다. 에노크는 여행하면서 있었던 일을 오랫동안 감춰오다가, 어느 날 고향에서 온 여행자에게 진실을 고백한다.

> 거기에서 에노크는 "저는 사스의 게세렌입니다"라고 이름을 밝혔다. 그는 빙하에서 유랑했던 일, 거기에서 있었던 일을 이야기했다. 이야기가 끝나자 이렇게 말했다. "사스 사람들에게 이렇게 전해주십시오. 제 이름과 그림자를 되찾았다고."
>
> (『어둠의 왼손』)

이 민담에 따르면 겐리 아이에게 있어 에스트라벤은 '그림자'이고, 두 사람의 여행과 결합은 르 귄의 다른 작품인 『어스시의 마법사』와 마찬가지로 '그림자'와의 통합이란 융 심리학적인 자아실현 모델을 따른 것이라고 할 수 있다. '남녀 어느 쪽도 될 수 있는 양성구유자가 어느 한쪽 성을 자아실현 수단으로 선택한다'는 주제와는 거리가 있다.

남녀 양쪽 성을 가진 존재는 플라톤의 『향연』[13]에 나오는 앤드로기니androgyny(양성구유의 그리스어)가 유명하다. 인류의 성별은 남자, 여자,

남녀 양성의 세 종류인데, 실제 모습은 존재와 매우 달랐다.

　　그럼 다음으론 그 남성, 여성, 양성, 어느 쪽이든 각자의 모습이 충족된 하나의 전체를 이루고 있었다. 그리고 둥근 등, 원통형의 복부를 갖추었으며 네 개의 팔과 발을 가지며, 원통형의 목 위에는 꼭 닮은 두 개의 얼굴이 있었다. 게다가 서로 반대쪽을 향한 두 개의 얼굴 위에는, 하나의 머리가 있고 귀는 네 개, 음부는 두 개 있었다. 나머지는 지금까지의 내용을 통해 상상할 수 있는 대로라고 해도 좋다.

　　(『서물의 왕국 ⑨―양성구유』, 스나가 아사히코 편집, 고쿠쇼칸코카이, 1998)

즉 남―남, 여―여, 남―여 등 각각 두 명의 인간이 하나로 합쳐져 있는 모습인데, 말하자면 그렇게 완결된 완전체로 존재했던 것이다. 그들 인간은 자신들이 완전체라는 오만함 때문에 신들에 대한 모반을 획책했고, 화가 난 신들은 인간을 둘로 절단하여 현재의 남녀가 태어났다고 한다. 그 결과 만들어진 것이 '에로스Eros(性愛)'라고 플라톤은 말한다.

　　하나의 전체로부터 두 개의 반신으로 양분된 셈인데, 각각이 인간으로 만들어진 반쪽 표식(하나의 물건을 둘로 조각내 나눠 갖고, 나중에 조각을 맞춰봄으로써 알아보는 표식)처럼 된 것이다. 그러므로 모든 인간들은 부단히 자신의 반쪽을 찾게 되었다. 그런데 남자들 중에, 예전 남녀 양성자(안드로기니)라 불리던 자의 반쪽에 해당하는 자는 여자를 좋아하게 되었다. 즉 세상에서 간음하는 남자의 대부분은 이런 남성족이다. 또 반대로, 남자를 좋아하는 여자나 간음하는 여자들도 옛날 양성체의 반쪽이었던 여성족으로 이루어져 있다. 그런데 여성들 중에도 원래 여성이었던 이들의 반쪽에 해당하는 여성들은, 남성을 그다지 마음에 두지 않는다. 오히려 여성에게 이끌리게 된다.

(『서물의 왕국』 ⑨ ─ 양성구유)

즉 르 귄의 『어둠의 왼손』에 나오는 양성구유자 커플이 서로의 '그림자'라는 설정은 인류가 서로의 반쪽을 찾아 헤맨다는 사고방식과 통한다.

'소년밖에 없는 사회'에서 '성이 없는 세계'로

하지만 하기오 모토는 『11인 있다!』에 등장시킨 프롤의 속성을 더욱 발전시켜 SF 작품 『마지날』[14](1985)에서 다시금 성의 선택이란 문제를 보다 심화시켰다.

『마지날』의 무대는 먼 미래의 지구이다. 지구는 환경오염이 원인이 되어 남성만 태어나는 사회가 되었다. 지구에 사는 인간들은 그들이 깨닫지 못하는 방식으로, 컴퍼니라 불리우는 기업들에게 관리되고 있었다. 인류는 이미 지구 바깥으로 주거를 옮기고 있다. 컴퍼니는 '마더'라 불리는, 외견만 수술로 여성화한 여왕을 정점으로 삼은 남자들만의 사회를 만들고, 거기에 인공수정한 아이(당연히 남자만 태어난다)를 제공함으로써 사회를 존속시키고 있다.

남성만 있는 사회임에도 불구하고 '염자忿者'와 '색자色子'라고 하는, 성적 행위를 동반하는 유사 부부관계가 만들어지게 된다. 남성만 있는 사회에서도 젠더가 성립된다는 설정이다. 신체적으로 성의 차이가 없는 세계에서는 젠더가 소멸할 거라고 생각한 르 귄과 대조적이다.

이 '남성만 있는 사회'는『토마의 심장』의 소년들만 있는 기숙사의 연장이라고 할 수 있다. 왜 그런가 하면『토마의 심장』에서 기숙사의 소년들은 아직까지 성이 없는 존재로 정의되어 있기 때문이다. 그것은 토마가 남긴 유서에 포함된 이런 문장에서 명백히 드러나 있다.

> 나는 성숙했을 뿐인 어린아이, 라는 것을 충분히 이해하고 있다.
> 그러므로 이 소년 시절의 사랑이
> 성도 없고 정체도 알 수 없는 무언가 투명한 것을 향해
> 던져진다는 것도 알고 있다.
>
> (『토마의 심장』)

『토마의 심장』의 '성이 없는 세계'는『11인 있다!』를 거쳐『마지날』의 '성이 없는 세계'로 변화했음을 알 수 있다.

이 '성이 없는 세계', 남자만 있는 세계는 인공수정을 통한 출생률마저 저하되는 종말로 이어질 것이라고 누구나가 내심 예감하고 있다. 그런 식으로 닫혀 있고, 균질하며, 생명력을 잃은 사회에 '전학생'으로서 '바깥'에서 침입한 것이 '키라'라는, 성이 미분화된 소년이다.

그림 7 『마지날』, 하기오 모토 지음, 쇼가쿠칸, 1987

그는 지구에 '여성'이란 존재를 회복시키려 한 과학자 부부가 만들어 낸 실험체였다. 키라는 그를 주운 그린저에게 감응하여, 그린저를 상대로 여성화하게 된다.(〈그림 7〉)

키라는 여기에서 프롤과 마찬가지 선택을 하는 셈인데, 『마지날』의 주제는 한 단계 더 심화되어 있다. 즉 주인공이 여성을 선택했을 뿐만 아니라, 지구 자체가 여성성을 회복한다. 키라는 수태하게 된다. 즉 남녀라는 문제를 넘어 아이를 낳을 수 있는 성性으로서의 여성이 지구에 재생된다. 그리고 결말에서 키라는 붉게 오염된 바다 속에 녹아들어 지구의 율동과 일체화되고 결국 어머니 지구가 재생된다.

'소년만 있는 사회'는 '성이 없는 세계'로 심화되고, 주인공이 성을 선택하는 과정은 '성이 없는 세계'에서 여성성의 회복이란 주제로 변화된다. 오늘날 BL(보이즈러브)이 남성 간의 사랑에만 국한되어 있다는 점이나 요시나가 후미[15]의 『오오쿠大奥』[16]에 나타난 '남자만 있는 사회'를 보면, 의외로 소녀만화에 프롤과 키라의 선택에 담긴 문제의 본질이 계승되지 않았다는 생각이 든다.

나는 '프롤의 명제'가 하기오 모토와 24년조의 본질과도 이어지는 명제라고 생각한다. 정리해보면 다음과 같다.

프롤의 명제

남녀의 성을 스스로 선택할 수 있는 주인공이 자신과 소중한 사람을 위해 자신의 성을 결정한다.

참고로 이런 일종의 양성구유 상태를 거쳐 인간이 성장한다는 것은 민속학에서는 꽤 일반적인 이야기이다. 문화인류학이나 민속학에서는 통과의례 등에서 남성이 여장을 하는 '성의 전환'이 나타난다고 지적한다.

이 세상과 다른 세계 사이의 매개자인 샤먼이 여장을 하는 풍습은

여러 민족에서 발견된다. 일본에서도 아마미오시마奄美大島에선 유타라 불리는 영적 능력자가 실제 여장을 하고 있었다. 여장이란 곧 비일상적인 시공간으로 연결되는데, 일상의 질서가 역전되는 제례 외에도, '괜찮아?ええじゃないか?'[17]를 필두로 한 시대의 전환기에 반드시 나타나는 풍속 및 광조무용狂躁舞踊에서도 자주 특이한 분장이나 여장을 볼 수 있다. 민속 중에서도 소년에서 성년으로 이행하는 성년식에서 발견되고 1년이나 계절의 교체기에 출현하는 내방신來訪神 중에도 여장하는 풍습을 볼 수 있다. 또한, 이것들과 별개로 몸이 약한 아이가 건강히 자랄 수 있도록 여장을 시키기도 하는데, 남자아이를 출산했을 때 "큰 여자가 태어났다"고 외쳐 귀신을 쫓는 풍습도 있다.

(『웃음과 이장異裝』, 이이지마 요시하루 지음, 나루미샤, 1985)

자아실현의 의례이기도 한 통과의례에 '여장'이라는 '양성구유' 상태가 나타나는 것을 보면 '프롤의 명제'를 남성에게도 적용할 수 있다는 사실을 알 수 있다.

만화「이야기의 명제」

⑤ 프롤의 명제

남녀의 성을 스스로 선택할 수 있는 주인공이 자신과 소중한 사람을 위해 자신의 성을 결정한다.

1. 주인공은 남자도 여자도 될 수 있다.

2. 주인공 앞에 '이성'이 나타난다.

3. 주인공은 자기답게 되기 위해서 남자와 여자 중 어느 쪽을 선택할지 고민한다.

4. 주인공이 자신의 성을 결정한다.

워크숍 5

프롤의 명제

'프롤의 명제'를 사용하여 주인공이 자기가 좋아하는 사람을 위해 자신의 '성'을 결정하는 클라이맥스, '고백 장면'을 만들어보자. 상대방이 남자아이인데도 주인공이 남자가 되겠다는 '선택'을 해도 상관없다. BL에도 충분히 '프롤의 명제'를 적용할 수 있기 때문이다.

| 작례 | **구라바시 아야의 작품**

#1 할머니의 집

소녀, 도모요, 할머니를 부른다.

도모요: "할머니."

"이거 돌려줄게요."

라고 향수를 건넨다.

할머니: "……"

"괜찮니? 그걸 돌려주면 이제 두 번 다시 남자가 될 수 없는데?"

도모요: "예. 이제 됐어요."

"내가 누굴 가장 좋아하는지 확실해졌으니까."

도모요: (독백) "여자로 있고 싶다고 생각했으니까……"

할머니: "그 아이는? 좋아했던 것 아냐?"

도모요: "……그 아이는 분명 정말로 좋아했어요."

* * *

회상.

여자친구가 손을 흔들고 있다. "도모요~"

도모요: (독백) "태어나서 처음으로 좋아하게 된 친구였다."

여자친구: "도모요, 앞으로도 쭉 친구로 있자!"

도모요: "포기한 것은 아니지만"

"하지만……"

남자의 목소리 "도모요."

도모요: (독백) "다만"

돌아본다. 그러자 남자가 있었다.

도모요: (독백) "그녀 이상으로 소중한 사람과 만나게 되었다."

"그 이상으로 좋아하게 된 사람이 나타났을 뿐."

* * *

도모요: "그러니 나한텐 이제 필요 없어요."

할머니: "그렇구나."

"거 참……."

(향수를 받아들면서)

"오랜만에 성공한 발명이었는데……. 할 수 없지. 처분해야겠다."

도모요: "아!"

"나 약속이 있어서요!"

할머니: "그래?"

"그럼 마지막으로 한 가지만."

"그 남자와 맺어지지 못하더라도 후회하지 않겠니?"

도모요: (자신에 찬 미소를 지으며) "후회 안 해요!"

"그럼 또 올게요~!!"

할머니: "……."

"……저 녀석, 완전히 여자로 돌아갔구나."

| **해설** |

남자보다 더 활달한 여자아이가 여자아이를 좋아하게 되어, 할머니가 만든 마법의 약으로 남자가 되어 상대에게 접근한다. 하지만 마지막엔 결국 남자를 좋아하게 되어…… 라는 스토리이다. 소녀만화 잡지에 투고할 러브 코미디 만화로 충분히 쓸 만한 아이디어이다. 성차性差란 누군가에게 강요받는 것이 아니라 자신의 의지에 따른 결과라는 테마가 확실하게 전달되는 점이 매우 좋다.

6강

굿바이, 토토로

아리에티의 명제

세계를 구제하지 않는 주인공

내 좁은 인간관계 내에서의 평가라 제한적이기는 하지만, 요네바야시 히로마사[1] 감독의 〈마루 밑 아리에티〉는 다른 지브리 애니메이션만큼 큰 칭찬을 받지는 못한 것 같다. 나는 평소 지브리 애니메이션에 대해 신랄한 평을 해왔지만 이번 〈마루 밑 아리에티〉는 꽤 좋은 작품이라고 생각한다. 나와는 레벨이 다를 정도로 영화에 대한 심미안이 뛰어난 고바야시 노부히코[2]가 주간지 칼럼에서 '가작佳作'이라고 얌전하게 칭찬했는데, 신춘문예 등에서 당선작에 약간 못 미쳤다는 의미로 주는 '가작'이 아니라 문자 그대로 아름다운 작품이라고 나는 생각했다.

〈마루 밑 아리에티〉에 위화감을 느낀 사람들의 인상을 정리해보면, 작품의 기조에 있는 '냉엄함' 같은 부분이, '눈물이 난다'거나 '무섭다'거나 '슬프다'는 등의 정서를 바라는 관객에게는 약간 불만스러웠던 듯하다. 그중에서 가장 많이 들었던 비판은 '스케일이 작다'는 점이었다. 〈마루 밑 아리에티〉의 무대는 집의 마루 밑에서 정원 끝의 개울물까지이다. 좁게 느껴질 수도 있지만, 소인小人들에게는 충분히 거대한 세계이다. 무대가 극히 제한된 세계라는 점은 〈마녀배달부 키키〉나 〈이웃집 토토로〉도 마찬가지이다.

사람들이 말한 '작음'은 아마도 주인공이 '구세주'가 아니라는 점을 의미하지 않나 싶다. 하야오 감독의 〈바람 계곡의 나우시카〉[3], 〈모노노케 히메〉[4], 〈벼랑 위의 포뇨〉는 물론이고, 미야자키 고로[5] 감독의 〈게드 전기〉의 경우를 보면 주인공의 행동이 의도를 했든 안 했든 결과적으로 세계의 재생으로 이어진다.

이야기는 여러 가지로 분류할 수 있지만, 주인공이 세계를 구제하거나 변화시키는 '구세주형'과 세계의 변화에 관여하지 않는 '보통 사람형'이 있다고 생각한다. 쉬운 예로 할리우드 영화판 〈트랜스포머〉[6]의 주인공은 '보통 소년'임에도 불구하고 어떤 계기로 인해 트랜스포머들과 지구의 위기를 구한다. 즉 보통 사람으로 출발하는가와 상관없이, 세계의 위기와 변화에 최종적으로 주인공이 관련되느냐 아니냐가 문제이다. 컴퓨터 게임 계열의 판타지는 대부분 세계 구제형인데, 영웅 신화란 곧 주인공이 세계를 구하기 위해 마물魔物들을 쓰러뜨리거나 어떤 아이템을 입수한다는 내용이므로 당연한 얘기일 수도 있겠다. 이런 유형의 이야기에서는 주인공이 성장을 하고, 주인공으로 인해 세계도 변화한다.

그에 반해 '보통 사람형'이랄까 '작은 세계형'에서는, 한정된 세계 속에서 주인공이 어떻게 변화하는지를 그린다. 〈마녀배달부 키키〉나 〈센과 치히로의 행방불명〉[7]이 그런 사례인데, 주인공의 행동을 통해 세계가 변화하지는 않는다. 하지만 키키나 치히로는 누군가를 구제

하고 있다. 이 작품들에서는 주인공이 누군가에게 도움이 된다는 식
으로 세계와의 연결이 표현되어 있다.

'옷핀'이 아닌 '시침바늘'

〈마루 밑 아리에티〉의 결말에서는 아리에티 가족이 마루 밑에서 쫓
겨난다. 아리에티는 세계의 위기를 구제하는 것이 아니라 가족들을
살리는데, 거기엔 일체 구세주적인 행위가 존재하지 않는다. 아리에
티 가족이 살아남든 멸망하든 세계는 바뀌지 않는다. 하지만 아리에
티는 성장을 두려워하지 않고 나아간다. 그런 주인공의 행동과 세계
의 단절이 〈마루 밑 아리에티〉에서는 매우 냉엄하게 표현되어 있다.
그것은 세계에 등을 돌린다는 것이 아니라, 세계를 마주 대했을 때
대부분의 사람들이 느끼게 되는 현실이다. 하지만 아리에티는 좌절
하지 않고 낙관적이다.

가장 마음에 드는 점은 아리에티가 시침바늘을 허리에 검처럼 차
고 있는 모습이었다. 검을 찬 '전투형 히로인'[8]의 느낌을 주는데, 관
객들은 아리에티가 '검'을 가지고 적과 맞서는 모습을 보이지 않아
무의식중에 실망했을지도 모르겠다. 하지만 나는 그녀의 허리에 '시
침바늘'을 넣은 것이 누구 아이디어인지는 모르겠으나 매우 올바른
선택이라고 생각했다.

영화관에서 예매권을 샀을 때 받은 미니북 안에 있는 그림을 보면
아리에티가 〈그림 1〉처럼 등에 옷핀을 지고 있다. 그러한 초기 설정
으로부터 현재와 같은 시침바늘을 허리에 차는 모습으로 변화했음을

그림 1 『마루 밑 아리에티』, 스튜디오지브
리, 2010

그림 2 『스튜디오 지브리 그림 콘티 전집
17 : 마루 밑 아리에티』, 요네바야시 히로마
사 감독 · 그림 콘티, 미야자키 하야오 · 니
와 게이코 각본, 스튜디오지브리, 2010

알 수 있다. 아리에티는 처음 '빌리러' 갔을 때 이 시침바늘을 입수
한다.(《그림 2》) 아리에티의 첫 모험은 소년 쇼우의 눈에 띄는 바람에
실패로 끝난다. 하지만 '14세'라고 하는, 어른을 향해 한 발을 내딛는
'빌리러' 가는 여행에서 아리에티가 입수한 것이 '옷핀'이 아니라 '시
침바늘'이었다는 점은 상징적이다.

　브루노 베텔하임[10]은 민담 「빨간 모자」에 대해 이렇게 말했다.

　페로[11]가 쓴 것과는 전혀 다른 프랑스의 비슷한 두 설화에는 빨간 모자가 의무를 다하는 길을 깨달았으면서도 쾌락원칙을 좇는, 즉 보다 안이한 길을 선택했다는 사실이 훨씬 분명하게 드러나 있다. 이 설화들에서 빨간 모자는 갈래길에서 늑대를 만난다. 어느 쪽을 선택할 것인가 하는 중요한 결정이 내려지는 장소에서 만나는 것이다. 늑대는 묻는다. "어느 쪽 길로 갈래? 바늘 길? 아니면 핀 길?" 빨간 모자는 핀 길을 택한다. 한 설화의 설명을 따르자면, 물건과 물건을 잇는 데 핀을 쓰는 편이 바늘로 꿰매는 것보다 훨씬 쉽기 때문이다. 바느질이 여성들의 중요한 일이었던 시절에 바늘 대신 핀을 선택했다는 것은 현실원칙을 따라야 할 상황에서 쾌락원칙을 따랐다는 것을 의미한다.

(『옛이야기의 매력』, 브루노 베텔하임 지음)

이것은 옛날이야기 「빨간 모자」를 정신분석학적으로 해석한 글이다. 「빨간 모자」에는 두 가지 버전이 존재한다. 빨간 모자가 할머니 댁에 빵과 와인을 들고 심부름 가는 부분까지는 같지만, 갈래길에서 늑대에게 "핀 길로 갈래, 바늘 길로 갈래?"라는 질문을 받고, 어느 쪽으로 가느냐에 따라 결말이 다르다. 핀 길로 가면 모든 사람이 알고 있는 「빨간 모자」로, 늑대의 유혹에 말려들어 잡아먹히고 사냥꾼의 힘을 빌려 살아남는다는 내용이다. '늑대한테 먹힌다'는 것은 상징적으로 모태로 회귀한다는 것을 의미한다. 한편 바늘 길을 선택한 빨간 모자는 자력으로 위기에서 탈출한다. 다음 인용문은 할머니로 변장한 늑대가 덮친 후 이어지는 내용이다.

"어? 할머니. 밖으로 나갈래요!"

"침대 안에 있거라."

"안 돼요, 할머니. 밖으로 나갈래요!"

"그럼 갔다 오너라. 하지만 밖에 오래 있으면 안 돼."

부즈는 소녀의 발에 털실을 묶은 다음 밖으로 나가게 했습니다.

집 밖으로 나와 소녀는 뜰에 있는 자두나무에 털실 끝을 묶었습니다. 부즈는 기다리지 못하고 이렇게 말했습니다.

"애야, 너 매듭을 땋고 있니?"

하지만 아무도 대답하지 않자 부즈는 침대에서 뛰쳐나왔고, 소녀가 도망치는 것을 보았습니다. 부즈는 뒤를 쫓았지만, 소녀의 집에 도착하고 보니 소녀가 마침 집 안에 들어가 버린 후였습니다.

(『누가 '빨간 모자'를 해방시켰는가』, 가나리 요이치 지음, 다이와쇼보, 1989)

이 버전에서 빨간모자는 지혜와 순발력으로 위기에서 탈출하여 살아남는다. 위와 같은 해석을 고려할 때, 아리에티가 시침바늘을 등에 지고 있는 것은 성장에 대한 선택을 상징한다고 할 수 있다. 〈센과 치히로의 행방불명〉에서는 치히로가 제니바를 찾아가는 대목이 이와 유사하다. 제니바는 엄청 무시무시한 할머니라는 소문이 있지만, 막상 찾아가 보니 다정한 할머니였고, 실을 자아 재봉을 하고 있다. 즉 (제니바를 만나고자) 큰 결심을 하고 물속을 달리는 열차를 탔지만 그 열차는 핀 길이 아닌 바늘 길이었다는 이야기로, 이는 치히로가 유바바 목욕탕 밑에서 일하며 성장하는 쪽을 선택했기 때문이라고 설명할 수 있다.

감독 요네바야시 히로마사와 각본가 니와 게이코가 그런 계산을 얼마나 치밀하게 하고 있었는지는 모르겠으나, 잘 만들어진 작품은 의식을 했든 하지 않았든 민담이나 신화와의 논리적인 정합성이 보이기 마련이다. 아리에티가 옷핀이 아닌 바늘―더욱이 재봉바늘(바느질 바늘)이 아닌 시침바늘(가봉 바늘)―을 가지고 있다는 설정은 더 성장해야만 하는 아리에티의 운명을 아주 잘 표현한 것이다.

'여성의 성장 이야기'는 지브리의 장기이지만, 이 주제의 경우 젊은 감독과 각본가가 미야자키 하야오 이상으로 냉엄하고 진지하다.

왜 아리에티는 출발하는가?

나는 『이야기론으로 읽는 무라카미 하루키와 미야자키 하야오』에 〈벼랑 위의 포뇨〉의 결말에서 주인공 소스케가 들어간 물속은 마치 양수와도 같으며, 이는 태내 회귀를 의미한다고 썼다. 그 장면을 주의 깊게 살펴보면 양수로 가득 찬 바다에는 고대어가 헤엄치고 있다.(〈그림 3〉) 마찬가지로 〈모노노케 히메〉에서도 역시 고대어가 헤엄치는 호수가 등장하는데 이 역시 양수라는 생각이 든다. 아름다운 장면이지만 하야오는 역시 마더 콤플렉스가 있지 않나 싶기도 하다. 〈모노노케 히메〉에서는 주인공이 재생으로 향하는 과정에 있는 장면이라 그나마 다행이었지만, 〈벼랑 위의 포뇨〉에서는 소스케가 고대어가 헤엄치는 바다 속의 자궁과도 같은 돔으로 갔으니 그건 '아기 회귀' 아니면 '퇴행'으로 보인다. 나는 종종 남자 친구가 〈벼랑 위의 포뇨〉

그림 3 『벼랑 위의 포뇨』, 도호 스텔라 편집, 도호출판·상품사업실, 2008

를 좋아한다면 분명 마마보이일 거라고 농담 삼아 말하곤 하는데 이런 이유에서다.

그러나 〈마루 밑 아리에티〉에서는 종반에 아리에티 가족이 개울로 나가는 장면에서 고대어가 아닌 잉어가 접근한다.(〈그림 4〉) 잉어가 힘차게 헤엄치는 것을 보면, 아리에티의 출발이 도피가 아님을 알 수 있다.

관객에 따라서는 '세계를 구하기 위해' 영웅적으로 출발하는 게 아니라 그저 쫓겨나듯 나간다는 점이 불편할지도 모르겠다. 요즘 일본 사람들은 젊은 세대일수록 자신이 '몸둘 곳'을 찾기 위해 필사적이란 느낌이 든다.[12] '자아 찾기'가 아니라 '자신이 몸둘 곳 찾기'를 하는 것이다.[13] 그래서 '몸둘 곳'에서 쫓겨나 여행을 떠나는 아리에티가 그토록 좌절하지 않는 모습에 좀처럼 감정이입하지 못하는 것일 수도 있다.

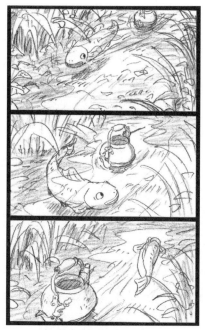

그림 4 『스튜디오 지브리 그림 콘티 전집 17 –
마루 밑 아리에티』

소위 '세계 구제형'이 아닌 결말 중에서 관객이 기대한 것은 아마
도 아리에티 일가가 '출발'하지 않고, 소년 쇼우가 마루 밑에 만들어
준 인형의 집에서 산다는, 즉 '몸둘 곳'이 보장된다는 결말이 아니었
을까 싶다. 하지만 젊은 감독과 각본가는 메리 노턴[14]의 원작을 따르
면서도 아리에티가 있을 곳을 타인이 보장해준다는 결말을 선택하지
않았다. 각본 작업에는 하야오도 참여했으니, 누가 결정했는지는 알
수 없겠지만 어쨌든 다른 지브리 작품과 비교해보면 아리에티는 가
장 냉엄한 선택을 요구받은 것이다.

아리에티는 왜 '몸둘 곳'에 머무르지 않았을까? 그것은 바로 스스로 성장하는 것을 선택했기 때문이다. 그 부분을 좀 더 자세히 설명해보겠다.

'라이너스의 담요'와 헤어질 때

『캐릭터 메이커』에서도 다뤘던 이행 대상이라는 개념을 가져와보자. 나는 『인신공양론』(신요샤, 1994)을 쓸 당시 가야마 리카[15]에게 이 말을 배웠다. 이행 대상은 발달심리학자인 D. W. 위니콧이 『놀이와 현실』이라는 책에서 제시한 개념으로, 이를 테면 만화 『피너츠』[16](찰스 M. 슐츠 지음)에서 '라이너스의 담요'나 『곰돌이 푸』[17](A. A. 밀른 지음)의 크리스토퍼 로빈에게 '곰돌이 푸' 인형과도 같은 존재를 말한다.

많은 어린아이가 더러워진 담요나 특정한 인형에 대해 집착하며 한순간도 그걸 놓지 않으려 하는 것은 라이너스나 로빈만의 일은 아니다. 자신의 유아기나 주위의 어린아이를 돌아볼 경우 흔히 발견되는 현상이다. 이처럼 유아가 집착하는 대상인 '마음에 들어 하는 물건'을 이행 대상이라고 한다. 이런 사물들은 유아가 '어머니와 융합되어 있는 상태에서 어머니의 외부에 독립적으로 존재하는 상태'로 이행할 때, 혹은 '현실을 인식하고 받아들이는 능력이 없는 상태'로부터 '외적 현실을 받아들일 수 있는 상태'로 이행할 때, '중간 영역'으로서 유아와 현실을 매개해준다.

발달심리학자로서 위니콧이 문제 삼는 것은 어디까지나 어린아이의 '현실 수용'의 절차로서 필요한 이행 대상이지만, 역시나 위니콧의 말을 빌리자면 "인간은 모두가 내적 현실과 외적 현실을 관련시키는 중압감에서 해방되지 못한다". 즉 대부분의 성인도 '내적 현실'과 '외적 현실'의 균형을 맞추는 데 고생한다는 뜻이다. '내적 현실'이 미성숙한 자신이고 '외적 현실'이 사회적인 자신이라면, 대부분의 사람들이 어른이 된 후에도 이행 대상을 원할 것이라고 상상하기 어렵지 않다. 따라서 이행 대상의 이미지는 많은 이야기에 등장하며, 지브리 애니메이션도 예외가 아니다.

좁은 의미에서 이행 대상이란, 어린아이가 어머니의 보호를 받는 상태로부터 이행하여 한 사람으로 일어서야 할 때 혼자서는 아무래도 불안하기 때문에 잠시 어머니의 대리자나 보호자로 삼는 존재이다. 그러한 이행 대상으로는 담요 혹은 인형, 그리고 공상 속의 친구 등이 있다. 이행 대상은 담요 등의 '아이템 형'과 인형과 같은 '캐릭터 형'으로 분류할 수 있다.

지브리 애니메이션의 주인공들은 대부분 〈이웃집 토토로〉의 사쓰키와 메이, 〈센과 치히로의 행방불명〉의 치히로처럼 부모에게서 떨어져 분리불안 상태에 놓여 있다. 그리고 그들의 이행 대상으로 토토로나 가오나시[18]가 등장한다. 〈마녀배달부 키키〉에서 혼자 떠난 주인공 키키를 따라온 검은 고양이 지지도 마찬가지다. 이 캐릭터들은 주인공들이 현실에 착지할 수 있는 힘을 익힐 때까지는 곁에 있다. 중요한 점은 그들이 성장함과 동시에 헤어지지 않으면 안 된다는 것이다.

대부분의 사람들이 어린 시절 '라이너스의 담요'가 필요했지만, 그랬다는 사실조차 잊어버리는 경우가 많다. 위니콧은 이행 대상이 기존 역할을 끝내기 위해서는 환멸의 대상이 될 필요가 있다고 말한다. 즉 성장하기 시작한 아이에게 잊혀져야 한다.

지브리 애니메이션의 훌륭한 점은 이행 대상 캐릭터를 사랑스럽게 만들기도 하지만, 그들과의 이별을 티 나지 않게 그린다는 것이다. 예를 들어 〈마녀배달부 키키〉에서 후반부에 지지는 키키와 대화를 할 수 없게 된다. 키키는 자신의 마법이 약해졌기 때문이라고 생각하지만, 키키가 힘을 되찾은 후에도 지지는 인간의 말을 두 번 다시 하지 않는다. 평범한 고양이로서 키키 옆에 있지만, 그뿐이다.

〈센과 치히로의 행방불명〉에서 치히로의 이행 대상은 가오나시이다. 치히로가 다리를 건너 유바바의 목욕탕에 갈 때 가오나시가 따라온 뒤로는 쭉 곁에 있으며, 제니바를 찾아갈 때에도 따라온다. 하지만 가오나시는 유바바로부터 "넌 여기 있거라. 나를 도와줘"라는 말을 듣고 그곳에 남게 된다.(〈그림 5〉) 〈이웃집 토토로〉에서는 사쓰키와 메이가 토토로와 헤어지는 장면은 나오지 않지만, 아마도 시리즈가 이어진다면 우선 성장한 사쓰키가, 그리고 나중에는 메이에게도 토토로와 고양이 버스는 보이지 않게 될 거라고 생각한다. "마음이 깨끗한 어린아이한테만 토토로가 보인다"는 식으로 말하는 사람이 있는데, 토토로는 아직 부모로부터 자립하기엔 약간 불안감을 느끼는 아이에게 다가오는 존재라고 할 수 있다.

지브리 애니메이션은 아니지만 『도라에몽』(후지코 F. 후지오[19] 지음)의 도라에몽도 주인공 노비타에게 있어 '라이너스의 담요'이다. 『도라에몽』 도시전설의 마지막 회에서는 '노비타 군이 식물인간이 되어 꾸

그림 5 『스튜디오지브리 그림 콘티 전집 13 : 센과 치히로의
행방불명』, 미야자키 하야오 , 도쿠마쇼텐, 2001

던 꿈'이라는 대목이 나오는데, 이 때문에 노비타는 성장할 수가 없
다. 하지만 해적판이나 2차 창작[20]으로 동인지에 실린 마지막 회에
서는 도라에몽이 고장이 나서 노비타가 공부를 열심히 해서 로봇공
학자가 되어 도라에몽을 수리하기로 마음을 먹는다. '이별'과 '성장'
이 제대로 그려져 있어 정말 후지코 F. 후지오가 그린 것만큼이나 훌
륭한 완결편이었다. 저작권법에 저촉되는 케이스이므로 칭찬해선 안
될지도 모르겠지만, 그러한 설정은 『도라에몽』의 완결로서 정답이라
고 생각한다.[21]

다른 한편으로 픽사PIXAR[22]의 애니메이션 〈몬스터 주식회사〉에서
는 미국판 토토로라고 할 수 있는 설리가 부와 헤어지지만 다시 만나
면서 끝난다. 아마도 부가 아직은 어린 아기이기 때문에 '라이너스의
담요'가 좀 더 필요하다는 점에서 수긍은 된다.

'나니아 연대기' 결말의 의미
이행 대상 캐릭터와 관련해서 C. S. 루이스[23]의 '나니아 연대기'를 연상하는 이들도 있겠다.

시리즈의 첫 번째 작품 『사자와 마녀와 옷장』에서 피터, 수잔, 에드먼드, 루시는 옷장 문을 열고 나니아 나라로 들어가서 모험을 한다. 두 번째 작품 『캐스피언 왕자』는 이 네 명이 학교 기숙사로 돌아가는 길에 있는 역에서 시작된다.

> 사실 이 네 명은 학교 기숙 생활로 돌아가는 중으로, 집에서부터 이 환승역까지 함께 기차를 타고 왔습니다. 여기에서 몇 분만 기다리면 여자아이들이 탈 열차가 오고, 30분만 더 지나 다른 기차가 와서 남자 여자 아이들이 각자 기차에 타면 서로 헤어지게 되는 것입니다. 기차를 함께 타고 여기 올 때까지는 즐거운 여행 같은 기분이 들었지만, 이제 곧 작별 인사를 하고 서로 다른 방향으로 헤어지게 된다고 생각하니, 방학이 끝나고 학교가 다시 시작된다는 사실이 떠오르면서 왠지 기분이 울적해지고 할 말이 떠오르지 않는 듯했습니다. 특히 루시는, 이제 처음 학교 기숙사에 들어가는 것입니다.
>
> (『캐스피언 왕자』, C. S. 루이스 지음)

처음으로 부모님 곁을 떠나는 루시는 말 그대로 '분리불안' 상태이다. 그리고 네 명의 아이들은 누군가에 의해서 역에서 나니아 나라로 간다.

나니아 나라에서 그들과 행동을 함께 하는 것은 아슬란이란 이름의 사자인데, 말하자면 이행 대상에 해당한다. 아슬란은 공상 세계

속에 사는 공상의 보호자를 상징한다. 따라서 아이들은 성장할 때가 오면 나니아 나라와도 아슬란과도 헤어져야만 한다. 『캐스피언 왕자』의 마지막 장면에서 아이들은 그런 말을 듣게 된다.

"아슬란이 오늘 아침, 너하고 수잔한테 그 얘기를 했어?" 루시가 말했습니다.

"그래. 그리고 다른 얘기도." 피터가 말했습니다. 피터의 얼굴은 엄숙할 정도로 진지했습니다.

"전부 말할 수는 없어. 아슬란이 나하고 수잔한테 말한 이유는, 우리가 이제 나니아로 돌아오지 않기 때문이야."

"돌아오지 않는다고?" 에드먼드와 루시가 깜짝 놀라 외쳤습니다.

"아니, 너희 둘은 말야." 피터가 대답했습니다.

"적어도 아슬란이 말한 바로는, 언젠가 또 여기 돌아올 거라고, 분명히 그런 뜻이었던 것 같아. 하지만 수잔과 나는 안 돼. 우리 둘 다 너무 나이를 먹었다고 해서."

"어머, 피터." 루시가 말했습니다.

"정말 불쌍해. 참을 수 있겠어?"

"그래, 뭐, 참을 수 있을 거야." 피터가 말했습니다.

"그건, 내가 생각했던 것과는 달라. 너희들도, 여기에 올 수 있는 마지막 순간이 오면 알게 될 거야. 그치만 서두르자. 아, 짐이 있어."

(『캐스피언 왕자』)

『새벽 출정호의 항해』에서는 에드먼드와 루시에게도 이별이 다가온다.

"사랑스러운 자여." 아슬란이 실로 조용하게 말했다.

"너도, 그리고 네 형제도, 나니아에 돌아올 수는 없을 것이다."

"아아, 아슬란!" 에드먼드와 루시가 함께, 큰 실망을 품은 목소리로 외쳤습니다.

"내 아이들아, 너희 둘 다, 나이를 너무 먹었다." 아슬란이 말했습니다.

"이젠, 너희들의 그 세계에 잘 적응해서 살아갈 수밖에 없다."

"중요한 건 나니아가 아니에요." 루시가 울음을 터뜨렸습니다.

"아슬란, 당신이어요. 우리는 그 세계에서 당신을 만날 수 없잖아요. 당신을 못 만난 채, 어떻게 살란 말인가요."

(『새벽 출정호의 항해』, C. S. 루이스 지음)

이 에피소드의 결말에서는 루시, 에드먼드와 함께 여행을 한 유스터스가 극히 평범하고 착한 아이, 다른 관점으론 '바보스러울 만큼 당연한' 아이가 되었다는 말이 나오는데, 이는 유스터스에게도 '그 순간'이 올 것임을 암시한다.

이처럼 '나니아 연대기'는 어린아이가 성장하고 이행 대상인 아슬란과 이별한다는 구성이었다. 하지만 최종화 『마지막 전투』에서 모든 인물들이 똑같은 나니아 나라로 소환되고 아슬란과도 재회한다.

약간 의외의 흐름이다. 하지만 여기엔 이런 이유가 있었다. 루시 일행에게 아슬란이 말한다.

"너희들은, 내가 바란만큼은 행복하지 않은 얼굴을 하고 있구나."

루시가 말했습니다. "우리는, 되돌아가는 것을 두려워하고 있는 거예요, 아슬란. 당신은 지금까지 몇 번이나 우리를, 우리들의 세계로 돌려보냈으니까요."

"그걸 두려워할 필요는 없다." 아슬란이 말했습니다.

"대체, 아직도 깨닫지 못했는가?"

인간들의 심장이 두근거리며, 강한 희망이 흘러나왔다.

"실제로 철도 사고가 있었던 거야." 아슬란은 다정스럽게 말했습니다.

"너희들의 아버지, 어머니도, 너희들도 모두…… 그림자 나라에서 쓰는 말로 하자면, 죽은 거야. 학교는 끝났어. 방학이 시작된 거지. 꿈을 깨자. 여기는 이미 아침이다."

(『마지막 전투』, C. S. 루이스 지음)

루시 일행이 금기를 깨는 형태로 다시금 나니아에 올 수 있었던 것은, 그들이 죽었기 때문이다. 망자가 된 그들은 '진실의 나라'에서 '영원히 행복하게 살았다'고 하며 이야기가 끝나는데, 그것이 현실 세계인지 천국인지는 다시 읽어봐도 잘 이해가 되지 않는다. 기독교적으로는 천국에서 행복하게 산다면 해피엔딩인지도 모르겠다. 다만 이행 대상과 제대로 헤어지지 못하면, 죽음이란 운명이 기다리고 있다는 것은 분명한 듯하다.

'성장'을 위한 '이별'

이렇게 살펴봤을 때, 아리에티의 선택도 역시 하나의 명제에 따르고 있다는 것이 느껴질 것이다.

〈마루 밑 아리에티〉에서 흥미로운 부분은, 소년 쇼우와 아리에티가 서로의 이행 대상이라는 점이다.

쇼우는 수술을 준비하기 위해 아리에티 가족이 마루 밑에서 살고 있는 저택에 오게 되었다. 어머니는 쇼우를 두고 외국에 나가 있기 때문에, 부모로부터 분리되어 '생生'이라는 현실에서 발디딜 곳을 찾지 못하고 있다. 그런 쇼우에게 있어 아리에티는 공상 속의 친구이자 이행 대상이다.

이 집에 소인이 있다는 것을 쇼우의 할아버지는 알고 있었고, 큰어머니 사다코가 쇼우한테 (그녀의 아버지가) 소인들을 위해 만든 인형의 집을 보여주는 장면에선 하기오의 「그렌스미스의 일기」가 떠오르기도 한다. 할아버지, 할머니, 쇼우까지 몇 세대에 걸쳐 소인에 대한 동경심이 이어진다는 부분은 원작에 없는 설정이다. 참고로 결말에서 쇼우의 독백 "……아리에티, 너는 내 심장의 일부야"라는 대목에서는 『토마의 심장』의 토마가 남긴 유서가 연상된다.

유리스몰에게 마지막으로……

이것이 나의 사랑

이것이 나의 심장소리

심장소리……

(『토마의 심장』)

『토마의 심장』에서는 이미 죽은 토마가 신앙에 있어서 타락해버린 불안정한 유리에게 다가와주는 이행 대상이고, 유리는 토마와 올바르게 결별할 필요가 있었던 셈이다. 유리가 토마와 꼭 닮은 에릭을 남겨두고 김나지움을 떠나 성장을 위해 한 발을 내딛는 것과, 쇼우가 수술을 받아들이기로 하는 것에는 서로 겹치는 부분이 있다. 내가 〈마루 밑 아리에티〉를 좋아하는 이유는 이 작품이 하기오 모토 풍이 섞인 메리 노턴 스타일이기 때문인지도 모르겠다.

어쨌든 쇼우는 아리에티 가족을 위해 도움을 주고 싶어 한다. 그래서 각설탕을 갖다 주기도 하고, 할아버지가 만든 인형의 집 부엌을 마루 밑 아리에티의 집에 넣어놓기도 한다.

하지만 여기에는 옛날이야기나 신화의 또 다른 규칙인 '보지 말라는 금기'가 작용되고 있다.[24] 옛날이야기 「학 아내」[25]에서는 열지 말라는 문을 남편이 열게 되면서 아내였던 학이 떠나는 이야기이다. 민담학자 오자와 도시오는 이러한 금기를 두고 "봄으로써 극복하기 힘든 서로의 차이점을 강조하게"(『세계의 민담』, 추코신서, 1979) 되는 상황을 방지하기 위한 장치라고 지적했다. 즉 〈마루 밑 아리에티〉에서는 보고 / 보이는 것으로 인해 쇼우와 아리에티 사이엔 넘을 수 없는 벽이 확인되고 급속히 이별할 수밖에 없다는 결론에 다다르게 된다.

하지만 〈마루 밑 아리에티〉에서 아리에티와 쇼우의 관계를 규정하고 있는 것은 어디까지나 이행 대상이란 개념이다. 쇼우는 아리에티를 '라이너스의 담요'로 보았다. 하지만 여기에서 쇼우의 잘못은 자신이 아리에티의 이행 대상처럼 행동하려 했던 점이다. 하지만 불안정한 상태에서의 그런 행동은 아리에티 가족의 현실을 파괴할 뿐이었다.

아리에티 역시 쇼우한테 관심이 있었고, 내심 쇼우가 자신들의 보호자가 되기를 기대하기도 했을 것이다. 하지만 아리에티는 첫 '빌리기'에서 핀이 아닌 바늘을 선택한 소녀였다. 익숙한 집을 잃는 것은 너무나 힘들지만, 처음부터 아리에티에게 쇼우는 이행 대상으로서 필요하지 않았다. 아리에티에게 진짜 이행 대상이 있다고 한다면, 허리에 찬 '시침바늘'이다.

쇼도 수술하기로 결심하고, 성장을 선택한 두 사람은 서로에게 이행 대상의 위치에 있으므로 헤어지지 않을 수 없다. 할아버지가 남긴 인형의 집에 아리에티 일가가 머무르게 된다손 쳐도, 그것은 '빌리면서 살기'가 아니라 그저 인간에게 사육되는 것일 뿐이다. 가정부 하루 씨는 아리에티의 어머니를 붙잡아 곤충처럼 병에 가두기도 하는데, 인형의 집에서 사는 것도 별반 다르지 않다.

이 작품에서는 지브리 작품으로는 보기 드물게 이행 대상과의 이별을 정면으로 그린다. 자세히 보면 아리에티는 이미 시침바늘을 가지고 있지 않다. 이는 그녀가 확실히 성장하기 시작했음을 암시한다.

그리고 고대어가 아닌 잉어가 축하해주는 장면이 바로 나온다.

자, 그럼 아리에티의 명제를 이렇게 정의해보자.

아리에티의 명제

성장을 선택한 주인공은 '라이너스의 담요'나 '공상 속의 친구'에게 이별을 고해야만 한다.

〈마루 밑 아리에티〉는 이 명제를 따르고 있기 때문에, 아리에티의 출발을 긍정적으로 그릴 수 있었다. 그녀의 가족은 멸망을 향해 안주의 땅에서 추방된 것이 아니라, 냉엄하지만 늠름한 출발을 했다. 이처럼 '스토아적'이라고 할 만한 성장 이야기의 세부 묘사와 히로마사가 만들어낸 젊고도 약간 생경한 아리에티의 표정이 잘 어우러진 이 작품은 훌륭하다고 생각한다.

만화 「이야기의 명제」

⑥ 아리에티의 명제

성장을 선택한 주인공은 '라이너스의 담요'나 '공상 속의 친구'에게 이별을 고해야만 한다.

1. 주인공은 보호자로부터 떨어져 어른이 되기 시작하는 단계로 매우 불안하다.

2. 그 불안한 마음을 보살펴주는 친구가 나타난다.

3. 그 친구가 지켜주어 주인공은 성장한다.

4. 주인공이 어른이 되었을 때, 더 이상 그 친구는 나타나지 않는다.

워크숍 6

아리에티의 명제

그러면 '아리에티의 명제'를 사용하여 주인공과 '이행 대상'의 이별 장면을 시나리오로 만들어보자. '이행 대상' 캐릭터를 만드는 방법은 이미 『캐릭터 메이커』에서 다뤘으니 그쪽을 참조해주시기 바란다. 도저히 아이디어가 떠오르지 않는 분은 '사쓰키가 어른이 되어 토토로와 헤어질 때가 왔다'는 이미지를 갖고 시나리오를 만들어보면 좋을 것이다.

| 작례 ① | 야마구치 마사나쓰의 작품

#1 숲 변두리

나무에 매달린 기묘한 모양의 천사 인형.

그것을 바라보는 곰, 마크.

마크: (독백) "꿈이 이루어진다는 것이 이렇게 괴롭다고는 생각도 하지 못했어."

#2 숲 속

깜짝 놀라는 소녀 미도리.

미도리: "사라진다고!?"

마크, 미도리 옆에 앉아 사정을 설명하고 있다.

마크: "'바깥'에 내 동족이 살아남아 있었다고 해. 네버우드에 있을 수 있는 건

절멸한 동물뿐이야. 바꿔 말하면, 동족이 살아 있는 동물은 여기 있으면 안 돼."

미도리: "……그래……?"

마크: "……응."

미도리: "그치만 잘됐어, 마크. '바깥'에 나가는 것이 꿈이었잖아."

마크: "……응."

"천사님이 말씀하시길……, 벌써…… 오늘 밤이래……."

미도리: "……알았어. 숲의 다른 친구들한테도 알리고 올게."

마크: "그래."

#3 숲, 다들 모여 있는 장소

거북이, 여우, 쥐, 새, 고릴라 "뭐ㅡ!? 마크가 사라진다고?"

미도리: "응……, '바깥'에서 동족이 발견됐다고 해서."

새: "어떻게 해? 미도리. 네가 마크랑 제일 사이가 좋았잖아?"

미도리: "됐어. 마크가 바라던 일인걸."

거북이, 여우, 쥐, 새, 고릴라: "……."

#4 숲

다들 모여 있다.

천사가 내려와 드디어 마크를 바깥으로 데려가는 순간이다.

천사: "그러면 마크를 '바깥'으로 보내겠다."

"준비 다 됐나?"

마크: "예."

미도리, 지긋이 바라본다.

* * *

회상 1. 몽타주.

마크: (커다란 복숭아를 집어들고) "이것 봐, 미도리!"

"이렇게 큰 복숭아를 땄어! 같이 먹자!"

* * *

회상 2. 몽타주.

마크: (미도리를 머리에 태우고) "조금만 더! 힘내, 미도리!"

미도리, 필사적으로 손을 뻗어 나무 위 열매를 따려고 하고 있다.

* * *

회상 3. 몽타주.

미도리를 괴롭히던 늑대들, 도망친다.

마크: "야~~~! 너희들 미도리를 괴롭히면 가만 안 둬!!"

* * *

미도리: (무심코 말한다) "가지 마!!"

마크: "!!"

돌아본다.

미도리, 눈물을 참아보지만, 멈출 수가 없다.

미도리: "가지…… 말아줘……."

마크: "미도리……."

미도리: "난…… 마크가 없어지면…… 아무것도 할 수가 없어……."

"혼자서는 나무 위 열매도 따지 못하고, 나를 괴롭히던 녀석들도 쫓아내지 못해. 그런 때에도…… 마크가 있어줬으니까……."

"괴로울 때에도 슬플 때에도! 마크가 함께 있어줬으니까!!"

봇물 터지듯이 울음이 터져나온다.

마크: "천사님."

천사: "?"

마크: "잠시만 시간을 주실 수 없나요?"

천사: "……."

(미소 지으며) "너무 많이는 줄 수 없다."

미도리: "마크!!"

마크: "미도리……, 기억하니? 우리가 처음 만났을 때. 나는 이 커다란 몸 때문에 항상 다른 사람들이 무서워했지. 그날도 마찬가지로 혼자 있었어……. 거기에 네가 왔던 거야. 너는 나한테 다정하게 말을 걸어줬어. 그리고 어느샌가 내 주위엔 따뜻한 친구들이 가득하게 되었지. 미도리는 약하지 않아. 나보다 훨씬 힘이 세. 게다가 외톨이가 아냐. 네버우드의 착한 친구들이 있잖아! 모두들 자랑스러운 내 보물이야."

천사: "시간 다 됐다."

마크의 몸이 점점 사라진다.

미도리: "마크!!"

"나, 만나러 갈게!"

"꼭 만나러 갈게!!"

"그러니까, 그러니까!"

마크: (환한 미소로) "기다릴게."

완전히 사라진다.

울고 있던 미도리, 열심히 미소 짓는다.

미도리: "또 만나, 마크."

#5 며칠 후, 숲.

거북이, 쥐: "대단하구나, 미도리. 또 그 난폭한 늑대들을 쫓아낸 거야?"

미도리: "흥! 자기 몸은 자기가 지켜야지."

"그리고 약속했거든. 마크를 또 만나겠다고."

"그러니까 언젠가, 마크를 만나더라도 부끄럽지 않도록, 힘내서 열심히 살 거야."

하늘은 드높았고, 소녀는 힘차게 올려다보았다.

| **해설 ①** |

절멸된 종족밖에 없는 세계 네버우드에 들어온 곰 마크가 '이행 대상'이고, 이것은 약간 고집불통인 소녀 미도리와의 '이별' 장면이다. 확실하게 미도리가 성장하겠노라고 결의하는 대사로 끝내고 있다.

#1 아스팔트 언덕길

자전거가 올라간다.

소녀가 필사적으로 페달을 밟고 있다.

소녀: "헉, 헉, 헉, 헉, 헉"

그 앞에서 청년이 시원스러운 표정으로 소녀를 격려한다.

청년: "이제 다 왔어! 힘내!"

소녀: "헉, 시끄러워!"

"에잇!"

마지막 힘을 짜내어 언덕을 다 오른 다음, 청년을 따라잡는다.

청년: "도착~~"

소녀: "허억"

청년: "50킬로는 달릴 수 있게 됐구나. 이젠 재미있지?"

소녀: "그런 생고생 필요없어!"

청년: "오!"

눈 앞에 펼쳐진 탁 트인 경관.

소녀도 숨을 들이킨다.

청년: "자,"

차가운 드링크를 소녀 뺨에 갑자기 댄다.

소녀: (놀란다) "우왁!"

청년: "후후후(웃음)"

웃는 청년을 째려보는 소녀.

* * *

청년: "넌 고등학교에 바로 들어갔구나."

소녀: (드링크를 마시며) "어딘가의 아저씨랑 자전거 타면서도 잘 들어갔죠."

청년: "나는 외국 팀에 들어가게 되었어."

소녀: "뭐?"

청년: "우리 둘 다 바빠지겠구나."

소녀: "외국이라니 어디?"

청년: "벨기에."

소녀: "언제?"

청년: "다음 주 레이스가 끝나면 바로."

소녀: "다음 주……."

청년: "이제 돌아가자."

#2 소녀의 방, 외관

바깥에 자전거가 세워져 있다.

바로 옆 창으로, 소녀가 공부하는 모습이 보인다.

#3 소녀의 방 안

소녀, 책상에 앉아 공부하고 있다.

소녀: "후~, 내일 레이스까지라……."

* * *

회상.

필사적으로 자전거를 밟는 소녀.

앞에는 항상 청년의 그림자.

소녀: "헉, 헉, 헉, 헉, 헉"

청년: "앞을 봐!"

"힘내!!"

* * *

소녀: "……힘내……."

#4 자전거 레이스

늘어선 선수들 중에, 청년이 출발한다.

청년: "일본에선 이게 마지막이구나……."

갑자기 목소리. "저기∼∼"

돌아보니 소녀가 같이 달리고 있었다.

소녀: "앞으로 가, 앞으로∼!"

청년: "……."

소녀: "멍하니 있지 말고!!"

청년, 다시금 레이스에 집중한다.

소녀를 넘어 점점 앞으로 나아간다.

그래도 소녀는 뒤처지지 않고자 페달을 밟는다.

소녀: "잘한다∼! 고 고∼!"

"벨기에에 가서도 지지 마∼∼∼!"

청년: "아직도 들리네."

소녀: "가끔씩은 이기기도 하고~~~!"

청년: "잘 따라오는데?"

청년, 완전히 소녀를 떼어놓는다.

소녀: "그리고,"

"날 잊지 마~~~~~"

소녀, 드디어 자전거에서 내려, 손을 흔든다.

소녀: "헉, 헉"

"결승선이 바로 코앞이야! 힘내~~~~~"

| 해설 ② |

이 시나리오는 상당히 의표를 찌르는 것이었다. 라스트신만 있으니 시나리오를 보고 앞뒤를 상상할 수밖에 없는데, 중학생 소녀와 청년이 자전거 레이스 연습을 하고 있고, 대체 그때까지 어떤 스토리가 있었는지는 모르겠으나 청년이 예전에는 해외에서 활약을 했고, 하지만 무슨 일인가가 있어서 일본에 돌아왔으나 이 소녀를 만나게 되면서 다시 일어섰다는 것이 느껴진다. 소녀가 청년의 '이행 대상'인 셈이다. 그리고 컴백할 것을 결심하고 청년은 레이스에 참가한다. 레이스 초반에 소녀가 같이 달려준다. 소녀는 필사적으로 청년을 따라가지만 청년은 소녀를 앞서서 페달을 밟는다. 매우 좋은 '이별' 신이다. 설마 이웃집 〈토토로〉가 이런 식의 시나리오로 바뀔 수 있으리라는 점은 전혀 예상하지 못했다.

책의 분량 문제도 있으니 독자 여러분에게 보여드릴 수 있는 '명제'는 이상 여섯 가지이다. 하지만 '이야기의 명제'는 물론 이 여섯 가지가 전부는 아니다. 다음부터는 여러분이 스스로 '명제'를 추출해 보기 바란다. 방법은 이 책에 충분히 제시했다고 생각한다. 이런저런 방식으로 반복하다 보면, 스스로 이거다 싶은 '명제'를 분명히 찾아낼 수 있을 것이다.

지은이 후기

　만화 편집자였던 시절에도, 혹은 '만화를 가르치는 선생'이 된 지금도, 내가 쭉 보아온 것은 자신만의 독창적인 이야기를 만들고 싶어 하지만 아직까지 어떤 존재도 되지 못한 젊은이들이다. 그들, 그녀들이 자신의 이야기를 써내지 못하고, 벽에 부딪히고, 과장이 아니라 정말로 번민하고, 다 쓰고는 다시 찢어버리는 일련의 과정을 곁에서 보고 있자면 그들, 그녀들 중 몇몇은 점차 똑같은 이야기를 계속 반복해서 쓰고 있다는 것을 깨닫게 된다.

　어머니를 둘러싸고 계속 미묘한 거리감을 두는 소녀의 이야기, 닫힌 공간에서 나오지 못하는 이야기, 등장인물이 두 명밖에 없고 왠지 세 번째 인물을 거부하는 이야기, 주인공이 과거의 어떤 사건을 잊어버리는 이야기……. 이것들은 지금 유명한 만화가가 된 어떤 사람이나, 지금 내가 맡고 있는 학생들이 '반복해서' 써냈던 이야기의 실제 사례이다. '같은 이야기'라고 해도 설정이나 세계관, 캐릭터의 외관은 물론 장르조차도 전부 다르다. 하지만 약간 떨어져서 보면 어떤 면에서든 '같은 이야기'이고, '같은 이야기' 속에서 빙글빙글 돌다 보면 대개 그들, 그녀들은 창작자로서 껍질을 하나씩 벗게 된다. 물론 전업 작가가 되기까지는 몇 번 더 껍질을 벗어야 하지만, 내가 보기엔 그

것이 자신의 '써야 할 것'을 발견하고 빙글빙글 돌면서 확실히 만들어가는 과정이다.

내가 이 책에서 '테마', 그리고 '명제'라 부르는 것은 바로 이런 것을 말한다. 데즈카 오사무도 가지와라 잇키도 하기오 모토도 미야자키 하야오도 신카이 마코토도 전부, '같은 이야기'를 계속 반복해서 쓴다. 거기에서 조금씩 변화하거나, 갑자기 다시 원래대로 돌아오거나 한다는 점에 있어 아직 어떤 존재도 되지 못한, 작가 이전의 상태인 사람들과 조금도 다르지 않다. 아니, 한 가지 결정적인 차이점이 있다고 한다면, 어딘가에서 자신이 빙글빙글 돌며 '같은 이야기'를 쓴다는 사실을 자각하고, 각오를 했다는 점일 것이다.

그리고 내가 흥미롭게 생각하는 부분은, 이런 '빙글빙글 반복되는 이야기'가 데즈카 오사무로부터 하기오 모토로, 혹은 미야자키 하야오로부터 지브리의 차세대로 세대를 넘어 계승되며, 거슬러 올라가면 고전 속에서도 비슷한 이야기를 용이하게 발견할 수 있고 동시대의 다른 창작자 안에서도 찾아낼 수 있다는 점이다.

나는 '전통' 따위 실체가 없는 단어를, 야나기타 구니오와 마찬가지로 믿지 않는다. 하지만 형식이나 주제란 방법과 기술이기에, 개인의 범주를 넘어 반복되며, 그리고 세대를 넘어 이어지는 것처럼 보인다는 점은 전혀 부정하지 않는다. 그런 확실성을 믿지 못하겠다는 사람들이 아마도 '전통' 운운하는 것이 아닌가 생각한다.

이 책은 몇몇 훌륭한 작가들이 반복해온 테마를 추출하여 정리하고, 이 책에서 '명제'라 명명한 단문으로 나열하여 시나리오나 스토리, 만화의 콘티를 만들어내는 워크숍이다. 즉 테마로부터 '스토리'를 만들어보는, 지극히 평범하고 범용한 창작론이자 실천 기록이다. 하지만 이상할 정도로, 지금까지 진행했던 여러 워크숍 중에서도 이 '테마를 통해 창작하는' 워크숍은 '걸작률'이 높았다. 이 책에서 작례를 시나리오 형식으로 수록했는데, 실제로는 '만화의 그림 콘티' 형식으로 만들어졌던 것들이다. 그 콘티에 있던 여백이나 거친 형태로 칸 안에 그려져 있던 표정까지 보여드릴 수 없어 아쉽지만, 전체적으로 나쁘지 않은 수준이었다.

이 워크숍을 통해 만들어진 콘티나 시나리오는, 그야말로 데즈카 오사무나 하기오 모토, 지브리 작품에서 바로 뽑아낸 '명제'인데도 전부 오리지널리티가 풍부하고, 창작자로서 수행 중인 그들, 그녀들이 '오리지널'로 만들어온 것을 능가하는 '재미'와 '능숙함'이 갖춰져 있었다.

물론 내가 가르치는 대학 커리큘럼에서는, 『영화식 만화가 입문』에서 제시한 그림 콘티 작성, 영화 제작, 『스토리 메이커』와 『캐릭터 메이커』에서 일부를 담았던 스토리 만들기와 캐릭터 만들기 워크숍을 거친 다음에 이번 워크숍을 진행했기에, 그들 그녀들에게 여러 기술이나 방법의 기초가 다져져 있었을 것이다. 그러므로 '명제'를 바탕 삼아 스토리를 만드는 워크숍은, 그들 안에서 아직 따로따로 나뉘어 있던 방법론을 하나로 연결해주는 역할을 하지 않았나 싶기도 하다.

아무튼 외부에서 주어진 '명제', 즉 테마를 그대로 차용하여 창작했을 경우 이걸 그 사람의 '오리지널로 볼 수 있는가' 하는, 이 창작

입문서 시리즈를 시작한 이후 매번 들려오는 비난이 이번 책에선 가장 크지 않을까 싶다. 하지만 '명제'(=테마)조차도 결국은 이야기를 만드는 도구에 지나지 않으며, 문제는 그것을 사용하는 창작자 측에 있다고 생각한다. 나는, 창작이 누구에게나 가능한 방법론적인 조합이라고 주장함으로써 '작가의 고유성'을 부정하는 포스트모더니스트는 아니다. 방법론을 사용할 수 있는 한 사람 한 사람의 인간이 가진 '고유성'을, 오히려 누구보다도 낙관적으로 믿고 있다. 빌려온 방법론이나 명제를 능숙하게 사용할 수 있게 되면, 결국 본인의 '맞춤'이 되는 법이다.

나는 데즈카 오사무도 하기오 모토도 미야자키 하야오도, 앞선 이들로부터 우선 무언가를 '빌림'으로써 '같은 이야기를 계속 반복'하게 되었다고 본다. 하기오 모토가 헤세의 작품이나 영화〈특별한 우정〉에서 무언가를 '빌리'지 않았더라면『토마의 심장』은 아마도 없었을 것이다. 작가라는 존재는 모두가 '빌려 쓰는 아리에티'(애니메이션판〈마루 밑 아리에티〉의 원제)라는 말이다. 즉 이 책은 '작가'가 되고자 하는 사람을 위한 '빌려 쓰기 매뉴얼'이라 할 수 있을지도 모르겠다.

이번에도 고베예술공과대학 만화표현학과에서의 수업을 바탕으로, 학생들이 제출한 과제물을 작례로 사용했다. 협력해준 학생 여러분께 감사드린다. 그리고, 출간 한 달 전이 되어서야 5일 만에 원고를 써내는 나의 집필 스케줄에 맞춰준 아스키신서 호시노 신이치 씨에게도 감사드린다.

『스토리 메이커』,『캐릭터 메이커』,『영화식 만화가 입문』, 그리고

이 책까지, 고베예술공과대학 수업을 바탕으로 삼은 입문서 시리즈
는 조금 더 이어진다. 또, 내가 대학 근처의 고등학교에서 진행한 워
크숍과 대학 입시에서 썼던 그림책 만들기 워크숍의 교재인 『너는
혼자 어디론가 떠난다』(오타슛판)도 출간되었다. 이 책도 참고해주시
기 바란다. 그림책 판형의 상당히 큰 책이다. 이런 식으로 교과서와
교재 작성은 당분간, 내 업무의 중심이 될 것 같다.

오쓰카 에이지

참고문헌

—『광대: 좌절의 현상학』, 콘스탄틴 폰 바를뢰벤 지음, 가타오카 게이지 옮김. 호세이대학출판
국, 1986
—『로봇(R.U.R.)』, 카렐 차페크 지음, 지노 에이이치 옮김, 이와나미쇼텐, 1989
—『마지막 전투』, C. S. 루이스 지음, 세타 데이지 옮김, 이와나미쇼텐, 1986
—『문학과 문화기호론』, 유리 로트만 지음, 이소타니 다카시 편역, 이와나미쇼텐, 1979(한국어
판 제목:『기호계 : 문화연구와 문화기호학』)
—『민간 설화 — 이론과 전개 (하)』, 스티스 톰슨 지음, 아라키 히로유키 · 이시와라 야스요 옮
김, 샤카이시소샤, 1977 (한국어판 제목:『설화학원론』)
—『새벽 출정호의 항해』, C. S. 루이스 지음, 세타 데이지 옮김, 이와나미쇼텐, 1985
—『수레바퀴 아래서』, 헤르만 헤세 지음, 사네요시 하야오 옮김, 이와나미쇼텐, 1958
—『스토리 애널리스트』, 테리 카탄 지음, 와타나베 히데하루 옮김, 필름앤드미디어연구소, 1999
—『어둠의 왼손』, 어슐러. K. 르 귄 지음, 오비 후사 옮김, 하야카와쇼보, 1978
—『영웅 탄생 신화』, 오토 랑크 지음, 노다 아키라 옮김, 진분쇼인, 1986
—『옛날이야기의 매력』, 브루노 베텔하임 지음, 하타노 간지 · 이누이 유미코옮김, 효론샤, 1978
—『전역 고이즈미 야쿠모 작품집』 제6권, 라프카디오 헌 지음, 히라이 데이이치 옮김, 고분샤, 1964
—『제니의 초상』, 로버트 네이선 지음, 오토모 가나코 옮김, 도쿄소겐샤, 2005
—『캐스피언 왕자』, C. S. 루이스 지음, 세타 데이지 옮김, 이와나미쇼텐, 1985

옮긴이 주

서문

1 「모모타로桃太郎」: 일본의 전설. 강물에 떠내려온 복숭아(일본어로 '모모') 안에서 태어난 모모타로가 자신을 키워준 할아버지, 할머니 곁을 떠나 개, 원숭이, 꿩과 함께 도깨비가 사는 섬에서 도깨비를 퇴치한다는 내용이다.

2 러시아 아방가르드: 19세기 말부터 1930년대까지 러시아(당초에는 러시아 제국, 나중에는 소비에트연방 시대)에서 일어난 예술운동으로 일본에도 큰 영향을 미쳤다. 당시 러시아에서는 큐비즘, 미래파 등 모더니즘 운동이 일어나고 있었는데, 이런 흐름과 공통점을 가진 형태로 시작되어 1차대전을 거치면서 러시아의 대표적 예술운동으로 발전했다. 이런 사회·문화적 움직임은 1917년 러시아 혁명을 거치면서 일종의 '프로파간다 아트'(삐라, 선전용 포스터 등)에도 영향을 미쳤다. 1919년에는 러시아 구성주의가 대두했고, 1920년대 소련 정부의 지원을 받았다. 하지만 1929년 이후 스탈린 체제하에서 정치적 억압과 내용적 난해함으로 인해 대중적 지지를 얻지 못하면서 서서히 쇠퇴하며 1930년대에 종료되었다.

3 조지 루카스George Walton Lucas, Jr., 1944~: 미국의 영화감독. 〈스타 워즈〉와 〈인디아나 존스〉(스티븐 스필버그 감독)라는 세계적인 히트작을 제작했다. 〈스타 워즈〉는 직접 감독까지 맡았다. 어린 시절부터 만화책에 탐닉했고 1960년대 대학에서 영화 공부를 하며 단편 영화를 제작했고 상도 많이 받았다. 졸업 후 프랜시스 포드 코폴라 감독을 만나 첫 장편 영화를 감독했다. 본인의 영화 제작 회사 루카스필름을 설립한 후 〈아메리칸 그래피티〉를 만들어 히트하자, 20세기 폭스 사에 〈스타 워즈〉 기획을 가져가서 진행하게 된다. 〈스타 워즈〉(1977), 〈제국의 역습〉(1980), 〈제다이의 귀환〉(1983)까지 3부작을 만들어 세계적인 인기를 얻었다.

4 나카가미 겐지中上健次, 1946~1992: 일본의 소설가. 1965년 도쿄로 상경하여 문학을 목표로 했고, 1968년 알게 된 가라타니 고진으로부터 미국 소설가 윌리엄 포크너 작품을 추천받아 큰 영향을 받았다. 1976년 아쿠타가와 상을 수상했다. 그의 소설 다수는 일본의 혼슈 남단 태평양에 면한 기슈紀州 지역의 구마노를 무대로 한 토착성을 보여줬는데, 그

것들을 '기슈 사가'라고 통칭한다.

5 〈주간소년점프週刊少年ジャンプ〉: 일본을 대표하는 소년만화 잡지 중 하나. 1968년 창간되었고, 1969년부터 주간지로 간행되었다. 1995년에 일본 주간지 및 만화 잡지 중 역대 최고 발행부수인 653만 부를 기록한 바 있다. 일본의 주간 만화 잡지로는 〈주간소년매거진〉, 〈주간소년선데이〉보다 약 9년 뒤에 창간되어 인기 작가보다는 주로 신인 작가를 많이 기용하는 특징을 현재까지 이어오고 있다.

　　1990년대 초반 국내에서 일본 만화 붐을 주도했던 주요 작품들, 즉 『드래곤 볼』, 『북두의 권』, 『시티 헌터』, 『슬램 덩크』 등이 이 잡지에 연재되었고, 그 밖에도 『닥터 슬럼프』, 『근육맨』, 『변덕쟁이 오렌지☆로드』, 『캡틴 쓰바사』, 『세인트 세이야』, 『죠죠의 기묘한 모험』, 『바람의 검심』, 『멋지다 마사루』, 『데스 노트』, 『바쿠만』, 『쿠로코의 농구』 등 수많은 히트작을 내놓았다.

6 『다중인격 탐정 사이코多重人格探偵サイコ』: 오쓰카 에이지가 원작을 맡고 만화가 다지마 쇼우가 그림을 그린 일본의 인기 만화. 시리즈 누계 900만 부가 판매되었으며 잔혹한 묘사 탓에 일본의 각 지역에서 2006~08년 사이에 유해 도서로 지정되기도 했다.

7 이 부분에 대한 자세한 내용은 『스토리 메이커』(북바이북, 2013) 160쪽을 참조할 것.

8 사카키바라 세이토 살인 사건: 1997년 일본 고베 시에서 벌어진 연속 아동 살상 사건으로 '고베 연속 아동 살상 사건'이라고도 한다. 용의자는 당시 14세였던 중학생이었는데, 본인을 '사카키바라 세이토'라고 칭하면서 경찰에 도전하는 내용의 범행 성명서를 지역 신문사에 보내 물의를 일으켰다. 범인이 특별히 불량하거나 문제를 일으킨 적이 없는 평범한 인물임이 밝혀지면서 기존 범죄자에 대한 이미지와 전혀 다르다는 사실이 일본인에게 충격을 주었다.

9 미시마 유키오三島由紀夫, 1925~70 : 일본의 소설가, 극작가, 평론가. 대표작으로 『가면의 고백』(1949), 『금각사』(1956), 『우국』(1961) 등이 있다. 1970년 일본 자위대의 궐기를 주장하며 할복 자살하여 세계적으로 충격을 안겼다.

10 『가면의 고백仮面の告白』: 미시마 유키오가 1949년 발표한 장편소설. 자전적 내용을 담아 큰 인기를 얻었다. 남들과 다른 성적性的 경향에 고민하는 '나'의 고백을 서술한 작품으로, 동성애라는 테마를 다뤘다는 점에서 당시 일본에서 큰 화제를 모았다.

11 조지프 캠벨Joseph Campbell, 1904~87: 미국의 신화학자. 비교신화학, 비교종교학 등의 분야를 주로 연구했다. 주요 저서로 『천의 얼굴을 가진 영웅』 등이 있다. 영화감독 조지 루카스가 영화 〈스타 워즈〉를 만드는 데 캠벨의 신화론을 참고한 것으로 알려졌다. 이에 대해서는 『캐릭터 메이커』(북바이북, 2014) 151, 159쪽 및 『스토리 메이커』(북바이북, 2013) 71쪽을 참조할 것.

12 오리구치 시노부折口信夫, 1887~1953: 일본의 민속학자이자 국문학자. 일본 민속학의 기초를 닦았다는 평가를 받고 있다. 일본 민속학의 여명기에 그 기틀을 닦은 야나기타 구니오와 학문적으로 서로 인정하면서도 논쟁을 벌이기도 하는 관계였다.

13 귀종유리담貴種流離譚: 일본의 민속학자 오리구치 시노부가 제기한 개념으로, 주인공이

득별한 혈통, 즉 '귀종'이지만 어떤 상황으로 인해 부모로부터 버림받고 고향에서 먼 곳에서 성장하는 이야기를 가리킨다. 그리스 신화의 오이디푸스, 헤라클레스, 혹은 늑대 젖을 먹고 자랐다는 로마 건국 신화의 로물루스와 레무스 등이 이에 해당한다.

14 『고사기古事記』: 이자나기, 이자나미의 설화가 등장하는 일본의 신화적 역사서.

15 『일본기日本紀』: 일본의 역사서 『일본서기日本書紀』의 다른 명칭. 『일본서기』는 나라 시대(710~749년)에 쓰인 것으로 전해지는 일본 최고最古의 역사서인데, 사료적으로는 신빙성에 의문시되는 부분도 있다. 서기 720년에 완성되었다고 한다.

16 『만엽집万葉集』: 일본에 현존하는 최고最古의 와카和歌집으로 7세기 후반~8세기 후반 사이에 편찬된 것으로 추정된다. 천황부터 귀족, 하급 관료 등 여러 신분의 인물이 읊은 노래를 4500수 이상 수록했다.

17 『겐지 이야기源氏物語』: 일본의 헤이안平安 시대(794~1185년) 중기에 성립된 장편소설로 주인공 히카루 겐지의 연애 편력을 그린 연애소설이다. 문헌에는 1008년 처음 등장하는데 이때 이미 상당 부분이 완성된 것으로 추정된다. 여성 작가 무라사키 시키부紫式部가 집필했다고 알려졌다. 100만 글자, 22만 절에 이르는 분량에 거의 500명 가까운 등장인물, 70년간의 시간적 배경 등 거대 스케일을 자랑하며, 소설로서 허구적 요소의 확실성, 치밀한 사건과 심리 묘사 등으로 높은 평가를 받는다.

18 이케다 야사부로池田彌三郎, 1914~82: 일본의 국문학자, 민속학자, 수필가.

19 원형元型, archetype: 심리학자 카를 구스타프 융이 1919년 제창한 개념이다. 『정신분석 용어사전』(미국정신분석학회 지음, 한국심리치료연구소, 2002)에 따르면 "타고난 심리적 행동 유형으로서, 본능과 연결되어 있으며, 활성화될 경우 행동과 정서로 나타난다"고 한다. 융은 이 단어를 집단무의식에 존재하는 역동 작용을 표현하는 데에 채용했다.

20 「아귀아미 소생담餓鬼阿弥蘇生譚」: 민속학자 오리구치 시노부가 1926년 발표한 논설. 「고대연구 민속학편 1」(오오카야마쇼텐, 1929)에 수록되어 있다. 소위 '오구리 판관물' 연극 속에 등장하는 '아귀아미 소생담' 이야기의 성립에 관해 해설했다. 오구리 판관은 일본 전설상의 인물로서 중세 이후 민간에 전승된 설화의 주인공으로 실존 모델이 존재했다고도 한다. 데루테 공주를 사모하여 결혼하고자 하지만 암살당하고, 공주는 끝까지 오구리에 대한 정절을 지킨다. 그러나 오구리가 지옥에서 돌아와 다시 살아나고, 데루테 공주의 도움으로 판관이 된다. 자신을 죽인 범인을 찾아 복수하고, 데루테 공주와도 무사히 만나 마침내 결혼에 이른다는 내용이다.

21 데즈카 오사무手塚治虫, 1928~89: 일본의 만화가 겸 애니메이션 감독, 의학박사. 2차대전 이후 일본 만화계를 대표하는 만화가로서, 스토리 만화라는 장르의 성립에 있어 비평적, 대중적으로 중요한 역할을 했다는 평가를 받았다. 의과대학 재학 중이던 1946년에 4컷 만화를 신문에 연재하면서 만화가로 데뷔했고, 1947년 사카이 시치마 원작으로 단행본 만화 「신보물섬新寶島」을 발표하면서 첫 베스트셀러를 기록했다. 1950년부터는 만화 잡지에 등장하여 『철완 아톰』(한국 TV 방영 제목 〈우주 소년 아톰〉, 〈돌아온 아톰〉 등), 『정글 대제』(한국 TV 방영 제목 〈밀림의 왕자 레오〉), 『리본의 기사』(한국 TV 방영

제목 〈사파이어 왕자〉) 등의 히트작을 내놓았다. 1963년에 일본 최초의 연속 TV 애니메이션 시리즈 〈철완 아톰〉을 제작하면서 현재까지 50년 이상 이어진 일본의 TV 애니메이션 체제에 중대한 첫 단추를 끼웠다. 1970년대 이후의 대표작으로는 『블랙잭』, 『세 눈이 간다』, 『붓다』, 『아돌프에게 고한다』 등이 있다.

22 도키와장トキワ荘 그룹: 도키와장은 도쿄도 도시마구에 1952~82년에 존재했던 목조 연립주택의 이름이다. 그 건물에는 데즈카 오사무를 필두로 여러 명의 젊은 만화가가 거주했는데, 그들이 나중에 전원 일본의 거장이 되면서 유명해졌다. 많을 때에는 7, 8명의 만화가가 거주했으며 어시스턴트 등으로 인해 다른 만화가들의 출입도 많았다고 한다.

데즈카 오사무 외에 후지코 후지오(후지코 후지오Ⓐ, 후지코 F. 후지오 콤비)가 1954년부터 1961년까지 거주했으며, 쓰노다 지로, 이시노모리 쇼타로, 아카즈카 후지오, 미즈노 에이코 등이 거주했다. 이들을 통칭하여 '도키와장 그룹'이라고 한다.

1950년대에 만들어진 목조 주택이어서 화장실이나 주방이 공용이었고, 그만큼 저렴한 가격 때문에 젊은 만화가들이 모여들었다. 1982년에 목조 주택은 해체되었고, 지금은 다른 건물이 들어서 있다. 2009년 근처 공원에 기념비가 건립되었다.

23 24년조: 쇼와 24년조라고도 하며, 쇼와 24년, 즉 서기 1949년을 전후하여 출생한 세대의 소녀만화가 일군을 가리킨다. 오시마 유미코(1947년 생), 야마기시 료코(1947년 생), 아오이케 야스코(1948년 생), 기하라 도시에(1948년 생), 하기오 모토(1949년 생), 다케미야 게이코(1950년 생) 등을 통칭하는데, 1949년 이전 출생자가 많음에도 24년조로 부른 것은 역시 하기오 모토와 다케미야 게이코의 등장이 던진 임팩트가 컸기 때문일 것이다. 서로 교류하며 작품 활동을 했기 때문에 24년조라는 명칭으로 불리게 됐는데, 하기오 모토가 『포의 일족』(1972~76), 『토마의 심장』(1974) 등 SF 작품을 발표하고 다케미야 게이코가 소년들의 동성애 관계를 그린 『바람과 나무의 시』(1976)와 SF 만화 『지구로……』(1977)를 발표하면서 1970년대 일본 만화계에 많은 영향을 미쳤다.

24 가지와라 잇키梶原一騎, 1936~87: 일본의 만화 원작자 겸 소설가. 가지와라 잇키는 필명이며, 다카모리 아사오高森朝雄라는 필명을 쓰기도 했다. 대표작으로 『거인의 별』(가와사키 노보루 그림), 『가라테 바보 일대』(쓰노다 지로·가게마루 죠야 그림), 『타이거 마스크』(쓰지 나오키 그림), 『사무라이 자이언츠』(이노우에 고 그림)가 있고 다카모리 아사오 필명의 대표작은 『내일의 죠』(지바 데쓰야 그림) 등이 있다.

25 미야자키 하야오宮崎駿, 1941~: 일본의 애니메이션 감독이자 만화가. 애니메이션 제작회사 스튜디오 지브리 소속. 1963년 애니메이션 제작사 도에이동화에 입사하여 애니메이터로 활동하기 시작했고, 1978년 TV 애니메이션 〈미래소년 코난〉의 연출을 맡았다. 1982년에는 만화 『바람 계곡의 나우시카』를 연재하면서 만화가로서도 데뷔했다. 감독, 혹은 연출을 맡은 대표작으로는 〈미래소년 코난〉 외에 〈루팡 3세 칼리오스트로의 성〉(1979), 〈바람 계곡의 나우시카〉(1984), 〈천공의 성 라퓨타〉(1986), 〈이웃집 토토로〉(1988), 〈마녀 배달부 키키〉(1989), 〈붉은 돼지〉(1992), 〈모노노케 히메〉(1997), 〈센과 치히로의 행방불명〉(2001), 〈하울의 움직이는 성〉(2004), 〈벼랑 위의 포뇨〉(2008) 등이 있다.

26 하기오 모토秋尾望都, 1949~: 일본의 만화가. 1969년 데뷔하여 다른 여성 작가들과 공동
생활을 하는 등 이후 '24년조'라고 불린 여성 만화의 새로운 흐름을 1970년대에 이끌어
냈다. 대표작으로『포의 일족』,『토마의 심장』,『11인 있다!』,『잔혹한 신이 지배한다』등
이 있다.

1강

1 『철완 아톰』: 일본 최초의 TV 애니메이션으로 높은 인기를 구가했으며 지금까지도 일본
을 대표하는 만화가 데즈카 오사무의 대표작으로 유명하다. 1951년 데즈카 오사무가 발
표한『아톰 대사』라는 작품에서 아톰이란 이름을 따서 1952년 4월 아동잡지〈소년〉에
연재하기 시작하여 1968년까지 이어졌다. 1963~66년에는 일본 최초의 TV 애니메이션
(흑백판)으로 만들어졌으며, 1959~60년에는 실사 드라마(흑백판)가 TV에 방영되기도
했다.

2 〈소년少年〉: 일본 고분샤光文社에서 1946~68년에 발행한 월간 만화 잡지. 창간 초기에
는 2차대전 이전의 아동 대상 일본 잡지처럼 기사나 아동소설 중심이었다. 대표적으로
는 일본의 유명 소설가 에도가와 란포江戸川乱歩의「괴인 20면상怪人二十面相」등의 '소년
탐정단' 시리즈가 인기를 끌었다. 하지만 후발 잡지들이 만화와 '그림 이야기'를 내세워
인기를 끌자〈소년〉도 만화를 연재하기 시작했는데, 그 대표작이 1952년 시작된 데즈카
오사무의『철완 아톰』이었다. 그리고 1950년대 중반 이후 요코야마 미쓰테루横山光輝의
『철인 28호鉄人28号』, 1960년대부터는 시라토 산페이白土三平의『사스케サスケ』, 후지코
후지오藤子不二雄의『닌자 핫토리군忍者ハットリくん』등 히트작을 계속해서 내놓았다. 하
지만 1965년 이후 일본 가정에서 TV가 유행했고, 또 만화 잡지의 주류도 월간지가 아닌
주간지로 넘어가면서 매출이 떨어졌고 1968년 휴간되고 말았다.

3 샌프란시스코조약: 1951년 서명되고 1952년 발효된, 일본과 연합국(중국 제외) 사이에
2차대전을 종결하기 위해 체결된 조약. 정식 명칭은 '일본과의 평화조약Treaty of Peace
with Japan'이다. 이 조약을 통해 연합국에서 일본의 주권을 승인했고, 일본의 국제사회
복귀가 이루어졌다고 할 수 있다.

4 일본의 소위 '평화헌법'의 제9조 '전쟁의 방기放棄' 조문으로 인한, 일본의 전쟁 포기 상
태를 가리킨다.

5 교섭인물(네고시에이터negotiator물): 어떤 사건에 있어서 인질을 구출하기 위해 범인
과 교섭을 담당하는 인물로, 주로 경찰 요원이 맡는다. 1990년대 이후 할리우드 영화
를 통해 국내에서도 잘 알려지게 되었다. 대표적인 작품으로 영화〈네고시에이터The
Negotiator〉(1998) 등을 들 수 있다. 만화『유고勇午』(마카리 신지 원작·아카나 슈 그림,
국내 제목〈용오〉)와 애니메이션〈더 빅오THE BIG-O〉는 주인공이 네고시에이터이고,
일본 영화〈춤추는 대수사선2 레인보 브릿지를 봉쇄하라!〉에는 조연 중에 네고시에이
터가 등장한다.

6 GHQ(General Headquarters, 연합군 총사령부): 1945년 10월, 태평양전쟁 종전 직후 일본
에 설치된 연합군의 기관. 맥아더 장군이 총사령관을 맡았다. 미국, 영국, 중화민국, 소
련, 캐나다, 영국령 인도, 오스트레일리아, 뉴질랜드, 프랑스, 네덜란드, 미국령 필리핀
등으로 구성된 '극동위원회' 밑에서, 결정된 정책을 수행하는 역할을 했다. 점령 방식은,
GHQ의 지시를 일본 정부가 실행하는 간접 통치 형태였다. 1952년 샌프란시스코조약
발효와 함께 활동이 정지되었다.

7 더글러스 맥아더Douglas MacArthur, 1880~1964: 미국의 군인. 최종적으로 육군 원수를 지
냈다. 1차~2차대전과 한국전쟁에 참전했다. 2차대전 종전 후에 일본을 통치한 연합군
최고사령관을 맡았고, 남한 지역의 미 군정도 담당했다. 한국전쟁에서는 인천상륙작전
을 지휘한 것으로 유명하다. 일본에서는 특히 연합군 총사령관으로서 쇼와 천황을 만난
사진을 통해 일본 국민에게 패전을 인식시킨 것으로 알려져 있다.(키가 크고 간편한 복
장에 편한 태도의 맥아더와 그 옆에서 정장을 갖춰 입고 차렷 자세로 서 있는 키 작은 쇼와
천황의 모습이 일본 국민에겐 강렬하게 느껴졌다.)

8 메이지明治 시대: 일본의 연호. 1868~1912년의 기간을 뜻한다.

9 퍼시벌 로웰Percival Lowell, 1855~1916: 미국의 천문학자, 동양 연구가. 일본 연구가로서
1880년대부터 90년대까지 메이지 시절 일본을 다섯 번 방문하여 약 3년간 체류하면서
신도神道 등을 연구했다고 한다. 저서로『조선, 고요한 아침의 나라Choson, the Land of the
Morning Calm』(1885),『극동의 정신Soul of the Far East』(1888) 외에『신비로운 일본(Occult
Japan』(1894),『화성과 운하Mars and its Canal』(1906) 등이 있다.

10 소위 '보통 국가'가 되겠다는 것으로, 대표적으로는 일본의 소위 '평화헌법'의 제9조
'전쟁의 방기放棄' 조문을 개편하겠다는 내용이다. 그를 통해 일본 자위대를 군대로 개편
하고 전쟁이 '가능한' 보통 국가로 만들겠다는 내용으로 해석된다.

11『오토기조시御伽草子』: 일본 중세의 설화. 가마쿠라 시대(1185년 경~1333년)와 에도 시
대(1603~1868년) 사이에 만들어진, 약 350편의 일본 설화 모음집. 대개 무로마치 시대
(1392~1573년)에 만들어진 것으로 알려져 있다.

12 일촌법사一寸法師: 일본 옛날이야기에 등장하는 인물. 키가 1촌(약 3센티미터)밖에 되지
않아 '일촌법사'란 이름을 갖게 된 노부부의 아이가 무사가 되기 위해 길을 떠난다. 일촌
법사는 잠시 신세 지게 된 곳의 딸이 도깨비에게 납치될 뻔한 것을 구하고, 몸도 정상으
로 커져 자신이 구해준 딸과 결혼해 잘 살았다는 내용을 담고 있다.

13 〈후지冨士〉: 일본의 출판사 고단샤가 1920년대에 발간한 잡지. 저자 오쓰카 에이지에
따르면 고단샤가 1924년 창간하여(1925년 1월호) 1957년까지 발행한 대중오락 잡지 〈
킹キング〉과는 다른, 별도의 잡지라고 한다(〈킹〉은 2차대전 당시에, 잡지 제명이 소위
'적성어'(적국 용어)인 영어라는 이유로 〈후지冨士〉라고 바뀐 적이 있다. 종전 후에는 다
시 원래대로 〈킹〉으로 이름을 바꾸었다). 이 〈후지冨士〉라는 잡지는 한자가 미묘하게 다
른데, 저자는 〈후지冨士〉가 고단샤 내부 창고에서밖에 찾아볼 수 없는 잡지라고 말했다.
(역자가 찾아본 결과 일본 국회도서관에도 소장되어 있는 듯하나, 내부 열람만 가능하

고 대출은 불가능하다고 되어 있다.)

14 『노라쿠로』: 잡지 〈소년구락부〉에 1931년부터 연재된 만화로서, 출판사를 옮겨가며 1981년까지 장기 연재되었다. 1935년 애니메이터이기도 한 세오 미쓰요瀬尾光世가 〈노라쿠로 이등병〉, 〈노라쿠로 일등병〉이란 제목의 흑백 애니메이션 영화를 만든 것을 비롯하여 1933년부터 애니메이션화되었다. 1970년에는 컬러판으로 TV 애니메이션이 방영되었고, 1987년에는 노라쿠로의 손자가 등장하는 〈노라쿠로 군〉이 방영되었다.

15 다이쇼大正 시대: 일본의 연호 '다이쇼'가 사용된 1912년 7월 30일부터 1926년 12월 25일까지의 시기를 가리킨다.

16 야마구치 가쓰히로山口勝弘, 1928~: 일본의 예술가. 일본 현대 예술에 큰 영향을 미친 작가.

17 미래파Futurism: 20세기 초 이탈리아를 중심으로 시작된 예술운동. 이탈리아어로는 '푸투리스모Futurismo'라고 한다. 과거 예술을 철저히 파괴하고, 기계화를 통해 실현된 근대 사회를 찬양하는 내용의 전위 예술 운동인데, 1920년대 이탈리아 파시즘과 결합되어 전쟁을 찬미하는 운동으로 받아들여지기도 했다. 문학, 미술, 건축, 음악 등 다방면에 영향을 미쳤는데, 일본에는 1909년 모리 오가이森鴎外가 잡지에 '미래파 선언'을 번역하면서 소개되었다. 그리고 1917년 러시아 혁명을 피해 러시아 미래파 작가들이 일본으로 이주해오면서 일본 각지에서 대규모 전람회를 개최하여 본격적으로 알려졌다고 한다.

18 포르투나토 데페로Fortunato Depero, 1892~1960: 이탈리아 미래파 화가, 디자이너. 미래파의 중심 인물 중 하나로, 회화만이 아니라 각종 디자인과 무대 의상 제작은 물론 무대 작품 자체를 제작하기도 했다. 「기계적 무용을 위한 코스튬」(1924) 등을 발표했다.

19 자코모 발라Giacomo Balla, 1871~1958: 이탈리아 미래파의 화가. 1910년 다른 작가들과 함께 '미래파 회화 기술 선언'에 서명했다. 회화에 있어서 형태의 해체를 진행시켜 1910년대 전반에 이미 추상적 경향이 강한 작품을 내놓았다. 가장 먼저 추상 회화를 그린 화가 중 한 명으로 손꼽힌다. 「마키나 티포그라피카Macchina Tipografica」(1914) 등을 발표했다.

20 무라야마 도모요시村山知義, 1901~77: 일본의 소설가, 화가, 디자이너, 극작가, 연출가, 무용가, 건축가. 1923년 7월, 일본 다다이즘 운동의 선구적 존재로 평가받는 전위미술 집단 '마보Mavo'를 결성하여 제1회 전람회를 열었으며, 1924년 기관지 〈마보〉도 창간했다. 〈마보〉는 7호까지 출간되었으나 1925년경에 그룹은 사실상 해산되었다. '마보'는 미술만이 아니라 조각, 건축, 디자인, 연극, 무용 등 다양한 활동을 했는데, 만화가 다가와 스이호 역시 당시 무용극에 반라로 출연한 모습이 사진으로 남아 있다. 1923년 관동대지진 이후에 건축과 설계도 했으며 1925년에는 일본프롤레타리아문예연맹 창립 대회에 출석했다. 1928년에는 전일본무산자예술연맹을 결성하여 일본 프롤레타리아 문학 운동에 열심히 가담했다. 그후 1930년대에도 일본공산당에 입당하거나 치안유지법 위반 혐의로 입건되어 집행유예 판결을 받기도 했다.

21 다다이즘dadaism: 1910년대 중반에 일어난 예술 사상 및 운동을 뜻한다. 그냥 '다다'라

고도 하는데, 1916년 루마니아 출신의 프랑스 시인 트리스탄 차라Tristan Tzara가 명명했다고 한다. 1차대전에 대한 저항과 전쟁으로 인해 발생된 허무주의를 바탕에 깔고 기존 질서와 상식을 부정하고 공격하는 것이 특징이다. 초기에는 스위스 취리히, 프랑스 파리 등 유럽의 몇몇 지방과 미국 뉴욕 등에서 서로 영향을 주고받으며 발생했고, 1924년에는 다다에서 이탈한 파벌이 '초현실주의surrealism 선언'을 하면서 다다이즘이 힘을 잃기 시작했다. 1945년에는 다다이즘도 초현실주의도 종식되었다고 한다.

22 네오플라스티시즘neoplasticism: 신조형造形주의라고도 한다. 1917년 네덜란드 화가 피에트 몬드리안Piet Mondrian이 추상예술을 이론화하려고 시도했던 기하학적 추상주의. 1920년 프랑스어로 발표되었고, 1925년『신조형주의』란 책이 간행되었다.

23 이마무라 다이헤이今村太平, 1911~86: 일본의 영화평론가. 특히 영화이론 분야에서 많은 공적을 남겼고, 애니메이션 감독 다카하타 이사오와 프로듀서 스즈키 도시오가 젊은 시절 이마무라 다이헤이의 영향을 받은 바 있어 애니메이션 제작사 스튜디오 지브리에서 2005년에 대표 저서인『만화영화론』(1941년 간행)을 복각했다.

24 플라이셔 형제: 미국의 애니메이터. 맥스 플라이셔 Max Fleischer, 데이브 플라이셔Dave Fleischer 형제는 1921년 뉴욕에 애니메이션 제작사 플라이셔 스튜디오Fleischer Studios, Inc.를 설립했다. 맥스 플라이셔는 사람이 연기하는 동작을 따라 그려서 애니메이션 화면에 재현하는 소위 '로토스코프rotoscope' 기법을 발명했다. 1920년대부터 40년대까지, 초기 월트 디즈니의 최대 라이벌로서 대표작〈베티 붑Betty Boop〉,〈뽀빠이Popeye〉,〈슈퍼맨Superman〉등을 내놓으며 인기를 끌었다. 하지만 흥행력이 떨어지면서 플라이셔 스튜디오는 1942년 파라마운트 영화사에 넘어갔다.

25〈뽀빠이Popeye〉: 미국에서 만들어진 아메리칸 코믹스(미국 만화)와 이를 원작으로 한 애니메이션 시리즈. 주인공 뽀빠이는 해군이라 세일러복을 입고 있으며, 시금치를 먹으면 초인적인 힘을 낼 수 있다는 설정이다. 엘지 크리슬러 시거Elzie Crisler Segar의『심블 시어터Thimble Theatre』(1929)라는 만화는 다른 주인공과 애인 올리브 오일이 등장하는 만화였는데 10년 후 조연으로 등장한 뽀빠이가 갑자기 인기를 끌면서 주인공이 교체되었다. 1930년대 플라이셔 형제가 단편 애니메이션을 만들면서 인지도가 높아졌고, 1960년대에 TV 애니메이션이 제작되었고, 1970년대에는 한나 바버라 프로덕션이 다시금 신작 TV 애니메이션을 제작했다. 특히 이 TV판을 통해 국내에서 높은 인기를 얻었다. 일본에서도 주로 애니메이션을 통해, 캐릭터로서 대중적 인기를 획득했다.

〈뽀빠이〉는 2차대전 당시 미군을 옹호하는 프로파간다 애니메이션으로도 여러 편 제작되었다. 대표적인 사례인〈넌 바보 미스터 일본인You're a Sap, Mr. Jap〉(1942)에서는 뽀빠이가 일본 해군 전함을 파괴하고 일본군을 물리치는 내용이 그려져 있고,〈대영 시금치 운송Spinach Fer Britain〉(1943)에서는 나치스 독일 해군의 U보트 잠수함과 싸우기도 했다.〈성조기를 보라Seein' Red, White 'N' Blue〉에서는 해군에 지원한 뽀빠이와 브루투스(본편에서는 뽀빠이를 괴롭히는 캐릭터)가 힘을 합쳐 일본군 스파이를 물리치는데, 클라이맥스 장면에서 쇼와 천황과 히틀러가 얻어맞는 장면도 나온다고 한다. 이런 식으로

미국에서 애니메이션을 프로파간다에 사용하는 것을 보고 일본군에서도 제작에 나선 것이 바로 〈모모타로 바다의 신병桃太郎 海の神兵〉(1945)이다. (자세한 내용은 『캐릭터 메이커』 253쪽 참조)

26 모로호시 다이지로諸星大二郎, 1949~: 일본의 만화가. 1970년 데뷔. SF 및 전기傳奇물을 많이 그렸으며 대표작으로 『요괴 헌터』(시공사, 2013), 『서유요원전西遊妖猿伝』(애니북스, 2011~13) 등이 있다. 1974년 첫 소년만화로 그린 『생물도시生物都市』로 제7회 데즈카 오사무 문화상에 입선하면서부터 본격적인 작가 활동을 시작했다. 1974년 『요괴 헌터』를 〈주간소년점프〉에 연재했고, 그 후로도 동지에서 『암흑신화』, 『공자암흑전』(이상 미우, 2011)을 발표했다. 참고로 이름의 발음은 '모로호시 다이지로'이지만 '모로보시 다이지로'라고 할 수도 있다. 『생물도시』는 국내에서 『모로호시 다이지로 자선 단편집』 2권(미우, 2013)에 실려 있다.

27 쓰카모토 신야塚本晋也, 1960~: 일본의 영화감독. 다마미술대학 영상연극학과 교수. 스스로 제작, 감독, 각본, 촬영, 미술, 편집에 주연까지 맡기도 한다. 1989년 제작비 1000만 엔(약 1억 원)과 연립주택의 원룸에서 적은 인원으로 제작한 영화 〈데쓰오〉(국내 개봉 제목 〈철남〉)가 로마 국제판타스틱영화제 그랑프리를 수상하면서 본격적으로 데뷔했다. 참고로 '데쓰오'란 제목은 만화 『아키라AKIRA』(오토모 가쓰히로)의 주인공 이름이기도 한데, 실제로 쓰카모토 신야 감독은 『아키라』를 보고 충격을 받았다고 한다. 1997년 베네치아국제영화제 심사위원을 맡았다. 그 밖의 작품으로 〈요괴 헌터 히루코〉(모로호시 다이지로 원작, 1991), 〈도쿄 주먹〉(1995), 〈쌍생아〉(1999) 등이 있다.

28 프리츠 랑Fritz Lang, 1890~1976: 독일의 영화감독. 대표작은 탐정 영화 〈마부제 박사〉(1922), 설화를 바탕으로 한 서사영화 〈니벨룽겐〉(1924), SF 영화 〈메트로폴리스〉(1927), 연속 살인범을 그려 사이코 스릴러 영화의 원조로 평가받는 서스펜스 영화 〈M〉(1931) 등이다. 1920년대 독일 표현주의의 대표 주자로 여겨진다.

29 〈메트로폴리스Metropolis〉: 프리츠 랑 감독의 흑백 무성영화. 1926년 제작되어 1927년 개봉되었다. 당시로부터 100년 후(2026년)를 디스토피아적으로 그린 작품으로, 이후 제작된 수많은 SF 영화 및 SF 작품에 많은 영향을 미쳤다. 특히 최초의 SF 영화인 조르주 멜리에스의 〈달세계 여행Le Voyage dans la Lune〉(1902) 이후 본격적으로 SF를 화면으로 구현한 걸작으로 평가받는다.

　높은 마천루로 가득한 미래 도시 풍경과, 상류층의 삶과 지하에서 가혹한 노동을 강요받는 노동자 계급 간의 철저한 계급사회를 묘사한 점에서 현대 자본주의에 대한 비판으로도 받아들여진다. 이런 디스토피아적 미래 세계관은 데즈카 오사무의 만화 『메트로폴리스』 등에도 계승되었지만, 특히 데즈카 만화판을 원작으로 제작된 애니메이션 〈메트로폴리스〉(린타로 감독, 오토모 가쓰히로 각본, 2001)에서는 마천루의 모습이나 지하 노동계급 등의 표현에 있어 영화 〈메트로폴리스〉를 연상케 하는 부분이 많다.

30 매드 사이언티스트mad scientist: 영화, 소설, 만화, 애니메이션 등 각종 픽션 작품에 등장하는, 과학을 위해 인간의 일상사를 무시하는 과학자 캐릭터를 뜻한다. 주로 SF 작품에

많이 등장하는데, 뛰어난 두뇌를 갖고 있지만 일반인과 사고방식이 많이 다르고 때로는 세계 정복을 꾀하는 등 주변에 피해를 입히기도 한다. 로봇이나 인조인간을 발명하기도 하고, 심지어는 죽은 자를 되살리거나 비윤리적인 실험을 하기도 하고, 매우 위험한 물건을 발명하기도 한다.

매드 사이언티스트의 시초로는 영국 소설『프랑켄슈타인』(메리 셸리, 1818)을 드는 경우가 많은데, 이 작품에서도 인조인간을 만들어 주변에 위험을 끼친 빅터 프랑켄슈타인 박사가 바로 매드 사이언티스트에 해당한다. 국내에서 익숙한 인물이라면 애니메이션 〈마징가 Z〉에서 세계 정복을 노리는 닥터 헬이 있고, 좀 더 온건한 매드 사이언티스트 캐릭터로 만화와 애니메이션판『명탐정 코난』에서 주인공 코난을 도와 여러 가지 발명을 해주는 이웃집 아가사 박사가 있다.

31 C-3PO: 영화 〈스타 워즈〉에 등장하는 금빛 안드로이드.

32 〈신세기 에반게리온〉: 1995년부터 1996년까지 일본에서 방영된 TV 애니메이션. 1990년대 일본 애니메이션을 대표하는 작품 중 하나로, 1990년대 이후 일본에 새로운 애니메이션 붐을 일으킨 화제작이다. 애니메이션 제작사는 가이낙스GAINAX이고 감독은 안노 히데아키가 맡았다. 1997년부터 1998년까지 세 편의 극장판 애니메이션으로 제작되었다. 2007년부터는 리메이크 신작을 다시 만들고 있는데, 〈에반게리온 신극장판〉이란 제목으로 2012년 제3편 〈에반게리온 신극장판: Q〉가 나왔고 현재 완결편인 〈신·에반게리온 극장판: ||〉가 제작 중이다.

33 아야나미 레이: 〈신세기 에반게리온〉에 등장하는 소녀 캐릭터. 무슨 생각을 하는지 알기 힘든 무표정한 얼굴과 억양이 거의 없는 무기질의 말투, 다쳐서 붕대를 감거나 안대를 끼고 있는 패션, 그 이전까지 애니메이션에서도 보기 힘들던 빨간 눈동자 등 아야나미 레이의 독특한 느낌은 당시 애니메이션 팬들에게 강한 인상을 주었다.

34 플러그수트: 애니메이션 〈신세기 에반게리온〉에서 에반게리온에 탑승하는 파일럿이 착용하는 파일럿복. 신경 접속이나 생명 유지 등 파일럿의 활동을 보조하는 기능을 한다. 전신용 의복으로 속옷 없이 전신에 딱 달라붙게 입을 수 있다.

35 쇼와昭和 시대: 일본의 쇼와 천황이 즉위하고 있던 1925~89년 시기를 말한다. 즉 쇼와 40년대라고 하면 쇼와 40년(1965년)부터 쇼와 49년(1974년)을 뜻한다.

36 카렐 차페크Karel Čapek, 1890~1938: 체코의 소설가, 극작가. 희곡『로봇』을 통해 로봇의 개념을 확립시켰다.『로봇』이전에 로봇 개념이 전혀 없진 않았지만, 로봇이란 단어가 사용된 것은 이 작품이 최초이다.(카렐 차페크는 자신의 형 요제프 차페크Joseph Čapek가 이 단어를 만들었다고 했다. 실제 1908년 차페크 형제가 공동으로 집필한『System』에 초기 로봇 개념이 등장한다.)『발레리나를 꿈꾼 로봇』(김선혁, 살림출판사, 2009)에 따르면,『로봇』의 등장인물 이름은 여러 가지 의미를 갖고 있는데, 예를 들어 로봇을 처음 개발한 로숨 박사는 체코어로 '이성'을 뜻한다.

37 이 내용은 마치 애니메이션 〈신세기 에반게리온〉의 극장판인 〈엔드 오브 에반게리온 THE END OF EVANGELION〉 라스트신에서, '인류 보완 계획'이 중단되고 '붉은 바다'

의 해변에 둘만 남은 주인공 신지와 아스카의 모습을 연상케 한다.

38 『마그마 대사マグマ大使』: 데즈카 오사무가 1965~67년 연재한 일본의 만화. 1966~67년에 TV 드라마로도 만들어졌다(참고로 이 1966년판 드라마는 일본 최초로 전편이 컬러 방송된 특수촬영 드라마이다). 지구의 창조주 어스가 우주의 제왕 고어를 막기 위해 만든 '로켓 인간' 마그마 대사의 활약을 그렸다.

39 파울 베게너Paul Wegener, 1874~1948: 독일의 표현주의 영화감독, 배우, 각본가. 영화 〈골렘Der Golem, wie er in die Welt kam〉(1920)을 만들었다. 이 작품은 1915년의 〈골렘Der Golem〉, 1917년의 〈Der Golem und die Tänzerin(골렘과 무희The Golem and the Dancing Girl)〉에 이은 세 번째 작품이다. 다만 앞선 두 작품은 현재 필름이 소실된 것으로 알려져 있다. 〈골렘〉은 2014년 한국영상자료원 40주년을 기념해 상영되었다.

40 오귀스트 빌리에 드 릴라당Auguste Villiers de L'Isle-Adam, 1838~89: 프랑스의 소설가, 극작가. 상징주의를 대표하는 작가 중 한 명이다. 대표작으로 과학철학 소설 『미래의 이브L'Ève future』(1886), 단편소설집 『잔혹한 이야기들Contes cruels』 등이 있다. 문명 풍자를 담은 소설 『미래의 이브』에서 '안드로이드Andréide'란 단어를 처음 사용한 것으로 알려져 있다. 이 작품은 이후 많은 SF 작품에 영향을 미쳤는데, 특히 오시이 마모루 감독의 애니메이션 〈이노센스INNOCENCE〉(〈공각기동대〉의 속편)의 여러 부분에 인용되었다.

41 『로스트 월드』: 데즈카 오사무의 SF 만화. 1948년판을 대표 격으로 하여 같은 제목의 다른 작품이 존재한다. 1949년의 『메트로폴리스』, 1951년의 『와야 할 세계来るべき世界』와 함께 '데즈카 오사무 초기 SF 3부작'이라고도 불린다. 데즈카 오사무가 중학생이던 1940년경 만들어진 최초의 판을 통칭 '사가판私家版'이라고 하는데, 이 판도 1982년 별도로 단행본으로 만들어졌다. 1944년에는 친구들에게 보여주기 위한 별도의 습작을 만들었는데 원고를 분실했다고 한다. 그 밖에 1946년에 신문에 연재된 판, 1955년에 연재되었으나 미완으로 끝난 판(2010년 복각) 등이 1948년 단행본을 제외한 버전으로 남아 있다.

42 『메트로폴리스』: 데즈카 오사무가 1949년 발표한 만화. 프리츠 랑의 영화 제목과 똑같은데, 데즈카 오사무는 『데즈카 오사무 만화 전집: 메트로폴리스』(고단샤, 1979)의 저자 후기에서 "여기 등장하는 인공 인간은, 독일의 명작 영화 〈메트로폴리스〉의 로봇 여성 이미지를 바탕으로 만들었습니다. 다만 나는 이 영화를 그때까지 보지는 못했고 내용도 모릅니다. 전쟁 당시의 〈키네마 준보〉였는지 어디였는지 이 영화의 스틸 사진이 한 장 실려 있었는데, 로봇 여성이 탄생하는 장면이었습니다. 그것을 기억해뒀다가 힌트로 삼은 것이죠. 또 〈메트로폴리스〉란 어감이 마음에 들어서 제목도 똑같이 정했습니다"라고 밝힌 바 있다.

43 『블랙잭』: 데즈카 오사무가 1973~83년에 연재한 만화. 데즈카 오사무의 후반기를 대표하는 작품이다. 의사 면허는 없지만 마치 신과 같다는 평가를 받을 만큼 뛰어난 외과 의술을 가진, '블랙잭'이란 별칭으로 불리는 의사의 활약을 그렸다. 1960년대 극화 붐이 일어나며 낡은 작가로 취급받던 데즈카 오사무를 다시 한 번 인기 작가로 자리매김

하게 한 작품이자 지금까지도 그를 일본의 대표 만화가로 남게 만든 걸작으로 평가받는다. 피노코는 주인공 블랙잭이 만든 캐릭터이다. 몸 자체가 인공적인 탓인지 발음이 좋지 못하고 유아처럼 말하는 것으로 설정되어 있다.

44 타임슬립time slip: '타임 트래블time travel'(시간 여행)이라고도 한다. 과거로 거슬러 올라가거나 미래의 시간 속으로 이동하는 것인데, 각종 픽션에서 자주 등장한다. '타임 트립', '타임 리프' 등 여러 가지 유사 표현이 존재한다.

타임머신의 패러독스라고도 하는데, 시간여행을 통해 과거로 갈 경우 한 사람이 동시에 두 명 존재하게 된다. 작품에 따라서는 현재와 과거의 주인공이 만나서는 안 된다고 설정하는 경우가 있는데(만나게 되면 둘 다 소멸된다거나 하는 설정이 있는 경우도 있다), 본문의 문장은 이를 가리킨다.

45 『아톰 곤자쿠 이야기ア卜ム今昔物語』: 1967~69년 〈산케이신문サンケイ新聞〉에 연재된 『아톰』 시리즈의 외전. 본래는 1963~66년 방영된 TV 애니메이션의 첫 번째 시리즈의 최종화 뒷이야기를 그리려고 시작된 작품이었다. TV 애니메이션판 〈철완 아톰〉의 마지막에 인류를 구하기 위해 핵융합 억제 장치 캡슐을 안고 태양으로 돌진한 아톰이 반쯤 녹은 채로 우주를 표류하다가 지나가던 우주인에게 구출된다는 내용으로 시작한다. 이후 우주인이 아톰을 지구로 데려다주는데, 빛의 속도보다 빨라 시간을 거슬러 올라가 1960년대의 일본에 도착한다. 아톰은 『철완 아톰』의 캐릭터들의 젊은 시절과 만나게 되며, 그때 만나는 소년이 이후 아톰을 만드는 덴마 박사다. 실제로 시간이 흘러 덴마 박사가 아톰을 만들게 되었는데 웬일인지 아톰이 기동하지 않았다. 그 이유는 과거의 아톰이 남아 있어 '타임 패러독스'가 발생했기 때문이다. 결국 과거의 아톰이 스스로 소멸을 선택하면서 새로운 아톰이 탄생했다는 설정이다. 그러나 이것은 〈산케이신문〉의 연재판에서만 그렇고, 이후 『아톰 곤자쿠 이야기』를 단행본화할 때는 내용을 바꿔 TV 애니메이션판 〈철완 아톰〉의 속편이란 설정을 변경해버렸다. 이로 인해 처음 나온 단행본판에선 젊은 시절의 덴마 박사와 만난다는 대목이 빠져 있는 등 내용이 많이 바뀌었다.

46 『아톰 캣ア卜ムキャット』: 1986~87년에 연재된 데즈카 오사무의 만화. 만년의 데즈카 오사무가 아동용으로 만든 『아톰』의 개그 버전. 하지만 연재 잡지가 휴간되는 바람에 약 반년 만에 종료되었다.

47 셀프 패러디: '패러디'라 하면 어떤 작품을 풍자 등의 목적으로 비꼬아 묘사하는 것을 말하는데, 보통 원작의 작가와는 다른 이가 행하는 경우가 많다. '셀프 패러디'는 작가 본인이 직접 자신의 작품을 패러디하는 케이스를 가리킨다.

48 『거인의 별巨人の星』: 가지와라 잇키梶原一騎 원작·가와사키 노보루川崎のぼる 그림의 일본 만화. 1966~71년 연재되었고 전19권 완결이다. 일본 스포츠 만화의 한 전형을 제시했으며, 소위 '스포츠 근성물'이라 불리는 장르를 만들어낸 작품이라고 할 수 있다.

49 마구魔球: 야구 만화에 많이 등장하는 것으로, 일반적인 야구에서 볼 수 없는 특수한 구질로 던지는 공을 가리킨다. 야구 역사의 초기에는, 커브 등 지금은 일반적으로 사용되는 변화구 구질도 일종의 '마구' 역할을 했다. 하지만 1950년대 후반 이후 일본 만화계

에서 야구 만화의 '필살기'로 사용되는 비중이 더 커지게 되었다.

2강

1 『토마의 심장トーマの心臓』: 일본의 만화가 하기오 모토가 1974년 발표한 만화 작품. 〈주 간소녀코믹〉 1974년 19호부터 52호에 걸쳐 연재되었다. 독일의 김나지움(고등중학교) 을 무대로 하여 소년들의 우정을 그린 작품이다. 프랑스 영화 〈특별한 우정Les Amitiés particulières〉을 모티프로 했다. 2009년 소설가 모리 히로시森博嗣가 소설화했고, 일본에서 연극과 영화로도 제작되었다. 온다 리쿠恩田陸의 소설 『네버 랜드ネバーランド』(국일미디 어, 2006)는 이 작품의 영향을 받았다고 한다.

2 〈주간소녀코믹少女コミック〉: 1968년 창간된 쇼가쿠칸小学館의 소녀만화 잡지. 현재는 잡 지명을 〈쇼코미Sho-Comi〉로 변경했다. 초등학교 고학년부터 고등학생까지를 대상으로, 당초 월간지로 창간했다가 1970년 주간지로 바뀌었고, 1978년 월 2회 간행으로 바뀌어 현재에 이르고 있다. 1970년대에 하기오 모토, 다케미야 게이코 등의 '쇼와 24년조' 작 가들을 기용했다. 1980년대 이후 기타가와 미유키北川みゆき, 스기 에미코すぎ惠美子, 신조 마유新條まゆ 등의 작품을 통해 일본 소녀만화의 한 스타일(여학생들의 성적 관심사를 강 조한)을 확립한 잡지로 자리 잡았다. 그 밖에도 시노하라 지에篠原千絵, 와타세 유渡瀬悠宇 등의 판타지 만화도 연재되었다.

3 소녀만화: 일본에서 만화를 구분하는 한 장르이다. 소년만화의 상대 개념이라고 할 수 있는데, SF 만화, 판타지 만화, 학원물 등 내용으로 구분하는 장르 개념과는 조금 다르게 대상 독자층을 한정하는 표현이라고 할 수 있다. 다만 일본에서도 소녀만화 장르가 확 장됨에 따라 성인 여성이나 남성 독자도 읽게 되면서 이와 같은 장르 명칭에 대해 의문 이 제기되기도 한다. 한국에서는 유사 장르의 명칭을 '순정만화'로 부르는데, 국내에서 도 내용면에서 '순정'적이지 않은 작품이 많아졌는데 여전히 순정만화라고 부르는 것에 반론이 제기되고 '여성 만화' 등 다른 대안이 나왔듯이 일본에서도 비슷한 논의가 있었 다.

4 「11월의 김나지움11月のギムナジウム」: 『토마의 심장』의 자매 작품에 해당되는 단편 만화. 하기오 모토가 1971년 〈별책 소녀코믹〉에 발표했다.

5 다케미야 게이코竹宮惠子, 1950~: 일본의 만화가. 어린 시절부터 그림을 그리다가, 1965 년에 읽은 이시노모리 쇼타로의 『만화가 입문』과 『용신의 늪龍神沼』에 충격을 받고 이 시노모리 쇼타로에게 편지를 보내면서 본격적으로 만화가 지망생이 되었다. 1970년 〈주 간소녀코믹〉 연재를 위해 도쿄로 상경했고, 하기오 모토와 알게 되면서 도쿄의 공동 연 립주택에서 동거하게 된다. 이 연립주택은 젊은 여성 만화가들의 살롱 역할을 하게 되 었고, '오이즈미大泉 살롱'이란 별칭으로 불린 이곳에 모인 멤버들이 나중에 '쇼와 24년 조'가 되었다. 1974년 『파라오의 무덤ファラオの墓』의 히트로 인기 작가 반열에 오른 다 케미야 게이코는 장기간 구상해온 『바람과 나무의 시風と木の詩』에서 소년들의 동성애

라는 충격적인 소재를 그려 인기를 모았다. 대표작으로『지구로……地球へ……』(1977),
『안드로메다 스토리즈アンドロメダ・ストーリーズ』(1980~82), 『천마의 혈족天馬の血族』
(1991~2000) 등이 있다.

6 『바람과 나무의 시風と木の詩』: 1976~84년까지 연재된 다케미야 게이코의 만화. 전 17권
의 장편으로 1979년 제25회 쇼가쿠칸 만화상 소년소녀 부문 수상작. 19세기 말의 프랑
스를 배경으로, 기숙학교에서 살아가는 사춘기 소년들의 동성애를 비롯하여 우정과 질
투 등 다양한 삶의 모습을 그렸다.

다케미야 게이코의 발언에 의하면 당시 일본에서는 침대 위에 남녀의 발이 겹쳐 있는
모습만 그려도 만화가가 경찰에 불려가던 시절이었으나, 작품 안에서 사랑과 섹스를 분
명하게 그리고 싶어서 '남녀관계가 안 된다면 남자끼리의 관계를 그리면 되지 않겠나'
라고 생각했다고 한다. 그렇게 해서 나온『바람과 나무의 시』는 소년들의 성관계는 물론
강간 장면이나 아버지와 아들 사이의 근친상간 등 과격한 묘사로 일본 만화계에 충격을
안겼고, 그럼에도 불구하고 높은 평가를 받았다.

7 BL(보이즈 러브Boy's Love): 남성 캐릭터 간의 연애를 그린 만화나 소설을 가리키는 일본
의 용어. '야오이'나 '소년애', 혹은 잡지명에서 따온 'JUNE(주네)'라는 장르 명칭이 유행
한 적도 있었지만, 2000년대 이후 거의 'BL'로 통일되었다. 2차 창작물을 야오이, 오리지
널 작품을 BL이라고 구분 짓기도 했으나 지금은 2차 창작 동인지까지 포괄하여 BL이라
고 하는 경우가 많다. 일본 만화에서 여성 독자를 대상으로 중요한 한 장르를 이루고 있
으며, 최근에는 소위 '부남자'라고 불리는 남성 팬도 조금씩 늘어나고 있다.

8 『포의 일족ポーの一族』: 1972~76년에 옴니버스 형식으로 〈별책 소녀코믹〉에 게재된 하기
오 모토의 만화. 1976년 제21회 쇼가쿠칸 만화상 소년소녀 부문 수상작. 이시노모리 쇼
타로의 단편「안개와 장미와 별과」에 나오는 흡혈귀 설정을 참고하여 구상한 작품이라
고 한다. 18세기부터 20세기에 걸쳐 영원히 소년 소녀의 모습으로 등장하는 흡혈귀를
그려 발표 당시부터 화제를 모았고, 일본 소녀만화의 독자층을 남성이나 성인으로까지
넓힌 작품으로 평가받는다.

9 『수레바퀴 아래서』: 독일 소설가 헤르만 헤세Hermann Hesse가 1905년 발표한 장편소설.
신학교에서 장래를 촉망받던 뛰어난 재능을 가진 소년 한스가 자신의 삶에 의문을 느끼
고 주위의 기대에 부담을 가지다가 결국 신학교에서 퇴학한다는 내용이다. 그후 계속해
서 좌절감과 옛 동급생들에 대한 열등감을 느끼던 한스는 결국 술에 취해 강물에 빠져
익사한다는 내용인데, 헤르만 헤세 본인이 신학교에 다니면서 불면증에 걸려 퇴학하고
요양을 했던 경험을 바탕으로 한 자전적 작품이다.

10 일본에서는 2000년대 이후 청소년들이 더 이상 소위 세계명작을 읽지 않고 라이트노
벨이나 만화만 읽는다는 한탄이 많이 나오고 있다. 일본에서는 원래 만화 장르가 대형
출판사의 '캐시 카우'였는데, 2000년대 중반 이후 라이트노벨 장르가 그것을 대체하기
시작했다는 이야기가 나오고 있을 정도이다. 국내에도 일본 라이트노벨이 많이 출간되
었고 그 영향을 받은 '한국산 라이트노벨'도 등장했으나, 아직까지 국내 출판계에서는

일본만큼의 존재감을 갖고 있진 못한 상황이다.

11 〈마녀 배달부 키키〉: 스튜디오지브리에서 제작하여 1989년 개봉한 애니메이션. 미야자키 하야오가 감독, 각본을 맡았고, 음악은 스튜디오지브리의 다른 작품들과 마찬가지로 히사이시 조久石讓가 맡았다. 일본의 동화작가 가도노 에이코角野栄子가 1982~83년에 연재한 아동소설『마녀 택배魔女の宅急便』1권이 원작이다. 원작 소설은 애니메이션 이후의 이야기를 포함한 전 6권의 장편으로, 마지막 6권은 2009년 출간되었다.

12 〈마루 밑 아리에티借りぐらしのアリエッティ〉: 스튜디오 지브리가 제작하여 2010년 개봉한 애니메이션. 1952년부터 1982년까지 전 5권으로 발표된 영국 소설가 메리 노턴의 판타지 동화『마루 밑 바로우어즈The Borrowers』(시공주니어, 1996)가 원작이다.

13 미르치아 엘리아데Mircea Eliade, 1907~1986: 루마니아 출신의 종교학자이자 작가. 대표작으로『종교 형태론』,『이미지와 상징』,『대장장이와 연금술사』,『영원회귀의 신화』,『세계 종교 사상사』등이 있다.

14 빌둥스로망Bildungsroman: '교양소설', '성장소설' 등을 뜻하는 독일어. 주인공이 여러 가지 체험을 통해 내면적으로 성장하는 과정을 그리는 소설을 말하는데, 독일철학자 빌헬름 딜타이가 괴테의 소설『빌헬름 마이스터의 수업시대』(1796)를 비롯하여 그와 비슷한 작품들을 통칭할 때 사용하면서 널리 알려졌다. 교양소설의 대표작으로는 헤르만 헤세의『데미안』, 토마스 만의『마의 산』, 에리히 레마르크의『서부전선 이상 없다』등이 꼽힌다. 최근에는 반드시 소설만이 아니라 영화는 물론, 만화 및 애니메이션에서도 유사한 작품을 다수 찾아볼 수 있다.

15 장 뤽 고다르Jean-Luc Godard, 1930~: 프랑스의 영화감독, 비평가. 1950년대 말~1960년대 중반 프랑스에서 젊은 영화감독들을 중심으로 일어난 영화 운동 '누벨바그Nouvelle Vague'의 기수라 불린다. 대표작으로 〈네 멋대로 해라À bout de souffle〉(1959), 〈미치광이 피에로Pierrot le fou〉(1965) 등이 있다.

16 가와바타 야스나리川端康成, 1899~1972: 일본의 소설가. 대표작은『이즈의 무희伊豆の踊子』,『설국雪国』등. 1968년 일본인 최초로 노벨문학상을 수상했다. 1970년 서울에서 개최된 국제펜클럽 대회에 참석했는데, 그때 소설가 오에 겐자부로大江健三郎는 한국의 군사정권에 대한 반대의 의미로 일본펜클럽을 탈퇴하기도 했다. 1972년에 자살했다고 알려졌으나 사고사라는 설도 있다.

17 〈벼랑 위의 포뇨崖の上のポニョ〉: 스튜디오 지브리 제작으로 2008년 개봉된 일본 애니메이션. 미야자키 하야오가 원작, 각본, 감독을 맡았다. 해변 마을에 사는 5살 소년 소스케가 인간이 되고 싶어 하는 물고기 소녀 포뇨와 만나는 내용.

18 〈게드 전기〉: 스튜디오 지브리 제작. 어슐러 K. 르 귄이 1968년 발표한 판타지 소설『어스시의 마법사A Wizard of Earthsea』를 원작으로 2006년 제작한 일본의 애니메이션. 미야자키 하야오 감독의 아들인 미야자키 고로가 감독을 맡았다.

19 슈제트syuzhet: '파불라fabula'와 '슈제트'는 러시아 포멀리즘formalism(『스토리 메이커』 255쪽 참조)에서 유래한 러시아 용어로서, 서사학에서 이야기 구조를 기술하는 것이라

고 한다. 블라디미르 프로프 등이 사용했다.

20세기 초 러시아 포멀리즘에서는 이야기를 구성하는 요소를 파불라와 슈제트로 나누었는데, 파불라는 사건을 일어난 시계열 순서대로 나열한 것이고 슈제트는 발화된 순서대로 나열한 것이다. 구소련의 문학학자이자 러시아 포멀리즘에 속하는 인물인 보리스 토마솁스키Boris Tomasevski는 "파불라는 실제로 일어난 일을 말하고, 슈제트는 독자가 그 내용을 알게 된 방식을 말한다"고 설명했다[『러시아 포멀리즘 문학론집』2권(미즈노 다다오 지음, 세리카쇼보, 1995) 등을 참조한 일본어 위키피디아 참고]. 『서사론 사전』(제럴드 프린스, 민지사, 1992) 등의 이야기론 관련 서적에는 파불라가 '스토리' 자체에 해당하고 슈제트는 '플롯'에 해당하는 단어라고 생각할 수도 있다고 설명되어 있다.

20 유형학typology: 같은 성질의 것을 종합하여 다른 성질의 것과 비교·대조하는 학문이다. 이를테면 고고학 등에서 어떤 물질을 특성에 따라 분류하거나, 심리학 등에서 비슷한 인간 유형을 전체적으로 파악하려는 분류법 등을 뜻한다. 건축이나 미술에서 '양식'에 따라 작품을 분류하는 것도 이에 해당한다.

21 메타언어: '메타meta-'는 위치나 상태의 변화, 혹은 '더 높은', '초월한'의 의미로 사용된다. 그밖에도 '~를 넘어서는', '~를 포함한', '~ 사이의' 등의 의미를 가진 그리스어에서 유래한 접두어이다. 보통철학 등에서 '메타-'라고 하면 기술하는 대상 자체를 기술하는 것을 가리킨다. 즉 '메타언어'는 '어떤 언어에 대해 기술하는 언어'라는 말이 된다. 마찬가지로 '어떤 이론을 해석하기 위한 이론'은 '메타이론'이라고 할 수 있겠고, '소설 자체를 주제로 삼은 소설', '영화에 대해 논하는 영화' 등은 각각 '메타소설', '메타영화'라고 할 수 있다.

22 다야마 가타이田山花袋, 1872~1930: 일본의 소설가. 일본 교과서에도 실려 있는 일본 자연주의파의 대표작 「이불」의 작가. 민속학자 야나기타 구니오 등과도 교류했다.

23 생번生蕃: 본래는 중국에서 '중앙의 교화를 받지 못한 원주민들'을 가리키던 단어였다. 반대로 '숙번熟蕃'이라 하면, 교화된 원주민을 말한다. 특히 2차대전 이전의 일본 식민지 대만에서, 고산족高山族 중에 중국에 동화되지 않았던 주민들을 생번生蕃이라 불렀다(『디지털 대사전』, 쇼가쿠칸).

24 야마구치 마사오山口昌男, 1931~2013: 일본의 문화인류학자. 도쿄외국어대학 명예교수. 삿포로대학 학장, 도쿄외국어대학 아시아 아프리카 언어문화연구소 소장을 역임했다. 창간 초기의 〈현대사상〉(세이도샤) 등에 기고하며 구조주의와 기호론을 소개하여 1980년대 일본의 '뉴 아카데미즘' 붐의 밑바탕을 이루었다. 아시아, 아프리카, 남아메리카 등지에서 현지 조사하여 양성구유両性具有와 트릭스터 등을 연구했다.

25 트릭스터trickster: 신화나 설화에서 신과 자연의 질서나 법칙을 깨고 스토리를 뒤흔드는 장난꾸러기 캐릭터를 말한다. 미국의 고고학자·민족학자인 대니얼 G. 브린턴Daniel Garrison Brinton이 1885년 사용하였으며, 융의 『원형론』에 '트릭스터 원형'이 다루어지며 알려지게 되었다. 선과 악, 현명하면서도 어리석은 양면성을 가진 존재로서, 가장 유명한 것은 셰익스피어의 희곡 『한여름 밤의 꿈』에 나오는 장난꾸러기 요정 퍽이 있다. 그

리스 신화의 오딧세우스, 북유럽 신화의 로기(마블스튜디오의 영화 〈어벤저스〉, 〈도르〉에 등장하는 로키의 원형)도 트릭스터에 해당한다.

26 아르카익Archaic: '아르카익 스마일Archaic smile'이란 고대 그리스 고졸기古拙期 미술의 조각에서 볼 수 있는 미소 띤 표정을 말한다. '아르카익'은 '낡은, 구식의, 고대의'란 의미로, '예스럽고 소박한'이란 뜻을 가진 '고졸古拙'이란 단어로 번역되는 경우가 많다. 따라서 국내에서는 아르카익 스마일을 '고졸기 미소'라고도 한다.

27 콘스탄틴 폰 바를뢰벤Constantin von Barloewen, 1952~: 아르헨티나 출신으로 비교문화학과 인류학을 연구하는 학자. 하버드대학교 국제문제연구소 소속으로, 현재 문화와 문명 간의 대화 프로젝트를 진행 중이라고 한다. 주요 저서로 『문화사와 라틴 아메리카의 현대성』(1992), 『세계 문명의 장면들: 문화-테크놀로지-문학』(1994), 『휴머니스트를 위하여』(사계절, 2010) 등이 있다.

28 그림 콘티: 일본어로 '에콘테繪コンテ'라고 하는데 영어의 '스토리보드storyboard'에 해당하며 영화나 드라마, 애니메이션 등 영상 제작을 하기 전에 영상의 내용을 연속된 일러스트로 묘사하는 것을 말한다. 보통 국내에서는 '콘티'라고 일컫는데, 일본에서는 '콘티'라는 단어와 별개로 영화나 애니메이션에서 '그림 콘티'라는 말을 쓴다. 일러스트 없이 문장으로 이루어진 콘티도 있기 때문이다.

3강

1 무라카미 류村上龍, 1952~: 일본의 소설가. 1976년 『한없이 투명에 가까운 블루』로 아쿠타가와 상을 수상하며 등단했다. 대표작으로는 『코인로커 베이비스』(1980), 『사랑과 환상의 파시즘』(1987), 『5분 후의 세계』(1994), 『희망의 나라로 엑소더스』(2000), 『반도에서 나가라』(2005) 등이 있다. 1996년 발표한 『러브&팝』은 애니메이션 감독 안노 히데아키가 첫 장편 실사영화로 제작한 바 있다.

2 하스미 시게히코蓮實重彦, 1936~: 일본의 불문학자, 영화평론가. 1997년부터 2001년까지 도쿄대학 총장을 맡았다. 1974년 비평가로 데뷔한 후 영화평론과 문예비평 분야에서 활동했으며, 번역가로도 잘 알려져 있다. 『반일본인론』(1977년 요미우리문학상 수상), 『푸코, 들뢰즈, 데리다』(1978), 『소설에서 멀리』(1989) 등의 저서가 있다.

3 라프카디오 헌Lafcadio Hearn, 1850~1904: 그리스 출신으로 일본에 귀화한 신문기자, 기행문 작가, 수필가, 일본 연구가. 1896년 일본 귀화 후에 고이즈미 야쿠모小泉八雲란 일본 이름을 썼다. 마쓰에, 구마모토, 고베, 도쿄 등 일본 각지에서 초창기 영어 교육을 펼쳤으며 반대로 서구권에 일본 문화를 소개하는 저서를 다수 출간했다. 그가 거주하던 마쓰에의 집은 1940년 사적으로 지정되었다. 주요 저서로 『알려지지 않은 일본의 모습 Glimpses of Unfamiliar Japan』(1894), 『괴담kwaidan』(1904), 『일본 – 한 가지 해석Japan: An Attempt at Interpretation』(1904) 등이 있다. 『스토리 메이커』(북바이북, 2013)의 저자 후기 참조.

4 나쓰메 소세키夏目漱石, 1867~1916: 일본을 대표하는 소설가. 대표작으로『나는 고양이로
소이다』,『도련님』등이 있다.『몽십야夢十夜』는 나쓰메 소세키가 1908년 아사히신문에
게재한 소설이다. 현재(1908년 당시)와 과거, 미래를 배경으로 한 열 가지 환상적인 꿈
의 세계를 그린 작품이며, 모든 이야기가 "이런 꿈을 꾸었다"란 말로 시작한다. 1990년
의 구로사와 아키라黑澤明 감독 영화〈꿈夢〉(미 · 일 합작)은 8편의 옴니버스 형식인데,
각 에피소드마다 "이런 꿈을 꾸었다"는 문장이 등장한다.

5 로쿠부고로시六部殺し: 일본에 전해내려오는 민화(괴담)이다. '로쿠부'는 '66부六十六部'의
약자인데, 직접 옮겨 쓴(사경) 66부의 불경(법화경)을 갖고 66곳을 순례하며 1부씩 봉납
하는 승려를 뜻한다. 여기에서 유래하여 탁발승이나 단순한 여행자를 뜻하는 단어로도
사용되었다. 이 민화는 일본 각지에 여러 가지 변형된 내용으로 전해진다. 대표적 사례
로는 여행 중인 로쿠부를 살해하고 갖고 있던 금품을 빼앗아 그것을 바탕으로 크게 재
산을 불렸는데, 그 후 태어난 아이가 로쿠부의 환생이었다는 내용이다.

6 "사쓰키와 메이가 실은 이미 죽었다"고 하는 도시전설은 일본의 일부 인터넷에서 유행
했는데, 이와 같은 '유명 작품의 진실'은 국내에서도 과거에 자주 있었던 것이다. 예를
들어 1990년대의 인기 만화『드래곤볼』이나『슬램 덩크』에 대해서도, 아직 완결되기 전
인 90년대 초반에 주로 중고등학생들 사이에서 '일본에서는 그 뒷내용이 이렇다더라'는
식의 소문이 돌곤 했다. 그것이 1990년대 중후반에는 PC통신을 통해, 2000년대 이후로
는 인터넷을 통해 학생들의 장난으로 유행했는데, 일본에서도 비슷한 상황이라는 얘기
로 이해하면 된다.

7『도라에몽ドラえもん』: 일본의 만화가 후지코 후지오(콤비 만화가였다가 둘이 갈라진 이후
에는 후지코 F. 후지오가『도라에몽』을 맡았다)가 1969~96년에 연재한 만화. 단행본 전
45권. 일본을 대표하는 SF 아동 만화로서, 22세기 미래에서 온 고양이형 로봇 '도라에몽'
이 여러 가지 미래 세계 도구를 써서 주인공 노비 노비타를 도와주는 일상을 그렸다.
　참고로 본문에 언급된『도라에몽』의 내용이 '식물인간이 된 주인공 노비타 군이 꾸는
꿈'이라는 도시전설은 1986년 가을경에 아이들 사이에서 유행했다. 이 소문의 진위 여
부를 쇼가쿠칸 출판사에 문의하는 일이 워낙 많아서, 후지코 F. 후지오가 직접 "그런 불
행한 결말로 만들진 않을 것"이라고 발표했다고 한다(〈요미우리신문〉 1986년 11월 13일
자). 이 도시전설은 1990년대 말 일본에서 '도라에몽 최종회'라는 체인 메일('불행의 편
지'처럼 연속해서 뿌리도록 하는 편지 형태의 문서)의 형태로 돌기도 했다.
　참고로 이 도시전설은 2000년대 디시인사이드 등 국내 인터넷에서 화제가 되었던
『짱구는 못 말려』의 도시전설과 비슷한 내용이라는 점에서 주목할 만하다.『짱구는 못
말려』도시전설의 내용은 주인공 짱구가 실은 자폐아이고 작품에 등장하던 짱구의 친구
들은 모두 상상 속의 존재였다는 것이다. 글 마지막 부분에 있던 "흠, 이게 사실이라면
좀 무섭군요"를 줄여서 인터넷 유행어 '흠좀무'가 발생하기도 했을 만큼 이『짱구는 못
말려』도시전설은 많은 인기(?)를 끌었다. 1986년 일본에서 유행했던『도라에몽』도시
전설의 영향을 직접 받았다기보다는 1990년대 말의『도라에몽』체인 메일의 영향을 받

아 만들어진 것이 아닐까 하는 추정은 가능할 듯하다. 당시 국내에서 인지도가 높지 않던 『도라에몽』보다는 좀 더 잘 알려진 『짱구는 못 말려』로 내용을 바꿔 각 게시판에 올리면서 화제를 만든 것이 아닌가 추정된다.

8 오르페우스Orpheus: 그리스 신화에 등장하는 음유시인. 여러 가지 설화가 있지만, 특히 잘 알려진 것은 부인 에우리디케가 독사에 물려 죽은 후, 오르페우스가 저승에 가서 에우리디케를 찾아오려고 했다는 설화이다.

9 이자나기노미코토: 일본의 고대사가 기술되어 있는 서적인 『고사기』에 등장하는 일본 신화의 신 이름. 이자나기가 남신, 이자나미가 여신이다. 이자나기와 이자나미는 남매이자 부부인데, 일본 신화의 중심적 신인 아마테라스 오오미카미를 비롯하여 스사노오 등 많은 신들의 부모이다.

10 요시모토 바나나よしもとばなな, 1964~: 일본의 소설가. 아버지가 일본의 유명한 비평가 요시모토 다카아키이고 언니가 만화가 하루노 요이코이다. 1987년 『키친』으로 신인 문학상을 수상하며 등단했고, 대표작으로 『티티새』, 『N · P』 등이 있다.

11 〈이웃집 토토로〉에서 주인공 사쓰키와 메이 자매가 토토로가 부른 고양이 버스를 타고 어머니가 입원 중인 병원으로 가서 병실 창문 앞에 옥수수를 두고 가는 장면을 말한다.

12 마르트 로베르Marthe Robert, 1914~96: 프랑스의 독문학자, 문학이론가. 프로이트 전문가로, 괴테, 니체, 카프카 등 독일 문학가들의 작품을 프랑스어로 번역했다. 주요 저서로 프로이트 이론을 중심으로 한 문학이론서 『기원의 소설 소설의 기원』(문학과지성사, 1999), 『옛것과 새것』, 『독서의 책』, 『프란츠 카프카』 등이 있다.

13 『도로로』: 데즈카 오사무의 만화 작품. 1967년에 연재를 개시했으나 어두운 내용 탓에 연재 당시 독자들에게 환영을 받지 못하고 중단되었다가 1969년 다시 재개되었으나 완결되지는 못했다. 1969년 TV 애니메이션으로 제작된 바 있다.

14 『망량전기 마다라』: 1987년 오쓰카 에이지가 원작을 맡고 다지마 쇼우가 그림을 그린 만화로, 이 작품을 필두로 '망량전기 마다라' 시리즈는 1990년대에 걸쳐 만화, 소설, 드라마 CD, 게임 등 다수의 매체로 제작되었다.

15 스마須磨: 현재 일본 효고兵庫현 고베神戸시 스마須磨구. 헤이안 시대에 주로 가벼운 귀양을 보내던 곳이다. 헤이안 시대의 소설 『겐지 이야기』 주인공 히카루 겐지도 정쟁에 패하여 스마로 잠시 귀양을 가는 대목이 나온다.

16 가구야 공주かぐや姫: 일본의 설화 『다케토리 이야기竹取物語』의 주인공. 『다케토리 이야기』는 만들어진 시기나 작가가 미상인 일본 최고最古의 이야기라고 전해지는데, 최소한 헤이안 시대 초기(10세기 중반)까지는 성립되었을 것으로 추정된다. 일본 가나 문자로 적힌(원래는 한문으로 쓰였음) 최초 시기의 이야기 중 하나다.

일본에서는 아주 유명한 설화라 여러 가지 작품으로 만들어졌는데, 1935년에 영화로, 1942년에는 애니메이션으로 제작된 바 있다. 1970년대에 활동한 포크송 그룹 이름도 가구야히메였고, 그밖에도 1993~2005년까지 연재된 장편 SF 만화 『가구야히메輝夜姫』 (시미즈 레이코 저) 등 이 설화를 바탕으로 한 사례가 많다. 국내에서도 개봉한 〈가구야

공주 이야기)(다카하타 이사오 감독, 2013)에 이 설화가 충실하게 재현되어 있으니 참고
가 될 것이다.

17 노能: 일본의 전통 예능 노가쿠能楽의 한 분야. 원래 에도 시대까지는 사루가쿠猿楽라고
불렸는데, 메이지 유신 이후 노能와 교겐狂言을 합쳐 노가쿠라고 하게 되었다. 원래 노라
는 단어는 특정 예능만을 가리키는 것이 아니라, 흉내 내기나 단순한 개그가 아닌 예능
중에 스토리가 있는 것 전반을 가리키는 말이었다고 한다. 그러나 나중에 사루가쿠가
점점 유행하면서 노는 오직 사루가쿠만을 가리키게 되었다. 그리고 1881년 노가쿠샤能
楽社(시바공원 안에 있던 노 무대)가 설립되면서 사루가쿠를 노가쿠로 개칭했고, 그로 인
해 노가쿠 중의 노를 가리키는 단어로 확정되었다.

18 슌토쿠마루俊德丸: '슌토쿠마루 전설'에 나오는 인물. 슌토쿠마루 전설은 현재의 오사카
지역에 있던 가와치노쿠니河内国 지방에 살던 슌토쿠마루가 자기가 낳은 아들을 후계로
삼으려는 계모의 저주를 받아 실명하고 집에서 쫓겨나 구걸로 연명하던 중 사랑하던 사
이였던 아가씨의 도움으로 오사카 시텐노지四天王寺의 관세음보살상에 기도를 드려 병
이 낫고, 결혼을 하여 아가씨 쪽의 집안을 이어 행복하게 살게 되고, 슌토쿠마루 쪽 집
안은 가세가 기울어 결국 계모는 구걸하며 살게 되었다는 내용이다.

19 칠복신七福神: 복을 가져다준다는 일본의 일곱 신을 가리키는 말. 칠복신은 에비스惠比
寿, 다이코쿠텐大黒天(인도 힌두교 시바신의 화신), 비샤몬텐毘沙門天(인도 힌두교의 전쟁의
신이었는데 불교로 유입되어 복의 신으로 받들렸다), 벤자이텐弁才天(弁財天이라고도 하는
데 칠복신 중 유일한 여성으로, 원래 힌두교 여신이었다가 불교로 유입되어 음악, 재물, 지
혜의 천녀로 숭앙되었다), 후쿠로쿠주福禄寿(도교의 신으로 남극성의 화신), 주로진寿老人
(도교의 신), 호테이布袋(당나라 말기의 실존 인물이라는 불교 선승, '포대화상'이라고도 한
다)이다. 일본에서『공작왕』등 각종 만화나 애니메이션에 자주 등장한다. 에비스는 이
자나미·이자나기 사이에 태어난 아이로, 어업의 신이었다가 나중에는 장사의 신, 오곡
풍양의 신으로 받들여졌다. 칠복신 중 유일하게 일본에서 유래한 신이다.

20 지바 도쿠지千葉德爾, 1916~2001: 일본의 민속학자, 지리학자. 아이치대학, 쓰쿠바대학,
메이지대학 교수 및 일본민족학회 대표이사 역임. 야나기타 구니오의 문하생이었다. 주
요 저서로『대머리산의 문화』(1973),『수렵전승』(1975) 등이 있다.

21 기무라 빈木村敏, 1931~: 일본의 정신의학자. 교토대학 명예교수. 전 나고야시립대학 의
학부 교수. 전 일본정신병리학회 이사장을 지냈다.

4강

1 신서판 코믹스: 신서판 판형의 코믹스(만화책)라는 의미로, 신서판 판형이란 'B40' 판형
이라고도 하여 일본에서 사용되는 서적의 사이즈를 뜻한다. 보통 103×182mm라고 하
는데, 실제로는 다양한 범위의 판형을 신서판이라고 부른다. 참고로, 일본의 대표적 출
판사의 신서판 코믹스 사이즈는 고단샤는 116×173mm, 쇼가쿠칸은 113×176mm, 슈에

이사는 113×177mm이다.

2 이시노모리 쇼타로石/森章太郎, 1938~98: 일본의 만화가. 본명은 오노데라 쇼타로. 대표
작은 『사이보그 009』, 『가면 라이더』, 『HOTEL』 등 다수. 히어로물이나 SF는 물론 학습
만화에 이르기까지 다양한 장르의 작품을 발표했다. 1989년에 만화가 다양한 표현이 가
능해졌다는 이유로 표기를 '萬画'로 바꾸자고 제창했다. 2007년에 500권 770작품으로
구성된 『이시노모리 쇼타로 만화 대전집石/森章太郎萬画大全集』(가도카와쇼텐)이 발간되
었는데, '한 명의 저자에 의한 가장 많은 만화의 출판'으로 기네스북에 올랐다고 한다.
대표작인 『사이보그 009』는 일생의 작품으로 연재하고 있었으나 최종 완결편을 구상만
해둔 채 손대지 못하고 있다가 1998년 사망하는 바람에, 완결편은 아들인 오노데라 죠
가 2006년 소설로 발표한 후 2012년에 제자들의 작화로 만화화되었다.

3 〈소녀클럽少女クラブ〉: 일본의 출판사 고단샤가 1923년에 발행한 소녀 독자 대상의 잡지.
1962년까지 발간되었다. 1923년 〈소녀구락부少女倶楽部〉란 제명으로 창간되었고, 1946
년에 잡지명을 변경했다. 1962년 폐간된 후 고단샤의 대표 소녀만화 잡지인 〈소녀프렌
드〉로 개편되었다.

4 마루야마 아키라丸山昭, 1930~: 일본의 만화 편집자. 〈소녀클럽〉 편집장 및 고단샤 이사
를 역임했다. 1950~60년대에 데즈카 오사무의 담당 편집자로 활동했고, 특히 초창기
도키와장 그룹 만화가들을 발굴한 바 있다. 특히 이시노모리 쇼타로, 아카즈카 후지오
赤塚不二夫, 미즈노 에이코水野英子를 발굴했다고 하는데, 이후 도키와장 멤버 만화가들을
육성한 공로로 2001년 데즈카 오사무 문화상 특별상을 수상했다.

5 로버트 네이선Robert Nathan, 1894~1985: 미국의 시인, 소설가, 각본가. 하버드대학을 졸
업했다. 대표작 『제니의 초상Portrait Of Jennie』은 1939년 발표되었고 1948년 영화화된
소설이다. 일본에서 1950년 번역된 이후 여러 번 출간되었다.

6 하야카와문고ハヤカワ文庫: 일본의 출판사 하야카와쇼보早川書房가 발행하는 문고 시리즈.
주로 SF와 추리소설이 많고, 외국 번역 작품을 출간하는 레이블이 많다. 1970년 하야
카와 SF문고 창간을 필두로, 1976년 하야카와 미스테리문고(현재 이름은 하야카와문고
HM) 창간 등 여러 종류의 서브 레이블이 만들어졌다.

7 소겐추리문고創元推理文庫: 일본의 출판사 도쿄소겐샤東京創元社가 발행하는 문고 시리즈.
1959년 창간 이후 SF 부문과 추리 부문, 괴기 및 모험소설 부문 등을 발행했다.

8 윌리엄 디터리Wilhelm Dieterle, 1893~1972: 독일 출신의 미국 영화감독. 〈에밀 졸라의 생
애The Life of Emile Zola〉(1937), 〈노트르담의 꼽추The Hunchback of Notre Dame〉(1939),
〈러브 레터Love Letters〉(1945), 〈제니의 초상Portrait of Jennie〉(1948), 〈여수September
Affair〉(1950), 〈살로메Salome〉(1953) 등의 작품을 연출했다.

9 과거 일본에서도 서양의 소설이나 영화를 무단 번안하여 다른 작품으로 만든 사례가 존
재한다. 본문 중의 이시노모리 쇼타로의 사례는 물론이고, 일본을 대표하는 만화가 데
즈카 오사무도 월트 디즈니의 애니메이션 〈피노키오〉(1940)와 〈밤비〉(1942)를 보고, 만
화 『밤비』(1951)와 『피노키오』(1952)를 만들었다. 이 두 작품은 미국 애니메이션이라 2

차대전 당시 적국이었던 일본에서 상영할 수 없었고, 종전 이후에야 일본에서 첫 상영되었다. 비디오도 없던 시절이라 데즈카 오사무는 극장을 수십 번씩 들락거리며 〈밤비〉(1951년 일본 개봉), 〈피노키오〉(1952년 일본 개봉) 작품 전체를 통째로 외워서 만화화했다는 이야기가 전해진다. 어쨌거나 디즈니 사의 허락을 받지 않은 무단 만화화인 것은 분명했고, 첫 출판 이후 오랫동안 데즈카 오사무의 '흑역사'로 일컬어졌으나 2005년 약 50년 만에 일본에서 재출간되었다(재출간판 단행본에는 월트 디즈니의 저작권 표기가 표시되어 있었으므로, 디즈니 사의 허락을 받아 재출간 작업을 진행한 것으로 보인다). 그 밖에도 일본에서는 서양의 SF 소설을 참조하여 아이디어를 베끼거나 설정 등을 참고한 작품이 많았다.

10 『한밤중 톰의 정원에서Tom's Midnight Garden』: 영국 소설가 필리파 피어스Ann Philippa Pearce가 1958년에 발표한 작품. 영국 판타지 문학을 대표하는 작품 중 하나로, 1958년 카네기상 수상. 영국 BBC가 세 번에 걸쳐 TV 드라마로 만들었고 영화화된 적도 있다. 국내에선 시공주니어에서 1999년 번역ㆍ출간되었다.

11 오시마 유미코大島弓子, 1947~: '24년조'의 일원으로 꼽히는 일본의 만화가. 1968년 데뷔한 이후 대표작 『솜나라 별綿の国星』 등을 발표하며 일본 소녀만화의 인기 작가로 자리 잡았다. 『솜나라 별』의 주인공은 자신을 인간이라고 생각하는 아기 고양이인데, 이 고양이를 고양이 귀가 달린 어린 여자아이로 의인화하여 묘사했다. 본문 중의 언급은 이 아기 고양이를 가리킨다.

12 『불새火の鳥』: 불사조(피닉스)를 소재로 한 일련의 비연속 만화 작품군이다. 원작 만화만이 아니라 애니메이션이나 비디오 게임도 제작되었고, 데즈카 오사무가 데뷔 초기부터 사망하기 이전까지 계속해서 그린(지속적인 연재는 아니었다) 일생의 작품으로도 잘 알려져 있다. 불새의 피를 마시면 영원한 생명을 얻을 수 있다는 전설과 함께, 고대 일본, 현대 사회, 미래의 SF 세계에 이르기까지 다양한 시대와 세계를 바탕으로 인간 자체를 테마로 한 작품이다. 최초 연재작은 1954년 발표된 『불새 여명편』이고, 데즈카 본인의 마지막 연재작은 1986년부터 데즈카 사망 1년 전인 1988년까지 연재된 『불새 태양편』이다. 1980년에는 만화 원작이 아닌 오리지널 스토리를 데즈카 오사무가 직접 제작한 애니메이션 영화 〈불새 2772 사랑의 코스모존〉이 발표되었다.

13 신카이 마코토新海誠, 1973~: 일본의 애니메이션 작가, 감독. 개인적으로 단편 애니메이션을 만들어 1998년 〈먼 세계〉, 2000년 〈그녀와 그녀의 고양이〉로 애니메이션 상을 수상했다(〈그녀와 그녀의 고양이〉는 DoGA 주최 제 12회 CG애니메이션 컨테스트에서 그랑프리 수상). 2000년 이후 회사를 퇴직하고 프리랜서 애니메이션 작가로 활동하며, 거의 혼자 대부분의 작업을 맡아 하는 형태로 애니메이션을 만들었는데, 2002년 제작한 25분 분량의 애니메이션 〈별의 목소리〉에서 감독, 각본, 연출, 작화, 미술, 편집을 담당하여 각종 상을 수상하며 높은 평가를 얻으면서 큰 주목을 받았다. 대표작으로 〈구름의 저편, 약속의 장소〉(2004), 〈초속 5센티미터〉(2007), 〈별을 쫓는 아이〉(2011), 〈언어의 정원〉(2013) 등이 있다.

14 우라시마 효과ウラシマ効果: 물리학의 상대성이론에서 예견된 현상으로, 광속에 가까운 운동에서 시간의 흐름이 느려지는 것을 말한다. 즉 운동하는 상태의 시간 좌표가 다른 속도의 관측자와 달라지는 현상을 가리킨다. 소위 '쌍둥이 패러독스'라고도 하는데, 이에 해당하는 일본어 표현이다. 장시간 광속에 가까운 속도로 이동을 하게 되면 우주선 내부의 속도가 상대적으로 천천히 흐르게 되어, 지구에서 출발하여 왕복했을 경우 지구에 머물러 있던 사람들에 비해 더 어려진다는 것이다. 용궁에 갔다 왔더니 지상에서 시간이 많이 흘러 자신을 기억하는 이가 한 명도 없었다는 일본의 설화「우라시마 타로浦島太郎 이야기」와 비슷한 면이 있어 '우라시마 효과'라고 한다.

5강

1 〈특별한 우정Les Amitiés particulières〉: 원작은 프랑스 외교관 출신의 소설가이자 동성애 옹호자였던 로제 페르피트Roger Peyrefitte의 자전적 소설이다. 프랑스에서 첫 개봉 당시 종교 단체의 항의로 18세 미만 관람 금지가 되었으나 나중에 해제되었다. 일본에서는 1970년에 개봉되었다.
  1920년대 프랑스를 배경으로, 후작 집안의 아들인 14세의 소년 조르주가 가톨릭 기숙학교에 편입하면서 겪는 일을 그렸다. 그는 기숙사에서 '피의 맹세'를 맺고 특수한 애정 관계에 있는 루시앙과 앙드레라는 두 동급생을 알게 된다. 그 둘이 주고받은 편지를 우연히 입수한 조르주가 교장에게 편지를 제출하는 바람에 앙드레는 퇴학을 당하게 된다. 이 학교에서 학생들 사이의 '특별한 우정'은 금지되어 있었던 것이다. 하지만 조르주 역시 천사처럼 아름다운 소년 알렉상드르를 만나 '특별한 우정'에 빠진다. 알렉상드르와 '피의 맹세'를 맺은 조르주는 둘의 관계를 기숙학교의 신부들에게 들킬 뻔하지만 무사히 넘긴다. 하지만 결국 들켜 헤어지라는 강요를 받은 조르주는 이별의 편지를 남긴 채 부모에게 돌아가고, 알렉상드르는 그 편지를 읽지 않고 기차에서 투신자살한다. 이후 그 소식을 들은 조르주는 알렉상드르에 대한 사랑을 깨달으며 후회한다.
2 이에 해당하는 할리우드 영화는 매우 많으나, 대통령의 연설을 통해 결의에 차 다같이 투쟁에 돌입하는 작품이라면 롤랜드 에머리히Roland Emmerich 감독의 〈인디펜던스 데이 Independence Day〉(1996)가 인상에 남을 것이다.
3 나가요 시즈오永代静雄, 1886~1944: 일본의 소설가, 신문기자. 다야마 가타이의 소설 『이불蒲団』 여주인공 요코야마 요시코의 애인인 다나카라는 인물의 모델이었다. 다야마 가타이의 제자였던 오카다 미치요岡田美知代와 사랑에 빠졌으나 강제로 헤어지게 되었다. 신문기자를 하다가 1909년 미치요가 임신하면서 결혼할 수 있었으나, 같은 해 이혼하고 고향으로 돌아간다. 하지만 다시 상경하여 미치요와 가출을 하여 각 지방을 전전한다. 최종적으로는 미치요와 헤어지고, 1912년 『이상한 나라의 앨리스』(루이스 캐럴 지음)를 일본에서 최초로 번역한다. 그밖에도 대중소설과 소년 대상의 SF 소설을 집필했다.
4 다자이 오사무太宰治, 1909~1948: 일본의 소설가. 1936년 첫 작품을 발표했고, 대표작으

로『달려라 메로스』,『인간 실격』 등이 있다. 1948년 여성과 함께 강에 뛰어들어 사망했다. 「여학생」은 다자이 오사무가 1939년 발표한 단편소설인데, 19세 소녀가 보낸 일기를 소재로 삼아 14세 여학생이 아침에 일어나 밤에 잘 때까지의 하루를 주인공 독백체로 썼다.

5 본문에서는 미야자키 하야오, 무라카미 하루키 등을 '남성에 의한 여성 자기실현 이야기'의 사례로 들고 있지만, 일본이나 한국의 초기 만화 및 청소년 소설에서는 남성 작가가 쓴 소녀 대상 작품이 두드러지는 경우가 많았다. 일본에서는『리본의 기사』를 필두로 데즈카 오사무, 그리고 이 책에서 집중적으로 다룬 이시노모리 쇼타로 역시『용신의 늪』 등 소녀만화를 발표했다. 마쓰모토 레이지, 지바 데쓰야 등 일본의 베테랑 남성 만화가들은 대개 소녀만화를 발표한 경력이 있고, 와다 신지和田慎二(『피그마리오』), 마야 미네오魔夜峰央(『파타리로!』) 등 경력의 대부분을 소녀만화 잡지에서 쌓은 남성 만화가도 존재한다.

한국에서도 1970년대 이후 활발하게 활약했던 차성진, 김동화, 이진주 등의 남성 만화가들이 소녀 및 여학생 대상의 만화(순정만화)를 발표한 바 있다. 그 이전에도 조원기 등 남성 만화가로서 순정만화 분야에서 활동한 작가는 존재한다. 한국에서나 일본에서나, 만화 및 청소년 대상 소설 분야에서 장르가 성립된 초기에는 남성 작가들이 여학생 대상의 작품을 만들다가 장르가 성숙함에 따라 여성 작가 중심으로 변화되는 모습을 보이는데, 이에 대한 연구는 한일 어느 나라에서나 아직 부족한 형편이다.

6 일본의 만화 잡지에서는 '소년만화 주인공은 소년, 소녀만화 주인공은 소녀'라는 규칙이 있다. 즉 소년만화 주인공이 여성이거나, 혹은 소년이 아니라 나이가 든 남성이어서는 안 되고, 소녀만화도 마찬가지라는 것이다. 아무리 매력적인 남성 캐릭터를 만들더라도 주인공은 반드시 여성 시점으로 그려야 했다. 대표적인 사례가 소위 'F4'라는 꽃미남 캐릭터를 양산했던『꽃보다 남자』와 같은 케이스인데, 아무리 남성 캐릭터를 매력적으로 만들어냈다고 해도 주인공의 시점은 소녀여야만 했던 것이다. 여전히 일본에선 소년만화 주인공은 소년, 소녀만화 주인공은 소녀라는 규칙이 강력하게 작용하고 있으나 최근 들어 마니아 독자 대상 만화 등에서 예외적 작품도 조금씩 늘어나고 있다.

7 『리본의 기사リボンの騎士』: 데즈카 오사무가 1953년부터 1960년대까지 몇 번에 걸쳐 발표한 소녀만화. 현대 소녀 대상 스토리 만화의 선구적 작품으로 꼽힌다. 주인공 사파이어는 남자의 마음과 여자의 마음을 함께 가진 공주인데, '남장 여자'인 이 공주가 악당들과 싸운다는 내용이다. 일본 애니메이션의 중요 장르 중 하나인 소위 '싸우는 미소녀물'의 기원이라 할 수 있는 작품. 한국에서는 〈사파이어 왕자〉란 제목으로 방영되면서 잘 알려졌다. 그 이전 TBC 방송국에서 방영되었을 때에는 〈낭랑공주〉라는 제목이었다.

8 남장 여인男装の麗人: 한국어로는 '女人'으로 오해받는 경우가 많지만 '麗人'이라 표기한다. 일본어 '麗人'은 용모가 아름다운 여성을 뜻하는 단어로, 미인, 혹은 가인佳人과 유사한 말이다. '남장 여인'이란 남장을 한 아름다운 여성을 말하는데, 20세기 초반 만주국 건국에 있어 일본에 협력했다가 종전 후 스파이 혐의로 처형당한 청나라 황족 출신의

가와시마 요시코川島芳子(본명 아이신기오로 셴위愛新覺羅顯玗)가 이 별칭으로 유명했다. 가와시마 요시코는 17세 때부터 남장을 시작했다고 하는데, 일본의 소설가 무라마쓰 쇼후村松梢風의 스파이 소설『남장의 여인』(1932)을 통해 유명해졌다. 이 소설은 당시 연극으로도 제작되는 등 화제가 되었는데, 그후 '남장 여인'이란 표현이 유명해진 것으로 여겨진다.

픽션 작품의 남장 여인 캐릭터로는 만화『리본의 기사』(데즈카 오사무 지음)의 주인공 사파이어,『베르사유의 장미』(이케다 리요코 지음)의 주인공 오스칼 등이 있다. 애니메이션 〈애니메 삼총사アニメ三銃士〉의 아라미스는, 원작 소설『삼총사』(알렉상드르 뒤마 지음)와 무관하게 남장 여인으로 설정되어 있다. 또 〈미소녀 전사 세일러문〉에 등장하는 세일러 우라누스 덴오 하루카天王はるか도 남장 여인 캐릭터라고 할 수 있다.

9 다카라즈카: 일본 효고현 다카라즈카시에 있는 가극단으로, 1914년 첫 공연을 한 이후 오늘날까지 인기를 끌고 있다. 배우는 전원 미혼의 여성만으로 구성되어 있고, 매년 약 250만 명의 관객을 동원하는 인기 극단이다. 다카라즈카시 외에도 도쿄에 다카라즈카 극장이 있다. 상연하는 가극은 역사물, 판타지, SF 등으로 다채로운데, 이케다 리요코의 만화를 원작으로 한 〈베르사유의 장미〉가 가장 유명한 작품 중 하나이다.

10 우바카와姥皮: 일본 옛날이야기에서 몸에 걸치면 노파의 모습이 된다고 하는 상상 속의 옷을 말한다. 입으면 추한 노파이지만 벗으면 다시 본래 모습으로 돌아간다.

11 이케다 리요코池田理代子, 1947~: 일본의 만화가, 성악가. 1967년 데뷔. 1972년 〈주간마가렛〉에서 연재한 만화『베르사유의 장미』가 히트하면서 일본을 대표하는 소녀만화가로 자리 잡았다. 만화『베르사유의 장미』를 통해 많은 일본인들에게 프랑스 역사에 관심을 갖도록 한 공로로 2009년 프랑스 정부로부터 레지옹 도뇌르 훈장 슈발리에를 수여받았다. 주요 작품으로『오빠에게……おにいさまへ……』(1974, 국내 애니메이션판 제목 〈디어 브라더〉),『오르페우스의 창』(1975~81),『영광의 나폴레옹 - 에로이카』(1986~95) 등이 있다. 한국 드라마 〈태왕사신기〉(2007)를 만화화하기도 했다.

12 어슐러 K. 르 귄Ursula K. Le Guin, 1929~: 미국의 소설가. SF와 판타지 문학을 다수 집필했다. 1960년대 초부터 잡지에 정기적으로 작품이 실리게 되었고, 1969년 양성구유의 외계인을 그린 SF 소설『어둠의 왼손The Left Hand of Darkness』을 발표하여 휴고상과 네뷸러상(미국을 대표하는 양대 SF상)을 수상하며 주목을 받았으며, 지금까지 통산 휴고상을 다섯 번, 네뷸러상을 여섯 번 수상했다. 영어권의 SF소설 문학상인 로커스상Locus Award은 열아홉 번 수상하여 작가 중에서는 최다 수상했다. 또한 판타지 소설 '어스시 Earthsea' 시리즈로도 유명하다. 애니메이션 감독 미야자키 하야오는 저서『출발점』(대원씨아이, 2013)에서 항상 읽을 수 있도록 머리맡에『어스시의 마법사』를 두고 있으며, 이 작품을 영상화하고 싶어 했음을 밝혔다. (이후 미야자키 하야오의 아들인 미야자키 고로가 〈게드 전기〉(2006)라는 제목으로 애니메이션화했다.)

13『향연Symposium』: 고대 그리스의 철학자 플라톤의 저작(대화편) 중 하나로 부제는 '사랑에 대하여'이다. 기원전 400년경의 그리스 아테네에서 열린 시인 아가톤을 축하하는

향연에 참석한 이들이 사랑의 신 에로스Eros를 찬미한 내용으로 구성되어 있다.

14 『마지날マージナル』: 일본의 만화가 하기오 모토가 1985~87년에 발표한 SF 만화. 서기 2999년 오염된 지구에서 불임 바이러스로 인해 인류가 생식 능력을 잃는다는 설정 아래 '남자 밖에 없는 세계'를 그린 작품이다.

15 요시나가 후미よしながふみ, 1971~: 일본의 만화가. 대표작으로 『달과 샌들月とサンダル』, 『서양 골동 양과자점西洋骨董洋菓子店』, 『플라워 오브 라이프フラワー・オブ・ライフ』, 『오오쿠大奥』, 『어제 뭐 먹었어?きのう何食べた?』 등이 있다.

16 『오오쿠』: 요시나가 후미가 일본의 에도 시대를 모델로 하여, 남성만 걸리는 특수한 유행병 때문에 일본의 남자 인구가 급감, 여성 중심의 사회가 되었다는 설정의 가상 역사물이다. 도쿠가와 막부라는 실제 역사적 배경을 설정했으나 귀족 신분이 여성으로만 이어진다. 즉 역사 속의 인물이 실제로는 여성이라는 설정이다. 2010년 실사 영화화, 2012년 TV 드라마로 만들어지는 등 인기를 끌고 있다.

17 일본 에도 시대 말기(1867년)에 벌어진 소동을 가리킨다. 가장을 한 민중이 "괜찮잖아ええじゃないか"란 말을 외치면서 마을을 돌며 열광적으로 춤을 췄다고 한다. 어째서 이런 소동이 벌어졌는지는 명확하지 않은데, 일종의 민중 운동이 아니었는가 추정되고 있다.

6강

1 요네바야시 히로마사米林宏昌, 1973~: 일본의 애니메이터. 스튜디오 지브리 소속으로 미야자키 하야오 감독의 〈센과 치히로의 행방불명〉, 〈하울의 움직이는 성〉, 〈벼랑 위의 포뇨〉 원화를 담당하고, 미야자키 고로 감독의 〈게드 전기〉에서는 작화감독 보좌를 맡았다. 단편 애니메이션 〈메이와 아기고양이 버스〉(『스토리 메이커』 28쪽 참조) 연출을 담당했다. 2010년 애니메이션 영화 〈마루 밑 아리에티〉를 통해 첫 장편 감독을 맡았고, 스튜디오 지브리 역대 작품 감독으로서 최연소 기록을 세웠다.

2 고바야시 노부히코小林信彦, 1932~: 일본의 소설가, 평론가, 칼럼니스트. 다른 필명으로 나카하라 유미히코中原弓彦가 있다. 1959년 '3호 안에 흑자를 내지 못하면 잘린다는 조건'으로 미스터리 잡지 〈히치콕매거진〉의 편집장이 되었으나, 실제로는 13호부터 흑자를 냈다고 한다. 일본의 SF 소설가 호시 신이치星新一, 쓰쓰이 야스타카筒井康隆의 초기 활동을 돕기도 했고, 해외 단편을 일본에 소개하는 역할도 했다. 이후 〈히치콕매거진〉은 점점 젊은이들의 라이프스타일 전반을 다루는 잡지로서 〈헤이본펀치〉나 〈an·an〉 등에 영향을 미쳤다. 1963년 퇴사 후에는 영화, 미스터리 소설, TV 프로그램에 대한 평론을 집필하거나 몇몇 TV 버라이어티 프로그램의 구성작가로 활동했다.

3 〈바람 계곡의 나우시카風の谷のナウシカ〉: 미야자키 하야오 감독이 1982~94년까지 연재한 만화 작품을 원작으로 한 애니메이션. 1984년 개봉. 당시엔 아직 스튜디오 지브리가 만들어지기 전으로, 톱크래프트에서 제작했다. 미야자키 하야오 감독이 연출한 장편 애니메이션 영화로서는 두 번째 작품. 1984년도 애니메이션 그랑프리 및 일본 애니메이션

대상 작품 부문을 수상했다. 만화 연재 초기에 애니메이션이 만들어졌기 때문에, 단행본 전 일곱 권 중 두 권의 중간 정도까지의 내용을 다루었다.

4 〈모노노케 히메ものの叶姬〉: 1997년 개봉한 일본의 장편 애니메이션. 미야자키 하야오 감독 작품으로 관객 1420만 명을 동원하여 당시 일본의 영화 흥행 기록을 갱신했다. 일본의 고대를 연상케 하는 배경에서 그려지는 일종의 판타지 작품으로 자연을 개발하기 시작하며 문명을 만들게 된 인간과 자연(숲)의 공존을 모색하는 내용이다. 국내에서는 〈원령 공주〉라는 제목으로 먼저 알려졌다.

5 미야자키 고로宮﨑吾朗, 1967~: 일본의 애니메이션 영화감독. 미야자키 하야오 감독의 아들이다. 지브리 미술관 종합 디자인을 맡았고 2001년 개관 후에는 초대 관장에 취임했다. 〈게드 전기 – 어스시의 전설〉(2006)과 〈코쿠리코 언덕에서〉(2011), TV애니메이션 〈산적의 딸 로냐山賊の娘ローニャ〉(2014) 등의 감독을 맡았다.

6 〈트랜스포머TRANSFORMERS〉: 일본의 완구회사 타카라(현 타카라 토미)에서 발매된 변신 로봇 완구 시리즈를, 미국의 완구업체 하스브로와 만화 제작사 마블 코믹이 연계하여 빚어낸 설정으로 2007년부터 제작된 할리우드 영화 시리즈. 마이클 베이 감독, 스티븐 스필버그 제작 총지휘. 2014년 현재까지 네 편 제작되었다.

원래 일본에서 만들어진 완구 시리즈 '다이아크론ダイアクロン'과 '뉴 미크로맨ニューミクロマン' 시리즈 중에 있던 변신형 로봇을, 미국 하스브로가 라이센스 계약을 통해 다른 회사의 로봇 완구(애니메이션 원작의 〈초시공요새 마크로스超時空要塞マクロス〉 및 〈특장기병 돌박特装機兵ドルバック〉)와 함께 뭉뚱그려 '트랜스포머'란 이름으로 북미에서 발매했다. 그것이 히트한 다음 일본에 역수입되어 〈트랜스포머〉 시리즈로 알려졌다. 즉 정의의 '오토봇'이나 악의 군단 '디셉티콘' 같은 세계관 설정이나 캐릭터 내용은 미국 하스브로와 마블 코믹에서 만든 것이라고 할 수 있다.

참고로 1986년 개봉된 애니메이션 영화 〈트랜스포머 더 무비〉는 한국인 넬슨 신이 감독을 맡고 한국계 애니메이터 피터 정이 참가했다.

7 〈센과 치히로의 행방불명千と千尋の神隠し〉: 스튜디오 지브리가 제작하여 2001년 개봉된 일본의 애니메이션. 미야자키 하야오 감독, 각본, 원작 작품이다. 개봉 당시 일본에서 흥행 수입 304억 엔, 관객 2300만 명 이상으로 일본의 역대 영화 흥행 1위 기록을 세운 작품. 제52회 베를린국제영화제에서 애니메이션으로서는 사상 최초로 그랑프리인 금곰상을 수상했다. 또 미국에서는 제75회 아카데미영화제 장편애니메이션상을 수상했다.

8 전투형 히로인: 이와 비슷하게는 '전투 미소녀'라는 용어도 자주 사용되는데, 이는 『전투 미소녀의 정신분석』(2000)이란 책을 저술한 정신과 의사 사이토 다마키가 발안한 것이다. [저자 사이토 다마키의 저서는 국내에 『페인과 동인녀의 정신분석』(황금가지, 2005), 『은둔형 외톨이』(파워북, 2012), 『사회적 우울증』(한문화, 2012) 등이 번역 출간되어 있지만 『전투 미소녀의 정신분석』은 나오지 않았다.]

'전투 미소녀'라 함은 만화, 애니메이션, 게임, 소설 등 다양한 분야의 창작 작품에 등장하는 캐릭터 유형으로서, 사이토 다마키는 특히 20세기부터 21세기에 걸쳐 일본 만화

나 애니메이션에 현저하게 드러난다고 지적했다. 틴에이저 세대의 소녀가 전투를 행하는 작품을 뜻하는데, 예를 들어 데즈카 오사무의 『리본의 기사』(1967)를 필두로 『큐티하니キューティーハニー』(나가이 고, 1973), 『바람 계곡의 나우시카』 만화판(1982)과 애니메이션판(1984) 등에 나타난 캐릭터 유형이다. 그밖에도 소위 '마법소녀물'을 비롯하여, 각종 소녀 스포츠물도 이에 속한다. 특히나 『미소녀전사 세일러문美少女戰士セーラームーン』(1992~97)은, 만화 원작보다도 애니메이션판(1992~97)에서 전투 미소녀의 한 전형을 만들어냈다. 이런 식의 전투형 소녀의 존재가 오직 일본에서만 등장한 것은 아니겠으나, 그것을 캐릭터화하여 대중 작품에서 대량으로 등장시킨 것은 일본 문화의 특징이라 할 수 있을 듯하다.

9 〈마루 밑 아리에티〉의 소인들은 인간의 집에 살면서 인간의 물건을 조금씩 '빌리면서' 살아간다. 예를 들어 각설탕 한두 개라든지, 티슈를 조금 가져가는데 몸이 작기 때문에 인간에게 큰 피해가 가지 않는 한도 내에서 '빌려' 가더라도 문제가 되지 않는 것. 그런 물품을 빌리러 인간이 사는 공간으로 가는 행위 자체가 그들에겐 크나큰 모험이기도 하고, 그렇게 '갔다가 돌아오는' 것이 아리에티를 비롯한 소인에게는 '통과의례'라고 할 수 있다.

10 브루노 베텔하임Bruno Bettelheim, 1903~90: 미국의 심리학자. 오스트리아 출신의 독일계 유대인. 미술사에 관련된 철학 학위를 받았다. 심리학에 크게 관심이 있었지만 체계적으로 공부한 적은 없었다. 유대인 강제수용소에 수용되었다가 전쟁 발발 직전에 해방되어 미국으로 이주했다. 미국에서 심리학 교수가 되어, 시카고대학 지적 장애아 교육시설 소장 등을 지냈다. 하지만 평생 우울증에 시달려 1990년 자살했다. 사망 후에 경력사칭 및 환자에 대한 폭력 등으로 평판이 크게 떨어졌다.

11 샤를 페로Charles Perrault, 1628~1703: 프랑스의 시인. 1671년 아카데미 프랑세즈 회원으로 선출되었다. 민간에 전승되던 이야기를 동화집으로 묶어 세계적으로 잘 알려져 있다. 페로 동화집은 독일의 그림 형제나 영국의 「마더 구즈Mother Goose」보다도 더 먼저 민간전승을 엮어 당시의 풍속을 알 수 있게 해준다. 그림 형제의 동화집에 수록된 것과 동일한 동화도 있어(대표적으로 「빨간 모자」) 비교 연구의 대상이 되기도 한다. 페로의 동화집에 나오는 이야기로는 「장화 신은 고양이」, 「푸른 수염」, 「잠자는 숲 속의 미녀」, 「신데렐라」 등이 있다.

12 '이바쇼居場所'는 '있을 곳, 혹은 자신이 존재하는 장소'를 뜻한다. 또는 '자기가 갖고 있는 능력을 가장 발휘할 수 있는 분야'를 가리키기도 하는 등, 일본에서는 자아실현이나 청소년, 청년층의 문제로서 이 '이바쇼(자신의 있을 곳)'를 다루는 경우를 자주 볼 수 있다. 일본의 만화나 애니메이션을 자주 보는 이들은 이 '이바쇼'라는 단어에 익숙할 텐데, 일본 만화나 애니메이션의 캐릭터가 '이바쇼'에 대해 고민하는 모습이 아주 흔하게 등장하기 때문이다. 일본에서 만화나 애니메이션이 주로 청소년층 대상으로 소비되기에, 대상 독자층에게 중요한 문제인 '이바쇼'를 테마로 다루지 않을 수 없었을 것이다. 일본인은 소위 '단일 민족'과 '1억 총 중류층'이란 양대 신화를 갖고 있었기 때문에(실제로는 재

일교포 문제, 오키나와 아이누 민족에 대한 차별 등이 존재하지만), 서구에서와 같은 국가 내부에서의 인종 차별이나 사회 계급 차별에 관한 문제보다는 개개인의 자아 정체성에 대한 고민을 '이바쇼' 문제로 치환한 것이 아닌가 생각된다. 일본에서 청소년층과 젊은이들 사이에 '히키코모리(은둔형 외톨이)' 문제가 심각하게 대두되었는데 이 역시 자신의 '이바쇼'를 자기 방에서밖에는 찾지 못한 탓이라 볼 수 있을 것이다. 일본의 히키코모리 문제에 대해서는 『은둔형 외톨이』(사이토 다마키, 파워북, 2012) 등의 책을 참조할 것.

13 '자아 찾기'는 '지분 사가시自分探し', '자신의 있을 곳(이바쇼) 찾기'라는 말이다. '지분 사가시'는 『디지털 다이지센』(쇼가쿠칸)에 의하면 '그때까지 자기 삶의 방식이나 있던 장소를 떠나 새로운 삶의 방식이나 장소를 찾는 것'이다. 일본에서는 한때 '자아 찾기 여행'이라 하여, 인도 등 해외로 여행을 떠나는 것이 젊은이들 사이에 유행했던 시절도 있었다. (최근에는 일본 역시 워낙 젊은이들의 삶이 쉽지 않은 관계로, 이런 '자아 찾기 여행'은 버블 경제로 '편히 살던 시절'에나 가능했다고 생각하는 젊은이도 많다.)

14 메리 노턴Mary Norton, 1903~1992: 영국의 아동문학 소설가. 판타지 아동소설인 『마루 밑 바로우어즈』로 1952년 카네기상 수상. '바로우어즈The Borrowers' 시리즈가 대표작이다. 이 작품은 1952년부터 1961년까지 4권이 출간되어 완결된 것으로 생각되었으나, 21년 후인 1982년에 5권이 출간되었다. 인간들에게 물건을 빌리면서 살아가는 소인 가족과, 그 가족의 일원인 주인공 소녀 아리에티의 모험을 그렸다. 2010년 스튜디오 지브리 애니메이션 〈마루 밑 아리에티〉의 원작이다.

15 가야마 리카香山リカ, 1960~: 일본의 평론가, 정신과 의사, 임상심리사. 릿쿄대학 현대심리학부 영상신체학과 교수. 본명은 비공개. 펜네임 '가야마 리카'는 일본의 완구회사 타카라가 만든 '리카 인형'(『이야기 체조』(북바이북, 2014) 211쪽 참조)의 설정상의 이름에서 따온 것이다.

평론가로서도 에세이를 비롯하여 각종 저서를 다수 출간했다. 1970년대 후반 자동판매기용 잡지에서 필자로 활동하다가 편집자로 기용되면서 활동을 시작했다.

16 『피너츠Peanuts』: 미국의 만화가 찰스 M. 슐츠Charles M. Schulz가 그린 만화. 1950년부터 2000년까지 연재되었다. (1947~50년에 이 작품의 전신에 해당하는 『릴 포크스Lis'l Folks』란 만화가 발표된 바 있다.) 2000부 이상의 잡지에 실렸고, 전세계 75개국, 21개 언어로 발표되었다. 만화책의 총 발행부수는 3억 부를 넘는다고 하며, 애니메이션으로도 제작되어 큰 인기를 끌었다. 신문에서는 월요일부터 토요일까지 4컷 만화(꼭 4컷은 아니고 1컷이나 5컷으로도 그려졌다), 그리고 일요일판에 약간 더 긴 내용이 연재되는 방식이다. 주인공 찰리 브라운과 그가 키우는 개 스누피, 그리고 주변의 여러 어린이들의 생활상을 그린 만화이다.

17 『곰돌이 푸Winnie the Pooh』: 1926년 영국 런던 출신의 스코틀랜드 작가 밀른Alan Alexander Milne이 발표한 동화 제목. 책의 삽화는 셰퍼드Ernest Howard Shepard가 맡았다. 애니메이션을 월트 디즈니사에서 맡아 캐릭터 상품으로도 세계적인 성공을 거뒀다. 주인공인 5세의 남자아이 크리스토퍼 로빈은 작가의 아들인 크리스토퍼 로빈 밀른을 모

델로 삼았고, 곰돌이 푸는 아들이 가지고 있던 테디베어 곰 인형이 모델이라고 한다.

18 가오나시: 미야자키 하야오 감독의 애니메이션 〈센과 치히로의 행방불명〉(2001)에 등장하는 캐릭터. 검은 그림자 같은 몸에 가면을 쓴 것처럼 보인다.

19 후지코 F. 후지오藤子·F·不二雄, 1933~96: 일본의 만화가. 본명은 후지모토 히로시藤本弘. 1951년 아비코 모토오(후지코 후지오 Ⓐ)와 함께 〈마이니치 소학생 신문〉에 투고한 만화가 채용되면서 17세에 만화가로 데뷔했다. 둘은 후지코 후지오라는 콤비를 이루어 수많은 아동용 만화 히트작을 내놓았으나 1988년 결별하고 '후지코 F. 후지오'란 필명을 쓰기 시작했다. 이후 아비코 모토오는 성인 만화를 중심으로 발표했으나 후지코 F. 후지오는 기본적으로 아동용 만화를 중심으로 작품 활동을 지속했다. 후지코 후지오의 대표작으로는 『오바케(도깨비)의 Q타로』(1964~67), 『파만バーマン』(1966~68, 1983~86), 『도라에몽』(1970~95), 『기테레쓰 대백과キテレツ大百科』(1974~77), 『에스퍼 마미エスパー魔美』(1977~83) 등이 있다.

20 2차 창작: 원전이 되는 창작물(원작)을 2차적으로 바꿔 창작한, 일종의 파생 작품을 뜻한다. 주로 원작의 캐릭터를 이용해서 독자적인 스토리를 만드는 경우가 많은데, 일본에서 2차 창작이라고 하면 주로 만화나 애니메이션, 소설 등의 원작을 '패러디'해서 만드는 '패러디 동인지'의 형태가 많다. 저작권법상의 '2차 저작물'과는 별도의 용어로 사용되는 경우가 많다. 이 2차 창작물은 특성상, 하나의 원작을 다양한 사람들이 여러 가지로 만들어내는 경우가 많다. 혹은 복수의 원작을 '크로스오버'하는 경우도 있고, 원작에 없는 캐릭터나 설정을 추가로 집어넣기도 한다.

21 만화 『도라에몽』의 최종회라는 설정으로 일본의 만화가 다지마 야스에가 만든 동인지를 가리킨다. 이 동인지는 1998년경부터 일본의 인터넷에서 유포되고 있던 『도라에몽』 최종회에 관련된 스토리를 바탕으로, 다지마 야스에가 2005년에 20페이지짜리 만화 동인지로 만들었다. 이 책을 동인지 판매전과 동인지를 위탁 판매해주는 전문 서점을 통해 판매했는데, 일본어 위키피디아에 따르면 원작자 후지코 F. 후지오와 흡사한 그림과 최종회에 걸맞는 스토리, 감동적인 결말로 큰 화제가 되어 일본의 동인지로서는 매우 드물게도 무려 1만 3000부나 판매되었다고 한다. 이 동인지가 다른 제3자에 의해 위법적으로 스캔 복제되어 인터넷상에서 유포되면서 더더욱 큰 화제가 되었고, 결국 저작권자인 후지코 프로덕션(후지코·F·후지오 본인은 사망한 이후)과 출판사인 쇼가쿠칸에서도 그림체가 원작과 흡사하여 실제 작품으로 착각하고 쇼가쿠칸에 문의해오는 고객이 생기자 대응을 하지 않을 수 없게 되었다. 이에 다지마 야스에게 저작권 침해를 통고했고, 통고를 받은 다지마는 2007년 5월에 저작권 침해를 인정하고 사죄문을 발표한 후 재고를 전부 폐기 처분하고 동인지를 판매한 매상의 일부를 후지코 프로덕션에 지불했다. 쇼가쿠칸 측에서는 "1만 3000부라는 부수도 그냥 넘길 수 없었다"고 발언했다.

본래 코믹 마켓 등 일본의 동인지 판매전에서 판매되는 2차 창작(패러디) 동인지는 대부분 무단으로 제작되는 것으로, 법적으로는 저작권 침해에 해당되지만 대부분의 원작자는 묵인해온 것이 현실이다. 코믹 마켓에는 '기업 부스'라 하여, 코믹 마켓에서 유통되는 2차 창작물의 원작에 해당하는 작품의 상당수를 제작하는 출판사나 애니메이션, 게임 기업이 직접 참가하기도 하는데 이는 '원작자의 묵인'을 보다 확실히 하는 결과가 되기도 했다.(일본에서도 저작권법은 현재로선 친고죄이므로, 침해를 당한 당사자인 원작자가 직접 고소하지 않는 이상은 2차 창작물이 저작권법 위반이라 하더라도 형사 고소할 방법은 없다.) 그러나 이 『도라에몽』의 경우에는 패러디라고 알 수 있는 측면이 너무 적었다는 점도 있고, 무엇보다도 너무 많이 팔렸고 인터넷에서 화제가 되면서 저작권자 측에서도 대응하지 않을 수 없게 되었다는 상황 때문에 이런 결과가 나온 듯하다. 1999년 게임 〈포켓 몬스터〉의 캐릭터를 사용하여 만든 2차 창작 성인용 만화의 저자가 〈포켓 몬스터〉의 저작권자로부터 고소당해 체포된 사건과 함께, 일본 동인지에 있어서 저작권 침해 문제가 불거진 사례이기도 하다.

이 동인지의 내용은, 『도라에몽』의 최종회로서 인터넷상에서 유포되던 '도시전설'(도라에몽을 만든 것이 사실은 노비타라고 하는, 일종의 '루프물')을 바탕으로 하고 있으나 저자 다지마 야스에에 의한 변용도 몇 군데 존재한다. 참고로 실제 『도라에몽』 원작은, 원작자 후지코 F. 후지오가 완결을 짓지 못한 채 끝났기 때문에 최종회에 대한 독자들의 요구가 이처럼 큰 반응을 불러온 것이라고도 할 수 있겠다. 『도라에몽』의 완결편을 비롯한 도시전설에 관해서는, 260쪽 옮긴이 주 6과 7 항목을 참조할 것.

22 픽사PIXAR: 미국의 영화사. 1986년 창립된 이후 CG 중심의 애니메이션을 다수 제작하였고 2006년에 월트 디즈니의 자회사로 편입됐다. 대표작은 〈토이 스토리〉(1996), 〈몬스터 주식회사〉(2002), 〈니모를 찾아서〉(2003), 〈월-E〉(2008) 등이 있다.

23 C. S. 루이스Clive Staples Lewis, 1898~1963: 북아일랜드 출신의 영국 소설가, 영문학자, 신학자. 옥스퍼드대학 출신으로, 판타지, SF와 아동문학을 많이 발표했다. 1차대전에 종군했으며, 대학에 복귀한 후 나중에 소설 『반지의 제왕』을 쓰게 되는 J. R. R. 톨킨과 친구 사이가 되었다. 대표작으로는 '나니아 연대기The Chronicles of Narnia' 시리즈(1950~56), '공간 3부작Space Trilogy'(1938~45) 등이 있다. '나니아 연대기'로 1957년 카네기상 수상.

24 보지 말라는 금기(터부)는 고금동서의 옛날이야기나 신화에서 흔히 볼 수 있는 모티프다. 구약성서 창세기에는 소돔과 고모라가 멸망할 때에 신이 롯의 가족에게 뒤돌아보지 말라고 했으나 롯의 아내가 돌아보는 바람에 소금기둥이 되었다는 내용이 나온다. 그리스 신화에서는 '판도라의 상자' 이야기가 유명하다. 판도라가 결코 열어보면 안 된다는 항아리를 열어보는 바람에 그 안에서 인간의 온갖 악덕, 즉 병, 의심, 불안, 증오 등이 튀어나와 전 세계에 퍼졌고, 오직 희망이 남았다는 내용이다.

25 「학 아내鶴女房」: 「은혜 갚은 학鶴の恩返し」이라고도 하는 일본의 설화. 옛날이야기의 한 유형인 '이류 혼인담異類婚姻譚' 및 '동물 보은담'의 일종이다. 「학 아내」는 학을 살려준 남자에게 학이 변신한 여자가 찾아와 결혼하지만, 베를 짤 때에 안을 들여다보지 말라는 약속을 깨고 남자가 들여다보는 바람에 아내가 다시 학으로 변신하여 날아가버린다는 내용이다.

찾아보기

국립중앙도서관 출판예정도서목록(CIP)

이야기의 명제
지은이: 오쓰카 에이지 ; 옮긴이: 선정우. — 서울 : 북바이북, 2015
  p. ;   cm

원표제: 物語の命題 : 6つのテーマでつくるストーリー講座
원저자명: 大塚英志
참고문헌과 색인수록
일본어 원작을 한국어로 번역
ISBN 979-11-85400-08-2 03800 : ₩15000

글쓰기

802-KDC6
808-DDC23   CIP2015001568

이야기의 명제

2015년 1월 19일 1판 1쇄 인쇄
2015년 1월 29일 1판 1쇄 발행

지은이   오쓰카 에이지
옮긴이   선정우
펴낸이   한기호
펴낸곳   북바이북
            출판등록 2009년 5월 12일 제313-2009-100호
            주소 121-839 서울시 마포구 서교동 484-1 삼성빌딩A동 2층
            전화 02-336-5675 팩스 02-337-5347
            이메일   kpm@kpm21.co.kr
            홈페이지 www.kpm21.co.kr

ISBN 979-11-85400-08-2 03800

북바이북은 한국출판마케팅연구소의 임프린트입니다.
책값은 뒤표지에 있습니다.